勞祿命女醫

1

文創風 1201

南風行 著

目錄

序文

南風行

春寒料峭，樓下小花園裡的野草卻已經冒出新芽，而當它伸展出完整的形態，會被流浪貓當貓草咬壞，也可能在盛夏被除草機鏟平……但它們依然迎著陽光雨露、驚雷冬雪，一年又一年，在初春時堅韌地冒出嫩綠新芽。

因為有醫學相關專業知識，寫文多年，一直寫架空穿越的醫術文，總是寫治病救人的故事。查過許多資料來做古代穿越的背景調查，就會發現，婦產科醫生在現代社會是倍受尊敬的職業，但在過去任何朝代都是三教九流最下流的穩婆，就像樓下的野草，人人可鄙。

野草人人可踩，不論被啃食，還是被連根拔起，都無人在意，默默無聞、人人可欺貫穿整個生命週期。

如果一名術業有專攻的婦產科女醫生，穿越成了一名賤籍的穩婆，面對苛捐雜稅，在身分、家境和社會文化經濟落差巨大的變化裡，該如何自處？在勉強餬口時，面對比自己更弱的少女，是伸出援手還是獨善其身？

為了有更多收入養家，成為縣衙的驗身穩婆，在「妖邪案」的公堂上，面對咄咄逼人的鄉紳富戶們，就此低頭、隱瞞真相？還是竭盡所能地追求正義？在發現育幼堂陰暗面的時候，是選擇裝聾作啞，還是發揮聰明才智，伺機而動？在階級森嚴的大鄴，面對驃騎大將軍的求娶，又該如何？

野草般卑賤的女主在最底層生活的故事由此開始……

這個故事寫得很慢，從二〇二二年四月開始，到同年十二月寫完三章番外。

寫文多年，總有寫得停不下來的亢奮狀態，也有兩星期寫不出一個字的時候，總算堅持到了完結，因為熱愛寫文所以堅持；又因為堅持，總能有些收穫。

比如，喜歡這個故事的讀者。又或者，因為堅持寫文，認識了一群同樣熱愛而堅持的好朋友。

大家彼此相互提醒。

「嘿，早睡早起，不要熬夜啊。」

「生病就該好好休息，狀態不好，寫出來的文也會很差。」

「卡文嘛，卡呀卡呀就習慣了……」

「完結很久了，可以準備新書了。」

感謝好友楊柳替我修改了文案，感謝好友木小不的日常催更和鼓勵。還要感謝我的晉江編輯古月，感謝版權編輯殊沐耐心地回答所有問題，同時要感謝臺灣狗屋出版社給了這次繁體出版的機會。

最後，鄭重感謝喜歡這個故事的讀者，如果能帶給你們愉快的閱讀體驗，能帶來一些情緒價值，我就很開心了。

第一章

大鄴潤元六年春。細雨綿延了半個月，巴嶺郡通向清遠縣的官道兩旁，樹木抽芽新綠，桃花粉梨花白，遠處是望不到頭的田地，農家戴著斗笠忙著春種，處處都有宜人的春景。

青石板鋪就的官道上，有一輛慢吞吞的牛車看著像怪模怪樣的巨大蝸牛，在人來人往裡格外顯眼，牛車上還繫著一匹毛色油亮的棗紅色小馬。

駕牛車的人戴著帷帽、穿著蓑衣，看不清面容，勉強能聽到兩人的說話聲。

少女的嗓音清脆帶著抱怨。「婆婆，這雨要下到什麼啊？」

老婦人的輕笑，粗糙的雙手握著韁繩，滄桑的嗓音回答。「妍兒，春雨貴如油，這雨下得及時。」

「這路上青苔多，路滑難行。」少女繼續抱怨。「半個時辰不到，已經摔了六個路人，牛車打滑了十七、八次了，牛車慢還好，騎馬駕馬車趕路肯定會摔……婆婆，我們這次又要搬去哪裡？現在可以說了嗎？」

「慢些就是了，」老婦人很有耐心地哄。「晌午前一定能到清遠縣。」

「婆婆，換我趕車。」少女接過韁繩，喊道：「駕！」

「沒其他要問的嗎？」老婦人打趣道。

「您不想說，我問了也白搭。」少女一派輕鬆自在，完全看不出像在逃命。

老婦人輕聲嘆氣。「這次，妳姓梅名妍，我自稱梅氏，在清遠縣還是做穩婆。」

「行。」梅妍答得乾脆。

「梅花香自苦寒來，」梅婆婆壓低嗓音。「如果這次一切順遂，以後就不用再跟著我顛沛流離了。」

「婆婆，我是您在荒山野嶺裡撿的，有您的地方就是妍兒的家，去哪兒都無所謂。」梅妍毫不在意，作為一個在大鄴生活了六年的老穿越人，她很習慣了。這年頭穿越和投胎一樣，也是個技術活兒，穿成棄兒也要繼續生活不是？

「慢點，前面車馬太多了。」梅婆婆始終注視著前方，不時提醒。

梅妍眼角餘光看到一個物體向牛車撞來，立刻一勒轠繩。

「哎喲！牛車撞死人啦！」一聲慘叫，引得過往行人紛紛停了腳步。

只見一位圓臉圓眼的中年婦人，躺在牛車前面，扶著腰哎喲哎喲地慘叫。「哎喲，腰斷啦，撞死人啦，鄉親們都給我評評理啊……」她看著聚攏的路人越來越多，眼中盡是得意。

梅妍勒著轠繩冷笑，嗓音格外悅耳。「喲，這位大嬸，這颳風下雨的躺地上又冷又濕，再不起來，感染風寒可能會沒命啊。」

「我呸！妳這個臭不要臉的小丫頭片子，浪蹄子，還咒我得風寒？不扶我俞婆起來，妳這輩子都嫁不到好人家！」

聚攏來的路人們聽清了這嗓音，立刻潮水似的退走，這可是清遠縣有名的潑婦俞穩婆，被她纏上比腳背上爬水蛭還要噁心人。

梅婆婆剛要下牛車，被梅妍攔住，坐在牛車上玩著韁繩，狀似天真。「婆婆，她這身衣服好像在哪裡見過？」

大喊大叫的俞婆忽然沒了聲。她用這招訛人屢試不爽，這套罵人的詞，沒有待嫁少女不服軟，今兒這個怎麼不一樣？居然連牛車都沒下，還打量她的衣服，她下意識地怒罵。「老娘穿什麼衣服關妳什麼事？還不趕緊扶我俞婆起來！」

梅妍仍然不搭理。「婆婆，這衣料和款式都不是她能穿的，逾制了，要是我們去告里長或者縣衙，她是不是會挨板子啊？」

梅婆婆氣定神閒地回答。「是的，妍兒，輕則五板子，罰五百文；重則十板子，罰一吊錢。」

走遠的路人第一次聽到這樣的說辭，又紛紛聚攏過來，這牛車上雖是一老一少兩女子，但說的是官話，還帶著國都城的口音，並不是本地人。

俞婆像被踩了尾巴一樣跳起來，指著梅妍，兩隻圓眼睛瞪得像蛙眼。「我呸！胡說八道！什麼逾制？」

「哎喲，俞婆子自己起來了！」一個路人驚奇出聲。

「對啊，錢還沒訛到，自己先起來了，別說，這還是第一次見！」另一名路人附和。

俞婆的圓臉脹得通紅，厚厚的嘴唇不住發顫，面子十分掛不住，指著圍觀的路人罵。

「呸！看什麼看？是看上俞婆我了嗎？老娘才看不上你們呢！」

「婆婆，她在裝傻呢。」梅妍繼續裝天真。

「傻不傻的，清遠縣城就在前面，一問便知。」婆婆淺笑一聲。「請問清遠縣衙在哪裡，能不能為我們指路？」

一時間好幾個路人不約而同地指明方向。

「俞婆吃瘪了吧？她們要去縣衙呢！」又一個幸災樂禍地挑事。

「呸！妳們想去縣衙，先從我身上踩過去！」俞婆擋在牛車前面。

「妳自稱俞婆，自然就是六婆之一，六婆者，一律不得穿金戴玉，妳戴了金鍊子，還戴了玉鐲子，齊胸襦裙的花抹裡繡了銀線……還要我繼續說嗎？」梅妍的嗓音不算大，偏偏每個人都聽得清楚。

俞婆的氣勢立刻萎靡。她已經穿得很小心了，怎麼還被一眼看出來？

「官道乃地之樞紐，凡在官道上攔路滋事者，杖五……」梅妍極為平靜，每一個說出的字都像箭槍般有殺傷力。

「駕！」梅婆婆突然出聲，牛車又動了起來。

俞婆看著疾駛而來的牛車立刻閃到一邊，周圍此起彼伏的口哨聲和鼓掌聲讓她脹紅的圓臉氣得發紫。

牛車慢慢駛遠，要去清遠縣的路人，潮水一樣跟著，每個人都有些興奮，看清遠縣最難纏的俞婆吃癟真是大快人心，以後再也不怕俞婆碰瓷攔路了。

被路人擠到路旁，差點摔倒的俞婆看著牛車破口大罵，什麼難聽罵什麼，可是再怎麼罵，也沒法改變她斷了一條財路的事實，越氣越罵，越罵越氣，最後氣得跟著回了清遠縣。她倒要看看，這怪牛車上的一老一少是什麼人物。

那輛大牛車已經停在清遠縣城的西門，守門差役是個新招的，看了兩人蓋了許多印的過所，老的梅氏，少的姓梅名妍，不由得皺了一下眉頭，一大早就遇到穩婆，真晦氣。「都是穩婆？都姓梅？」

「是的。」梅妍答得輕快。

新差役從鼻子裡哼了一聲，心裡有了答案。穩婆姓梅，九死一生，這兩個穩婆肯定是沒人願意請，才到清遠縣來碰運氣的，難怪去了那麼多地方。

「車上裝了什麼？」新差役問。

「差大人，車上都是家用，竹子做的。」

新差役隨手拉開牛車的油布，看到了竹製的各種物件，只覺得眼生，怪模怪樣的，不知道有什麼用。但是細想一下，竹子有什麼好查的？

「走吧！」新差役沒好氣地揮了揮手。

梅妍小心收好過所，這時代的通關證，可不能弄丟了。「請問差大人，秋草巷怎麼走？」

新差役不耐煩地隨手一指。「沿著這條路往東走，右轉一直到底就是了。」

「多謝差大人。」梅妍完全不在意，趕著牛車通過城門。

新差役在心裡嗤笑。秋草巷聽著文雅，卻是清遠縣最髒亂混雜的巷子，這兩個新來的自求多福吧。正想著，沒多久他就看到俞婆一身泥水地扭著腰肢進城，立刻退了三步。

忽然，新差役兩眼發光，如果新來的穩婆比俞婆子厲害，說不定還是清遠縣的福氣呢。

「你傻笑什麼呢？」轉悠一圈回來的老差役直接一腳招呼他。

「哎喲！」新差役不敢發作，陪著笑臉。「沒什麼。」

「婆婆，這就是秋草巷？我們真要住這兒啊？」梅妍原本對秋草巷還有許多嚮往，但是看著眼前東一坨、西一朵的茅草屋，坑坑窪窪的泥巴路，滿眼失望。

「是呀，這裡最便宜。」梅婆婆笑呵呵地回答。「地方大。」

「哪一個茅草屋？」梅妍腹誹，沒錯，妥妥的老破大。

「最破的那個。」梅婆婆的笑意未減。「再破的屋子也能變好，不是嗎？」

梅妍跳下牛車，站在最破的大茅草屋前面，刻意忽略漏風漏雨的屋頂和牆面、搖搖欲墜的木板門、破敗的籬笆……只盯著幾棵梅樹正開著粉色、白色的花，散發著極淡的清香。

「屋前屋後都有梅樹，還有馬棚的位置，屋前屋後都很寬敞，收拾乾淨以後可以種不少草藥……」梅妍掀了帷帽打量四周，就看到周圍三三兩兩的「鄰居們」，只一眼，就知道沒一個是身體健康的，唉……沒事，已經習慣了。

「婆婆，等我兩刻鐘收拾好再下車，您不能淋雨。」

剛要下車的梅婆婆又收回了自己的腳，神情複雜，眼神裡卻有隱藏的驕傲。

梅妍做事乾淨俐落，從牛車上抽出一根粗壯的竹子，對著草屋從裡到外一通敲，禁不住一竿子的都倒了，剩下的都還算牢固。

將破門爛窗都用斧子劈開，堆放到土灶旁。再從牛車上抽出一卷油布和形狀各異的長短竹子，一通拼裝以後，破草屋就被拼補好了，有了竹門、竹窗、竹簾、竹籬笆，連草屋邊的小水溝都通好了，雖然看著還是草屋，卻可以入住了。

「婆婆，下車吧，慢一點。」

梅妍小心翼翼地扶著梅婆婆，慢慢帶進草屋裡。把梅婆婆安置好以後，梅妍不斷從牛車上抽走包裹，不到半個時辰，屋子裡就有了竹榻、竹櫃，生活用品一應俱全，還點了驅蟲香。再將牛車卸下，和馬兒一起牽進馬棚，給牠們加好草料，梅妍拍了拍手，大功告成。

整個秋草巷的人都擠到了梅家草屋前面，不斷地看，覺得眼前的一切都有點不可思議，好久沒見到這樣美麗的少女了，美就算了還這麼能幹又大方。

梅妍是個社交能人，面對鄰居們神色各異的打量極為坦然，轉身從屋子裡取出竹草編的驅蟲香囊，笑盈盈地逐個分發，童叟無欺。

「我們姓梅，青梅的梅，從今兒個起就住在秋草巷了。這是我們自家做的驅蟲香囊，不值錢，只是一些心意，掛在房前屋後可以驅蚊、驅蟲蟻。」梅妍發完笑著，點頭。「遠親不如近鄰，以後還請婆婆嬸嬸、弟弟妹妹們多多照顧。」

俗話說得好，「伸手不打笑臉人」、「吃人嘴軟，拿人手短」。

再凶神惡煞的男女老幼接過香囊以後，眼神都和善了許多，誰都知道驚蟄以後蟲蟻多，驅蟲香囊都只是聽過，卻從來沒買過，根本原因是買不起。

他們的眼神緩和還有一個原因，這新來的梅姑娘輕聲細語又和氣，不言語的時候看起來都在微笑，尤其是一雙大眼睛忽閃忽閃的，別提多水靈了。

一位瘦骨如柴的中年婦人提著尖細的嗓子問：「妳家做什麼的？」

「這位嬸嬸，我家是做穩婆的。」梅妍答得乾脆，這個草屋從裡到外都是竹子做的，表明窮得徹底，沒什麼可供人惦記的東西。

「喲，妳個小姑娘啊，誰家會找姓梅的穩婆？唉……」中年婦人捏著香囊走了。

其他人拿到香囊也各自散了，嘴裡都嘀咕著差不多的話。

梅妍毫不在意地攏上竹籬矮門，卻聽到一個似曾相識的嗓音。「都是秋草巷的，我的呢？」一抬頭看到泥人似杵著的俞婆，明明沒自己高，還用鼻孔對人。

「沒了。」梅妍收好最後一個香囊，轉身往裡走。

「我呸，妳這狗眼看人低的賤蹄子，誰讓妳住在這間的？這是我家的院子！」俞婆氣得跳腳。「妳出來！不然我就踢門了！」
剛回家的左鄰右舍又出來了，看俞婆罵街鬧事，反正看熱鬧不嫌事大。
梅妍眼急手快，在俞婆踢到竹籬的瞬間，伸出一根粗竹子頂住，立刻聽到俞婆殺豬似的慘叫，天生的笑臉無辜又單純。「拿出妳家的地契、房契，不然趕緊走。」
俞婆抱著腳跳，快嘔死了，在官道上出了個大醜，還沒到家就已經傳得全城都是。好不容易走回家，卻發現這兩個該死的竟然也住秋草巷，還和自家只隔了一個破屋，見者有份的東西還敢不給自己。
這死丫頭、賤蹄子！今兒不收拾了，她以後怎麼在秋草巷抬頭做人？
「妳誰啊？還想看我家的地契、房契？我呸！」俞婆兩眼冒凶光，恨不得吃了這個小丫頭片子。
梅妍不著痕跡地避開俞婆的唾沫星子，沒好氣地拿出房契、地契，在她面前一晃而過。「這是我家的地契、房契，看清楚了吧？」
俞婆的圓眼睛瞪得差點脫眶，她敢這樣跳腳耍橫，完全是因為秋草巷沒有一家拿得出房契、地契，都是每月交租住草屋的窮鬼，偏偏這家竟然有？
梅妍的耐心磨沒了，說話更加直接。「俞婆，今兒妳在官道碰瓷，我沒告到縣衙，已經給妳留了臉面。沒想到妳也住這裡，以後抬頭不見低頭見，別找不自在。」
「妳竟敢威脅我？」俞婆聽到不遠處的嗤笑，臉脹成了豬肝色，隨手就是一巴掌。

梅妍側身讓過，瞬間掐住俞婆的手腕，隨手一擰指節，看著疼得尖叫的俞婆。「妳都敢踢我家門了，我為什麼不敢？虧妳還是個穩婆，敢把硬碴當軟柿子捏？」

梅妍又暗暗加了力道，看著俞婆，聽她殺豬似的叫，放低了音量。「別再惹我，滾！」

俞婆只覺得手腕要斷了一樣疼，一被放開，立刻頭也不回地跑了，這個小丫頭的眼神太嚇人了，還有這身手、這手勁活脫脫像個劊子手。

「俞嬸，走好不送啊～～」梅妍佯裝無事地招呼完，轉身回屋。

整個秋草巷的人目瞪口呆，最不要臉的俞婆竟敗在這麼好看的小姑娘手裡，怎麼可能？一時間，幾個動了歪腦筋的人，息了齷齪的念頭，只覺得這朵嬌花帶刺扎人，狠著呢！

草屋裡，梅妍坐在土灶後面生火，探出半個頭。「婆婆，您覺得俞婆還會來嗎？」

梅婆婆笑咪咪地回答。「暫時不會，但她鐵定恨上妳了。」

「恨我的人多了去了，不差她一個。」梅妍無所謂，走南闖北除了山河大川以外，也領教過了各式各樣的人心。

「妍兒，妳真的只有十六嗎？」

「婆婆，您真的只是穩婆？」梅妍的大眼睛亮亮的，哪個穩婆能對大鄴律令如數家珍？

「真的，比珍珠還真。」梅婆婆搖頭嘆息，卻嘴角帶笑。

「哇，婆婆，您連這句話都學會啦？」梅妍笑顏如花。「我去燒些熱水做吃食。」

「不急，別燙著。」梅婆婆半躺在鋪蓋柔軟舒適的竹榻上，輕輕敲著痠脹疼痛的老寒腿，望著忙進忙出的妍兒，眼神裡滿是慈愛。

沒多久，梅妍端著兩個冒著熱氣的大竹碗，擱在竹製的矮几上，從圍裙兜裡抽出一雙竹筷，剛遞到梅婆婆手裡。

忽然，外面傳來青年男子的怒喝。「告訴過妳了！不要跟著我！」

「我就要跟著！」一位屬於少女的嗓音柔軟卻異常堅定。

梅妍掀開竹簾，看到一個高大男子身後跟著一位少女，少女撐著紙傘要替男子遮雨，男子非但不領情，還很嫌棄，兩個人就這樣進了右邊的草屋。

不對，只有男子進了門，少女被關在了門外。

哇，這是什麼情況？梅妍的八卦之心熊熊燃起。

「我此生非你不嫁！」少女撐著紙傘，擲地有聲，氣息不穩。「如果你今日不答應，我就死在這裡。」

梅妍沈默，這不是敢愛敢恨，這是死纏爛打啊喂，別啊！

梅婆婆輕輕搖頭。「求而不得，何苦呢？」

今日的晚飯很簡單，薺菜麵片湯，兩人熱熱地吃完，驅散了舟車勞頓的疲憊。

第二章

一餐完畢，梅妍提著木桶去兩屋之外的水井打水，意外看到少女昏倒在地，男子的木門仍然緊閉。

啊這？梅妍提著水回到草屋，問：「婆婆，那位姑娘暈倒了，我們管不管？」

梅婆婆猶豫了一下，再次搖頭。「把她扶回來，受了風寒會沒命的。」

梅妍把少女扶起來的瞬間，下意識抬頭，卻看到男子站在門裡一動不動像座石像，大概是秋草巷裡唯一稱得上健康的人，卻隱約聞到一絲怪異的臭味。

此外，還看到了幾名癆病男子混濁閃爍的眼睛，都緊盯著暈倒的少女。

顧不上多想，梅妍費了很大勁才把人扶回草屋，拿來大布巾把她裹起來，掐了人中，又灌了熱湯，一盞茶的時間，臉色蒼白的少女才悠悠轉醒，瞪大的杏眼像受了莫大的驚嚇。

「終於醒了，」梅妍往少女手裡塞了一個竹杯。「薑茶趁熱喝完。」

少女不怕燙似的一口氣喝完，眼巴巴地望著梅妍。梅妍又給她倒了一杯，只是靜靜地看著，一言不發。少女看了看梅妍，又打量梅婆婆，眼淚毫無徵兆地落下，像林間小溪。

梅妍把被褥全都鋪好，拿來一身乾淨的衣服，又加了一個火盆，遞給少女。「去簾子後面把衣服換了，染了風寒，我可沒錢給妳治。」

這名少女是個骨架大的，即使很瘦看起來也有些壯實，頭髮蓬亂得打了不少結，嘴唇乾得裂了幾道血口子，偌大的黑眼圈，幾次欲言又止，最後還是接過梅妍的衣服，去簾子後面換衣服，一聲接一聲地打噴嚏。

換好衣服以後，又走到梅妍面前，一臉破罐子破摔的樣子。「我姓劉名蓮，是清遠縣劉鐵匠的獨女，阿娘生我難產死了，上個月阿爹死了，我把家裡全賣了給他下葬，現在身無分文，也沒負債。」

榴槤？梅妍立刻甩掉不合時宜的念頭，應該是劉蓮才對，人如其名，看起來一點都不好相處，但骨子裡還是妥妥的耿直少女……很有趣啊。

「當然，妳們要是嫌我不吉利，怕我剋人的話，我現在就走。」劉蓮的臉繃得很緊，眼神也像鬥爭一樣毫不退讓，忽然又咬牙切齒，右手握著一把剪刀，五個指甲四個有青紫瘀痕。「如果妳們敢打發賣我的主意，我必定和妳們拚命！」

梅妍和梅婆婆互看一眼，梅婆婆笑了。「我們家是穩婆，誰也別嫌誰不吉利了，今晚先住下，好好睡一覺，明兒再說。」

劉蓮怔住了，握著剪刀的手微微顫抖，足足有十秒才反應過來。「連秋草巷的人都躲著我！妳們就這樣收留我？不怕我是歹人嗎？」

梅妍眼睛大，黑眼珠也大，梅婆婆總說像貓眼。「什麼叫連秋草巷的人都躲著妳？」這話聽著和「貓狗都嫌」的意思差不多。

劉蓮與兩人眼神對視，恍然大悟。「妳們是新搬來的，難怪不知道……」然後又想起了什麼，不再開口。

「說說吧，反正我們也沒打算搬家，妳知道什麼儘管說。」梅妍百無禁忌。

「秋草巷以前是賣筆墨紙硯的，突然發了瘟疫，死了好些人，從此就沒人在這兒經營，越來越破敗……無家可歸的人聚在這裡，整日鬥毆滋事，只有夠狠的人能在這兒過活。」劉蓮看著毫無懼意的兩人，有些不可思議。

所以，秋草巷也叫惡人巷，住著一群又窮又狠的人。

梅妍的腦子裡有一瞬間的空白，下意識看向謎霧屬性的梅婆婆，見她連一絲驚訝都沒有，也就隨意了。

劉蓮看不到她們臉上哪怕一絲一毫的驚恐，詫異極了。「妳們不怕嗎？」

「他們會半夜燒我們的草屋嗎？還是會來搶我們的東西？」梅妍眨了眨眼睛。

劉蓮被問倒了，想了想才回答。「以前阿爹對我說過，不要靠近秋草巷，裡面的人一句話不對就動手、還互相打砸……有人因此下到獄裡，也有人因此喪命……」話音未落，一連打了六個噴嚏。

梅妍下意識避開，心想：這秋草巷還真挺惡的，更可疑的是婆婆竟然有這裡的地契、房契，也不知道她老人家又打算做什麼？

梅婆婆從竹櫥裡取出兩個糙糧餅，遞給劉蓮。「吃吧。」

劉蓮狼吞虎嚥地吃了，要不是梅妍給她遞了熱水，不然真的會被噎到，吃完以後，連沾在手指上的碎屑都舔乾淨了，沒多久就開始打嗝。打嗝時間長了還是挺難受的，劉蓮看向梅妍和梅婆婆的眼神滿是尷尬。

梅妍忽然看到竹櫥腳那兒有什麼在動，頓時寒毛倒豎。「有蛇！」

劉蓮一個箭步衝過去。「我來！」

梅妍一聲「小心」都沒來得喊出口，劉蓮已經一手摁蛇嘴、一手掐七寸，把蛇抓起來了。「別怕，這蛇沒毒，平日吃老鼠，我扔遠些就是了。」說完，就走到後院將蛇扔遠了，熟練得彷彿出門扔了個垃圾。

梅妍一臉震驚外加頭皮發麻，作為老穿越人，生活技能已經在梅婆婆的嚴格指導下滿級，唯獨面對蛇鼠毒蟲還是只想尖叫，一時間對劉蓮佩服得五體投地。

梅婆婆注意到了梅妍的異樣，問：「劉姑娘，妳還會做些什麼事？」

劉蓮想了想，眼神有些黯然。「我會打掃洗衣做飯女紅，識字看圖樣打鐵，樣樣都會。阿爹沒出事以前，清遠縣的媒婆都到我家提過親。我不會白吃白喝的，我可以給妳們當女傭，但是不簽奴契。」

梅妍暗暗吃驚，她去過許多地方，與許多人打過交道，也算得上見多識廣，清遠縣普通鐵匠家的女兒能識字、看圖樣打鐵，卻是第一次遇到。

梅婆婆明顯也吃了一驚，只是面上不顯。

一時間，草屋裡安靜極了。這讓劉蓮惶惶不安，不知道眼前的兩人是不是最後一根救命稻草，不知道自己能不能掙到安身之所？

梅妍和梅婆婆互看一眼，然後開口。「我家請不起幫傭，在妳找到安身之所前，可以暫時住在這裡，不收妳房租，但吃食雜稅妳要自己想法子。」

沒辦法，大鄴各地的苛捐雜稅很多，多個人就多一分稅，她家也沒餘糧呀！

劉蓮長舒一口氣，卻更加愁眉不展，無奈點頭。

梅妍打水給梅婆婆漱洗，準備過一會兒將梅婆婆扶到裡間去。

劉蓮覺得梅妍和梅婆婆兩人實在不尋常，言行舉止像大戶人家的女子，卻住到秋草巷這樣的地方來，最重要的是她們不對自己刨根問底。「妳們不問我家出什麼事？」

梅妍大眼睛一彎。「妳想說自然會說，妳不想說我們問了也是白搭。」說完又從櫥裡拿了一條厚厚的毛毯把劉蓮裹住，又給她塞了一杯熱水。

劉蓮連喝了兩杯熱水，才覺得凝在骨頭裡的冰涼慢慢散去，張了張嘴，不好意思說自己還餓，卻控制不了飢腸轆轆地抗議，咕嚕咕嚕的聲音一陣又一陣，怎麼也攔不住。

梅妍這次連熱水都沒給。「妳幾日沒吃東西了？」

「兩天。」劉蓮不解地看著梅妍。「我知道方才吃得不少，卻還是很餓。」

「妳現在連水都不要喝了，不然會吐。」梅妍算過，一竹杯水兩百毫升，劉蓮已經喝了三杯，還吃了兩塊糙糧餅，很快就會飽脹難受。

劉蓮不信，但眼前兩人有救命之恩，她就算再餓也只能忍著，不能當不識好歹的人。

不到一盞茶的時間，劉蓮先覺得胸口堵得慌，緊接著就一陣又一陣地反胃，嚇得直接站起來，手足無措地看著梅妍。

梅妍先替劉蓮按壓了手部穴位，囑咐道：「先站起來走走，和我們說說秋草巷的每個住戶，尤其是我家的右鄰。這兩塊糙糧餅就算打探消息的錢，怎麼樣？」

劉蓮重重點頭，兩人就在草屋裡邊走邊聊，讓梅妍逐漸了解了秋草巷。

秋草巷最惡的幾個都在縣衙大牢裡蹲著，沒個三年五載出不來。

現在清遠縣最令人厭惡還不能得罪的就是俞婆，說是婆，其實本人才三十六歲，清遠縣裡造冊的穩婆只有三個，她是其中之一，也是最厲害的，就連縣衙辦案替女犯檢查的都是她。

俞婆擅長打點，與衙門上下都處得極好，暗地裡賺昧心錢，民不舉就官不究，所以她才敢公然碰瓷，一來穩婆晦氣，但凡能出些錢的都息事寧人；二來，偶爾有鬧到衙門的，也不會對她深究。漸漸的，俞婆在衙門有人的消息就在清遠縣傳開了，背地裡賺昧心錢就更加肆無忌憚，只要有錢進荷包就行。

秋草巷第二個惡人就是梅妍家的右鄰居，是縣衙內造冊的仵作馬川，生得人高馬大，兩年前到清遠縣。馬川人如其名，有一張馬臉，眼睛略長、眼尾上翹，十分英氣的長相，身形高大，與以前歪瓜劣棗的仵作完全不同。

馬川除了與被害苦主交談，基本不說話，也不與人交惡。惡名遠揚、無人敢惹，是因為他什麼屍體都敢驗，什麼死因都敢查，身上總帶著揮散不去的腐屍味。衙門有幾個差役說，他驗屍時會與屍體討論，還經常在凶案現場模仿遇害苦主的姿勢，驗起屍來不眠不休像個瘋子。

梅妍聽到這裡，脫口而出。「妳要嫁給馬川，是因為他替妳阿爹驗屍了？」

劉蓮錯愕地看著梅妍。「妳怎麼知道？」

「瞎矇的。」梅妍眼角一彎，臉上的微笑又動人三分。

劉蓮閉上眼睛，長嘆一口氣，沈默許久才開口。「阿爹在鋪子裡和人吵起來，忽然就口吐鮮血倒地不起，那人說阿爹是暴斃，圍觀的人也這麼說。阿爹的身子骨兒很硬朗，我不信，攔著人不讓阿爹下葬，去縣衙擊鼓喊冤。莫縣令接了狀紙，要認定凶殺，需要仵作驗屍，我同意了。但左鄰右舍、里長和其他長輩都覺得，人死不能復生，最要緊的是入土為安。我不同意，也不讓他們代為操辦，鬧得很僵，直到把他們都惹怒了。」

劉蓮雙手抱頭、手肘支在雙膝上，淚水一點一滴地落在破洞的鞋面上，然後猛地抬頭。「娘走得早，阿爹沒有再娶，和我相依為命，送我讀書識字，教我看圖樣……阿爹沒了，我無所謂什麼至孝至仁的狗屁名聲，只求一個真相。里長聯名上書，鄉紳富戶們也都支持，就連我家的親戚也這樣認為，他們一起請莫縣令主持阿爹下葬，早日入土為安。」

劉蓮眼中都是悲傷與不解。「我不幹！我在公堂上與他們對罵，他們說我咆哮公堂，要莫縣令下令打我板子。這時馬川走到公堂上，對莫縣令說，他覺得此事可疑，要替我阿爹驗屍。里長鄉紳們不同意，身體髮膚受之父母，不能輕易毀損。」

劉蓮胡亂抹去淚水，杏眼有了神采。「馬川說，按大鄴律第三百四十九條，遇害苦主家屬鳴冤提出驗屍，任何人不得阻攔！兩日兩夜後，馬川從阿爹的心裡取出一根細長鋼針，按鋼針刺入心臟的角度和深度，當堂指出與阿爹發生爭執的客人就是凶手，莫縣令立刻派人抓捕，最後在里長家的柴房裡找到此人。

「那人是里長家的遠房親戚，遊手好閒的混混，到我家鋪子閒逛看中了阿爹剛買到的礦石，只想出一半價錢，阿爹買礦石是為了趕製另一名客人的圖樣訂製，自然不同意。那人便起了歹念。」劉蓮緩緩抬起頭，滿臉陰鬱和悲憤，牙齒咬得咯咯響。

「阿爹是方圓百里最好的鐵匠，也是我唯一的親人，阿爹下葬以後，我無家可歸，親朋好友都得罪光了也不可惜。」劉蓮笑了。「我找到馬川，問他要如何感謝，他說是分內之事，不用謝。其實我說想嫁給他是賭氣，因為不管我想怎麼謝他，他只說分內之事四個字，如果換成早前的幾任仵作，早就讓我做牛做馬報答了。我是真的想感謝他，可他就是不領情，一次、兩次、三次，每次都是這樣，我氣極了就那樣喊，現在想想……他是真的不要我謝，不是客套。」

說到這，劉蓮兩眼的神采多了一些光，臉頰泛著可疑的紅，然後又捂了臉。

梅妍再想裝瞎，也無視不了劉蓮眼中對馬川的愛慕之情，真是少女芳心已許，完全藏不住，想必以她的個性，根本沒打算藏。

安靜得像影子一樣的梅婆婆，提醒著。「天快黑了，胃不再脹疼的話，趕緊歇下吧。明日還有許多事情要打聽。」

「是，婆婆。」梅妍和劉蓮異口同聲。

夜深人靜，草屋裡滴答雨聲不絕於耳。

梅妍睡覺時有些認生，搬家後的三天總是睡不熟，就算趕了半個月的路累得要死，卻睡不沈，總是被劉蓮輕微的鼾聲吵醒，早知道另外給她安排一個隔間。

但想到這可能是劉蓮喪父以後睡的第一個好覺，又有些心疼，乾脆悄悄起身，掀開竹簾一看，雨不但沒停，反而下得更大。

這是清遠縣最窮最偏的秋草巷，都是日落而息，天黑就睡，因為沒錢點蠟燭。

梅妍望著黑漆漆的外面，感受著油布也擋不住的濕寒冷意，聽著細密的雨滴聲，不禁回憶起過往。

她來大鄴以前是婦產科醫生，有閒暇時會看穿越網文放鬆腦子，偏好醫術穿文，偶爾也會代入感十足，覺得真有一天穿越，肯定能憑藉醫術闖出一番天地，然而……真的穿越過來，現實骨感又殘酷。

最起碼，沒哪本網文說古代的稅賦有多重，就算是架空也一樣，即使自己有房有馬，還要繳鹽稅、鐵稅、樹苗稅諸如此類的苛捐雜稅，比揹房貸、車貸更沈重。關鍵是揹著房貸、車貸好歹是為自己，依法繳稅也是「取之於民，用之於民」，可大夥的許多苛捐雜稅都是白白上繳的，這萬惡的封建社會！

這樣的社會，穿成高門大戶自然沒問題，可梅妍卻偏偏穿成了一個被丟在荒山野嶺的小女孩，原主不知受了多大的刺激，半點記憶都沒有，讓她睜眼就先體驗冰天雪地版的「野外求生」。

她絞盡腦汁，拚盡所有的地理、生物知識，踩著及膝深的積雪，不知道摔了多少跤、吃了多少雪，總算找到了下山的路，饑寒交迫暈倒的瞬間，看到了駕著牛車的梅婆婆。

就這樣，她堂堂大醫院的婦產科女醫生，被在風雪夜趕路的梅婆婆當成小棄兒撿上了牛車，開始了兩人相依為命的大鄴生活。

第三章

大鄴階級森嚴，第一個月的穿越生活就讓梅妍拋棄了所有不切實際的幻想，每天跟著梅婆婆為了生計奔忙，每天睜眼就要賺稅錢，體會了所謂「餬口度日」的艱辛。

只是，梅妍天性樂觀又堅韌，像株野草一樣適應下來，同時也清楚地認識到，美貌對自己來說並不是好事，梅婆婆無數次的連夜搬家，有些是為了保護自己。

從最初的滿懷戒備，到現在的相依為命，梅妍覺得自己吃盡了幾輩子的苦頭，相形之下，以前在婦產科忙得腳打後腦杓簡直是一種幸福。是的，為了實現自我價值、多勞多得的報酬，是真正的幸福。

因為在大鄴，同樣的付出和殫精竭慮，就算能得到合適的報酬，也會因為稅賦太重，只能一日兩餐地餬口而已，階級剝削四個字從未有過的清晰和刻骨。

但即使這樣，梅妍也只是偶爾睡不著才會這樣胡想一通，一覺醒來又活力滿滿。「真正的勇士敢於直視慘淡的人生」，也繼續忙碌的一天。

胡思亂想了這麼久，梅妍總算有了些睡意，剛摸回竹榻還沒躺下，就聽到外面的嘈雜和叫喊聲，又循聲走到窗邊，掀起竹簾向外看。

只見秋草巷西邊的草屋前，亮著好幾盞燈籠，還有不小的女子哭聲。「俞婆，我求妳了，妳必須去一趟，我娘一人兩命啊！」
「俞婆，妳收了銀錢，接生到半路跑回來，妳現在不回去，信不信我打死你？」男子憤怒的咆哮。
俞婆憤憤反駁。「我累死累活忙了一個時辰，都第三胎了，還生不下來，這是命！這是她命中注定！」
吵鬧聲很大，很快就把秋草巷的人都驚醒了，有幾個衝到門外破口大罵。「吵什麼吵？還讓不讓人睡覺了?!」
「要吵滾遠點，不要吵老子睡覺！」
還有人陰陽怪氣地嘲諷。「喲，俞婆子，平日裡吹牛上天，今兒又被人找上門，再這樣下去，誰家敢找妳接生啊？」
俞婆的嗓門不低、氣勢更強。「我呸！你們去清遠縣打聽看看，三個穩婆誰敢拍著胸脯說包活啊？跪下來求我也沒用！不去就是不去！」留下一聲響亮的關門聲。
「俞婆，開門！妳快開門！」
「俞婆，我求求妳了……」
一邊敲門，一邊不開，秋草巷吵得不可開交。
梅妍嘆了口氣，人的悲喜並不相通，按這情形產婦可能聽不到天亮的雨聲了。正在這時，「吱」一聲門響，梅妍的右鄰馬川披著外衣、提著燈籠，臉色陰沈地走了出去。

「看她這個死鴨子嘴硬的樣子，就知道她不行。真為妻兒好，趕緊另找穩婆，比杵在這兒強得多。」馬川的中氣很足。

「馬仵作，我們去求過了，其他兩個穩婆一聽說是俞婆接手的，都說冤有頭、債有主，還讓我們來找她……我們實在是沒有法子了。」女孩強忍著淚回答。

梅妍一聽就知道是怎麼回事了，俞婆太能鬧也太不要臉，其他兩個穩婆一是沒把握，二是惹不起，所以才把他們當皮球來回踢。

馬川面無表情，語氣平靜得像個機器人。「跟我來。」

梅妍大吃一驚，馬川打算自己去接生嗎？仵作是古代對人體結構最了解的人，真的想接生也不是不行，只是……

萬萬沒想到，馬川居然帶著悲憤的父女倆走到梅家門前，順手一指。「這是剛搬來的梅穩婆家，梅姑娘我看到妳了，出來吧。」

「咳咳咳……」梅妍被口水嗆到了。

這是什麼吃瓜群眾變成瓜的神轉折?!這位大哥怎麼這樣不按常理出牌的，這種情形她不出去好像也不太行，只能硬著頭皮走出去。

父女倆看清了梅妍的模樣驚呆半晌，面面相覷。這麼年輕的穩婆？

馬川又補了一句。「她就是今日在官道上讓俞婆吃癟的姑娘。」

父女倆倒抽了一口氣，眼神有了改變。

梅妍活見鬼似的盯著馬川。這位大哥請保持你高冷的惡人本色行嗎？怎麼能這樣八卦？還有，你說這話是想把俞婆子氣成瘋狗嗎？

馬川的眼睛像是個擺設，完全無視梅妍的震驚，語氣平直。「人命關天，還愣著做什麼？」

父女倆如夢初醒，齊齊向梅妍深深一揖。「請梅穩婆走一趟。」

「夜半出診，一兩銀子，你們出嗎？」梅妍沒有立刻動身，反問。

「有！我可以賣嫁妝！」少女眼神炯炯，把頸項上的長命鎖取下來交到梅妍手上。

「行，你們家在何處，我不認識路，」梅妍收下了長命鎖。「你們可以先跑。」

馬川隨手折了一根樹枝，在泥地上寫寫畫畫，繼續平直地開口。「上北下南、左西右東，這裡是秋草巷口，直走過三個街坊，左轉兩次，再右轉三次，就是他們家。」

「為何要我們先跑？」少女不太明白。

梅妍盯著泥地圖看了三秒，轉身回屋揹上出診大包袱，搖醒劉蓮請她照看一下梅婆婆，便牽出棗紅小馬，翻身上馬。「你們快跑！救人如救火，我騎馬！」

「欸！」父女倆提著燈籠拔腿狂奔。

「駕！」梅妍一甩馬鞭，衝了出去。

劉蓮睡眼惺忪地跑出門，只看到馬川提著燈籠離去的背影，想著梅妍的囑咐又立刻回草屋把門拴上。

秋草巷的人將這一幕看在眼裡，吃驚之餘，有人取笑道：「俞婆，快開門，人家梅姑娘去了。」

「不說其他的，就憑梅姑娘說救人如救火，騎馬接生，我就覺得她比妳牢靠。」

俞婆閉門不出，卻將一切都聽得清清楚楚，立刻打開大門，憤憤罵道：「我俞婆子一個唾沫一個釘，今天把話撂這兒，天亮之前陶家必定報喪！你們等著瞧！」

說完，砰的一聲關了大門。

「行，咱們騎驢看話本，走著瞧。」秋草巷的人打著哈欠各回各家。

梅妍只花了十分鐘就到了楊柳巷陶家門前，大門外挖著一個圓坑，坑邊放著一棵樹苗，想必是用來埋胞衣的。

胞衣就是胎盤，大鄴絕大部分地方的風俗一樣，會將產婦娩下的胎盤埋在一棵樹下，樹長得越好，孩子的身體和前程也越好。

梅妍的視線快速從樹坑掠過，深吸一口氣，徑直走進陶家，暗想父女倆也是急瘋了，大門和院門都敞著，要是遭了賊匪可怎麼辦？

剛走進院門，就聽到裡面一陣又一陣的哭泣。「孩子他爹，桂兒，你們在哪兒啊？」

梅妍估計，桂兒應該就是少女的名字了，跑進裡屋一看，屋子裡熟水、乾淨布巾、繈褓等臨盆物品都預備妥當，一名產婦像從水裡撈出來的，汗濕了頭髮和衣裳，雙手緊抓著被褥，指節發白。

「嬸子，我是穩婆梅妍，受妳夫君和女兒之託，來替妳接生。」梅妍將大背包放下。「長命鎖為證。」

產婦不可思議地瞪大眼睛。「桂兒的長命鎖？」

「嗯，現在回答我的問題，妳生過幾胎，死過幾胎，這是第幾胎？」梅妍動作迅速地戴上帽子、口罩，穿上罩衣，開始觸診。

「我……生過兩胎，死了一胎，這是第三胎，」產婦的眼睫凝著汗珠，強忍著陣痛回答。「從黃昏開始疼，一直到現在了，我好累，好睏。」

梅妍摸脈搏、聽呼吸和心音，產婦羊水已經破了，再加上體力消耗太大、出汗也多，再這樣下去就是個死，立刻從包袱裡取出應急的補充體力的藥丸，塞進產婦嘴裡的同時囑咐。「含在舌下，不要嚥。從現在開始，不要叫喊，保存體力，聽我的，加深呼吸，慢慢的深吸氣……」

產婦又餓又渴，只覺得含在嘴裡的藥丸帶著甜味，清涼的口感緩解了咽喉的乾渴，立刻閉上眼睛，按照梅妍說的深呼吸。

接生的緊要關頭，時間是按秒計算的，如果胎兒卡在產道裡，血液運行不暢超過四分鐘就會缺氧，發生胎兒宮內窘迫。

「現在，我要聽一下胎心音，妳不要說話，儘量放鬆。」梅妍拿著木質聽筒和小沙漏，貼在產婦偌大的圓肚子上，凝神靜氣地聽，順便數胎心。

產婦的精神好了許多，又被梅妍餵了水和吃食，被迫安靜下來以後，覺得失去的體力正在恢復，這才有精神打量這麼年輕的穩婆。

梅妍撐起產婦的雙膝向裡看。

奇怪，陣痛這麼久了，怎麼還沒看到胎頭？一般來說，第一次分娩的稱為初產婦，因為骨盆結構緊，整個分娩時間比較長；第二次因為骨盆已經撐開過，時間一般不超過兩小時，這位產婦都第三次生了，按說應該非常順暢才對。是胎位不正？還是臍帶繞頸？

產婦說話的聲音很低。「梅穩婆，如果真的不行，求妳一定要保孩子，我無所謂。」

梅妍皺緊眉頭，聲音有點冷。「孀子，沒娘的孩子過什麼樣的日子，妳應該很清楚。桂兒求我接生，說哪怕賣嫁妝也無所謂。不要說這樣的喪氣話！」

產婦眼睛蓄滿淚水，好一陣子沒說話，忽然雙手握緊，眼神堅定，聲音提高了不少。「這孩子說什麼傻話？沒了嫁妝怎麼能嫁進好人家？」

梅妍的嘴角微微一揚。行，產婦的求生慾勾起來了！於是用指尖蘸了產婦的羊水，在右掌心畫圈，閉上眼睛再睜開，她清晰地看到了產婦子宮裡的情形。胎兒不大，但是如今側臉剛好卡在產道口邊緣，這麼多次子宮收縮都沒能調整過來。

狀態十萬火急，梅妍輕聲說道：「孀子，妳繼續深呼吸，我要伸手進去把胎兒的位置調正，妳放鬆。」

產婦點頭，按照梅妍教的放鬆法，調整呼吸，積攢體力。

梅妍生得嬌小，雙手更是纖小，伸手進入產道，無視產婦的驚叫聲，輕輕將胎兒的頭面部撥正，又平穩退出。

「姑娘，怎麼樣？」產婦勉強撐起來，焦急地問。

梅妍擦乾淨雙手，重新閉上眼睛再睜開，視野又恢復正常。「已經撥正了，我會配合妳的陣痛，把胎兒往下推，越快出來越好。」

「嗯，嗯嗯……」產婦驚訝得不知道該說什麼才好。

梅妍說得平靜，內心卻是焦灼到了極點，她只希望還來得及，如果晚了，就算胎兒娩出，腦癱的可能性也會很大。

泥路濕滑，雨夜難行，更何況奔跑。陶氏父女倆一路不知道摔了幾次，好不容易才跑到家門口，看到棗紅小馬正悠閒地甩著馬尾巴。

「桂兒……」

「阿爹……」

父女倆看著安靜的陶家，既沒聽到嬰兒哭，也沒聽到大人哭，既不敢衝進去看，又不敢問接下來的話。

難道被俞婆的烏鴉嘴說中，天亮前必定報喪？

父女倆覺得天都要塌了，正猶豫進還是不進，屋內產婦卻是沒有猶豫。

「好！」產婦咬緊牙關。「我都聽妳的！」

梅妍用力推擠產婦的腹部，喊道：「一！二！三！用力！」

一次又一次配合，當用力到第六次後，胎兒順利娩出。

梅妍立刻用預備的臍帶夾，夾住臍帶，剪開，清理新生兒的口鼻部後，嬰兒立刻發出響亮的哭聲，劃破深夜的寧靜。

產婦筋疲力竭地閉上眼睛，心裡確信一點，這梅妍的手段比俞婆高明不知道多少。

「恭喜嬸子，兒女雙全。」梅妍一邊回答，一邊清理嬰兒身上的血污，並迅速用襁褓裹好，放到產婦身旁。

產婦望著哇哇大哭的嬰兒，淚如雨下。

「孩子餓了，嬸子妳不餵一下嗎？」梅妍提醒著。

產婦立刻扯開衣襟餵奶，激動得不知該如何是好。

梅妍替產婦擦汗，又給她前胸後背都塞了一層柔軟乾淨的衣物，鼓勵道：「接下來，還要繼續用力，把胎盤娩出來。」

「好，聽妳的。」產婦近乎虔誠地望著梅妍。

「阿娘！」聽到啼哭聲的桂兒衝到屋門口，驚喜交加地淚流滿面。

「桂兒，妳娘親怎麼樣了？她還好嗎？」陶安站在院子裡，大聲問。

「阿娘，桂兒回來了！」桂兒剛要進屋。

「妳從頭到腳換乾淨了再進來！」梅妍眼急手快地攔在門口。「去燒更多的熱水，為妳阿娘更衣。」

「桂兒，阿娘挺好的，告訴妳阿爹，他有兒子了！」產婦字字清晰。

「好！我知道了！」桂兒立刻退出去，轉身跑去告訴阿爹，然後也讓他漱洗更衣。梅穩婆說了，他倆要乾乾淨淨的才能進去。

陶安聽到好消息，雙腿一軟差點坐在泥地裡，雙眼直勾勾地盯著女兒。「桂兒，妳沒騙阿爹吧？真的母子平安?!」

桂兒笑了，眼角還掛著淚痕。「阿娘親口說的，還能有假？」

「哎！好！好！」陶安笑得嘴角咧到耳後根，平安就好。

父女倆立刻忙活起來。

桂兒漱洗乾淨進屋的時候，產婦的胎盤也完整娩出了，梅妍用力摁了宮底，在產婦肚子上放了一個沈沈的砂袋，用腹帶牢牢裹住。

父親陶安樂呵呵地接過桂兒捧出的包裹好的胎盤，傘也不打，爭分奪秒地把胎盤放到門外的圓坑裡，把小樹栽好，只剩傻笑。

桂兒對梅妍感激地難以言喻，對她的要求照單全收，不打半點折扣，於是產婦很快吃到了溫熱的軟食，擦完身以後換上乾淨衣服，躺在乾淨柔軟的床褥上。產婦身邊，新生兒吃完奶就睡了，小手還不忘抓著娘親的大拇指。

梅妍怕產婦的產程過長，造成子宮收縮乏力，守了一晚，順便囑咐桂兒照顧產婦和新生兒的注意事項。

「梅穩婆，妳說的怎麼和俞婆說得很不一樣啊？」桂兒聽得認真，越認真也越困惑，問出口又覺得不妥，連忙又道：「我不是那個意思……」

梅妍當然知道大鄴產婦坐月子的各種陋習，無所謂地笑彎了眼睛。「對產婦好最重要對吧？產婦身體好了，奶水也多是不是？奶水多，妳弟弟就不會挨餓……」

桂兒用力點頭，是這個道理，卻還是蹙著眉頭。

「好了，現在來說產後惡露的事情，一定要勤換布巾，產婦也要每日適量活動……」梅妍囑咐完營養，又繼續，要說得還挺多，有些口乾舌燥。

桂兒生怕自己記漏了，聽得更加認真，俗話說得好，不怕不識貨，就怕貨比貨。阿娘生第二胎的時候，俞婆接生完以後，立刻要銀錢，說剩下的事情找郎中，然後就走人了。那時，祖母是個甩手掌櫃，除了催孫子，見二胎還是女娃，就一概不管。是桂兒的外祖母趕來照顧，才不至於搞得手忙腳亂。

可偏偏這次，外祖母扭了腳，沒法趕過來，桂兒本來心慌得很，如今梅妍這樣那樣細心囑咐和解釋，還說會每隔三日過來看一下。尤其她又說，如果阿娘有什麼狀況立刻去秋草巷找她，這下，桂兒一點也不緊張了。

直到天光大亮，梅妍離開前都沒開口要錢銀，陶安和陶桂兒拿出一兩銀子雙手奉上。

梅妍眨了眨眼睛。「五百錢就夠了。」

陶安和陶桂兒一臉懵。「昨晚妳不是說一兩銀子嗎？」

梅妍笑了。「對啊，接生三百錢，回診兩百錢，剩下的五百錢是給產婦補養身子用的。月子坐得好，吃得好，身子恢復得快，就不會變藥罐子了。」

陶桂兒的眼淚毫無徵兆地落下，又用衣袖胡亂擦掉，對著梅妍深深一揖。「多謝梅穩婆！」

梅妍收好五百錢，騎上棗紅馬，對桂兒說：「長命鎖在妳阿娘那裡，趕緊戴上吧。三日後見。」

陶安也是深深一揖，緊懸了一日一夜的心，總算落回原處，陶家怕是遇上貴人了吧？畢竟清遠縣裡，俞婆說要認命的，還真沒有逃得過的。偏偏這梅穩婆看著如此年輕，卻有起死回生的能力，他直到現在，還有些不敢相信。

「走啦。」梅妍一甩馬鞭。

「梅穩婆走好！」陶桂兒雙手攏在嘴邊，大聲招呼。

梅妍聽到了，伸出右手用力擺了擺，馬脖子上掛的銅鈴，發出清脆悅耳的聲音，迎著晨光，縱馬離去。

第四章

秋草巷梅家，劉蓮一早就起了，照顧梅婆婆的早飯起居，打開門就看到俞婆搬了凳子，像個墩子坐在大門外，又沒好氣地關上門。現在不只俞婆，秋草巷的懶散閒人們也在梅家附近轉悠。

天都亮了，還沒聽到陶家報喪，但也沒見到梅妍回來，這算是怎麼回事呢？

一個癟嘴老太太問：「陶家的不會還沒生下來吧？」

俞婆胸有成竹，完全不在意近在眼前的閒言碎語。「你們都瞪大眼睛看著，都豎起耳朵聽好！我俞婆說話就是鐵口直斷，我說天亮前報喪，就挨不過雞鳴！」

「吹！使勁吹！」斷了一條右腿的懶漢子，站得歪歪斜斜，看熱鬧不嫌事大。

俞婆輕蔑地哼了一聲。「陶家的能母子平安，我俞婆就拜梅妍為師，當姑奶奶一樣供著！」接生這麼多年，她這點把握還是有的。

偏偏在這時，一巷之隔、也不知道誰家的公雞打鳴了，一聲又一聲，除了耳朵不好使的，每個人都聽到了。

「俞婆，雞叫了。」癟嘴老太太樂呵呵地斜眼看她。

「喲，你們聽，銅鈴的聲音，梅姑娘的馬是不是繫了銅鈴的？」一位大嬸突然說話。

俞婆的臉色有了微妙的變化。

「喲，梅姑娘回來啦！」站在秋草巷子口一位大嬸招呼著。「陶家的婆娘怎麼樣啊？」

「託嬸子的福，母子平安。」梅妍放慢馬速笑著回答，人與人之間，要好大家好，但遇上俞婆這樣存著欺人踩人的心，她自然也不會客氣。

「哎，平安就好。」大嬸笑成一朵花似的，跟在梅妍後面往裡走，看熱鬧不嫌事大，邊走邊喊：「梅姑娘回來啦，母子平安！」

「俞婆，母子平安啊！」

這一喊不要緊，整個秋草巷的人都往梅家走，像接力一樣嚷嚷。「俞婆子，陶家的母子平安……」

秋草巷入口處陡然熱鬧起來，但梅家在巷尾，還沒收到消息，劉蓮推門出來，想把籬笆圍著的地方清理一下，偏偏俞婆像個木墩子一動不動，厭惡地開口。「俞婆，我要掃地了，妳還不走啊？」

下了這麼多天的雨，總算出太陽了，劉蓮不想悶在屋裡，也想順道幫恩人家做事。

「急什麼？」俞婆紋絲不動，上下打量劉蓮，嘴巴不饒人。「喲，妳這是成了梅家的打掃婦啊？這麼勤快裝給誰看呢？」

劉蓮沒說話，竹掃帚每揮一下，就「嘩啦」濺出許多泥點子。

「哎喲喂，沒長眼睛啊？往哪兒掃啊？」俞婆的衣服上全是泥點子，氣到跳腳。

「我掃自家院子，關妳什麼事？」劉蓮連掃三下，見人掃地還不走，真不要臉。

俞婆破口大罵。「妳這個喪門星，剋死了娘，又剋死了爹……」

劉蓮的淚水蓄滿眼睛，卻打掃得更加用力，逼得俞婆邊罵邊退。

「啊，呸呸呸！」不少泥點進了俞婆的嘴，總算暫停了咒罵。

「梅姑娘，妳回來啦？」劉蓮遠遠看到梅妍，不由得喜出望外。「快進來，我把院子掃乾淨了。」

俞婆一抹嘴，整個人站得筆直，傲慢地抬起下巴。「喲，這麼晚才回來，替人守靈了嗎？」

梅妍一揚馬鞭從俞婆身邊掠過，棗紅馬的尾巴一甩，直接把俞婆的嘴給堵了。

「啊……呸呸呸！」俞婆好不容易呸乾淨，轉身想跟進去，又被恰好關上的竹編門磕了頭，氣得七竅生煙。「梅妍妳個賤貨，開門！」

梅妍把俞婆當空氣，牽馬走進馬廄，在馬槽裡放了乾草，又給馬披上了量身訂做的馬棉袍，收拾妥當以後，剛走回院子，發現不少人正往這裡來。

劉蓮最恨俞婆那張臭嘴，特意提高嗓音問：「梅姑娘，陶家的還好嗎？」

梅妍當然知道劉蓮的用意，就站在梅樹下，笑得眼角彎彎。「母子平安，因為產程拉得太長，怕她產後大出血，所以守了一晚上。劉姑娘，謝謝妳照看婆婆。」

梅妍話音剛落，草屋外面像炸了鍋一樣熱鬧。

「俞婆子！聽到沒？母子平安！」

「俞婆，妳怎麼還有臉在這兒撒潑罵街？」

「俞婆子，妳看看，梅姑娘人美心好，怕陶家的產後大出血，還守了一晚上！妳呢？孩子生下來就走。這人比人得死，貨比貨得扔啊！」

「俞婆子，妳剛才說了什麼還記得嗎？」

秋草巷的人你一言、我一句，所有的視線都集中在臉紅得發燙的俞婆身上。

「不可能！妳這賤蹄子滿嘴謊話！」俞婆氣得快冒煙了。怎麼會這樣？這次被梅妍比下去，以後她還怎麼在清遠橫著走？

梅妍可不是軟柿子，對著俞婆粲然一笑，非常客氣地問：「妳的手指還疼嗎？十指連心疼，妳忘了嗎？」

俞婆的身體比大腦反應更快，反射地後退了三步，臉色變了好幾次，一扠腰、一跺腳。

「我現在就去陶家看個究竟，妳等著！妳給我等著！」

「我為什麼要等妳？」梅妍天然帶笑的臉色帶著些許陰沈。「俞婆，妳要是再敢來我家門口撒潑，下次招呼妳的就不是泥點子和馬尾巴了。」

俞婆倒退了好幾步，轉身就走，走得飛快，時不時還趔趄一下，哪還有方才的氣勢？根本就是夾著尾巴的喪家犬。

秋草巷的人熱鬧沒看夠，衝著俞婆的背影嚷嚷。

「俞婆，妳一定要去陶家看，一個唾沫一個釘！」

「對啊，俞婆，我們大夥兒都等著妳，哈哈哈……」

「哎，俞婆，直走啊，別拐彎啊，別像昨晚一樣當縮頭烏龜啊……」

被這麼一鼓譟，俞婆走得更快也更慌張了。等左鄰右舍熱鬧看夠了，就各自散了，大家都知道俞婆不敢去也沒臉去，就憑她昨晚接生半路逃跑，不管是誰家都不會給她好臉看，不打她就算仁善了。

梅妍等圍觀的人都走了，這才關了竹門，進了裡屋，從大包袱裡取出三個熱騰騰的大肉包子，剛好一人一個。

劉蓮捧著肉包子眼睛都直了，這可是綠柳居的大包子！八文錢一個呢！咕嚕嚥下口水，磕磕絆絆地開口。「梅姑娘，我沒錢，吃不起這個。」

梅妍粲然一笑。「這是妳照顧婆婆的謝禮，不要錢，趁熱吃，涼了就不好吃了。」

梅婆婆咬了一口，立刻就吃到了噴香的肉餡，滿嘴油香。「這包子薄、皮大餡十八摺，做得實在，嗯，味道也好。」

劉蓮一口咬下去，都還沒嚼嚥就又咬了一口，腮幫子鼓鼓的。

「妳慢點吃！沒人和妳搶！」梅妍勸道。

包子吃完，劉蓮只覺得整個人都有了精神，把屋子裡外打量了三次，提醒道：「梅姑娘，妳們這屋子要趕緊趁著天好修起來，不然天一熱哪兒哪兒都發霉，房前屋後全是螞蟻和蟲子。」

梅妍把劉蓮拉到矮几坐好，取出粗草紙和炭筆，問：「不急，一樣一樣來，妳先告訴我，清遠縣每個月每個人要繳多少稅？有什麼豁免項？穩婆每接生一個，要繳多少稅？」

劉蓮從小認字，還幫著阿爹打理鐵匠鋪的進項，對這些如數家珍，一項一項替梅妍列在粗草紙上，用「清遠通」來形容一點都不誇張。

梅妍看著寫滿了的粗草紙，粗略估算，如果一個月都沒人找她接生，也要淨繳一百錢的稅。穩婆每接生一個孩子，就要繳所得的一半收益。也就是說，梅妍今日得了五百錢，眨眼間就剩二百五十錢了。

去他的二百五！

梅妍嘆了一口氣，又問：「劉姑娘，這個草屋修到不漏雨、不透風，大概要花多少錢？」

劉蓮邊想邊寫滿了一張粗草紙，細算下來，加上修屋稅，至少十八兩銀子。

梅妍無語望天好半晌，又懷著最後一點希望。「家有生病的老人可以減稅嗎？」

劉蓮一臉詫異。「從未聽說。」

反正也習慣了……習慣個頭啊！梅妍又問：「縣太爺會不會隨興加稅？」

劉蓮仔細回憶後才開口。「至少最近五年沒有。」

「階級」兩個字像天塹一樣橫在梅妍心裡，她再厭惡痛恨也無濟於事，就算生活不公也要好好生活，要養家餬口，還要想辦法把梅婆婆的身體調養好。

梅妍把兩張粗草紙收好，打了個大大的呵欠，昨晚失眠又接生熬夜，揣著五百錢離開陶家以後，她還騎馬把大小集市逛了一遍，買了綠柳居的大包子、米麵等等東西，現在睏得不行。

梅婆婆從裡屋走進廚房，勸道：「妍兒，清遠縣不大，妳頂替俞婆給陶家接生的事情很快就會傳遍，趕緊補覺。等我的雙腿好些了，可以給妳做些乾糧餅備著，快去吧。」

劉蓮看到梅妍大眼睛下一圈黯色，趕緊關窗關門。「婆婆說得對，清遠縣不大，人還挺多的，就我知道的快要臨盆的就有二十多個。梅姑娘，妳趕緊休息，說不定什麼時候就有人找來呢。」

梅妍躺回竹榻上，一覺醒來已是傍晚。

因為職業習慣，梅妍是瞬間清醒型，睜眼盯著油布鋪就的天花板半晌，稅要繳，床幔也要買，屋子要大修，雖然手裡有些積蓄，但不足以支付這些，這麼多年也習慣了。

讓接生來得更猛烈些吧！

劉蓮推門走進來，先被竹門的吱呀聲嚇了一跳，又被一骨碌爬起來的梅妍嚇了一大跳。

「梅姑娘妳醒了呀？晚飯已經好了。」

梅妍應著，快速漱洗後，扶著梅婆婆坐好，三人圍坐在矮几前閒聊八卦。

劉蓮先開口。「梅姑娘，早晨俞婆還真的去了陶家，妳猜怎麼了？」

梅妍想了想。「陶家肯定讓俞婆退銀錢，然後趕走她。」昨晚聽陶家的語氣，俞婆收了不少錢。

劉蓮興致勃勃地說：「我今兒去小河碼頭洗簾子布，大家都在笑，俞婆扠著腰杵在陶家門前，大聲問桂兒娘怎麼樣了。結果嘩啦一大盆髒水潑出來，俞婆變成了落湯雞，好多人都看見了，哈哈哈……活該，這完全是她自找的！

「俞婆立刻跑回家去了，到現在都沒出來，」劉蓮停頓一下。「秋草巷的人今日出工的時候，把昨晚的事情宣揚出去，現在全縣都知道俞婆半夜接生摞挑子的事情。」

梅妍喝了一口麵片湯。「一大早觸人霉頭自討沒趣，怪誰呢？」說完抬頭的瞬間，看到透光的竹門外站著一個人形，看身影還挺高的。

劉蓮順著梅妍的眼神轉頭，也看到了。「誰啊？」

「馬川。」門外人回答，一個字都不多說。

劉蓮立刻站起來，想到昨晚的事情，又覺得沒臉見人，保持著半站不站的姿勢，一時不知道該如何是好。

梅婆婆裝作沒看見劉蓮臉上可疑的緋紅，專心吃飯。雖說日久見人心，但她對劉蓮的初印象還不錯。

梅妍打開擺設般的竹門，微微笑，順便行了常禮。「馬川大人，您進晚飯了嗎？要進來坐一下嗎？」

馬川比梅妍高了整整一個頭，沒有表情的馬臉堪比木雕，偏偏眼神銳利令人很不舒服，只是注視著她，一言不發。

梅妍抬頭打量馬川，毫不在意。「大人，您有什麼事儘管說。」

馬川聲音平直地問：「產婦臨盆娩出死胎，穩婆說是胎死腹中，產婦卻堅持說是穩婆謀害死的，如何判斷？」

梅妍微一皺眉。「將孩子放入水中，胎死腹中的會沈底，浮起來或者半沈浮的多半是娩出後才死的，再結合孩子身上有無外傷、口鼻部有無污穢和瘀痕等作判斷。」

「為何？」馬川又問。

梅妍雖然對馬川沒什麼好感，但是好歹他昨晚幫了自己一次，所以解釋得很有耐心。「胎兒在母親子宮裡是不呼吸的，肺處於壓縮狀態，像個實心肉團，所以會沈底。臍帶斷開，肺部立刻擴張吸入空氣，所以會浮起或半浮。」

馬川又上下打量了梅妍一次，居高臨下。「倘若妳穩婆當得足夠好，勝過俞婆，就可以成為縣衙檢驗女犯的穩婆，檢驗女犯沒有酬勞，但每個月的稅賦可以減半。倘若一個月檢三名女囚，當月稅賦全免。」

梅妍的眼睛一亮。「怎麼樣才算勝過俞婆呢？」

馬川沒答，大步流星地走了，速度之快超出想像。

好歹回答一下再走嘛！梅妍嘆氣，觀察馬川的背影、走路的儀態、說話語氣、沒有表情的木雕臉，他不會是人工智能吧？哎！亂想什麼呢？

梅妍甩掉怪念頭，往裡屋走，差點和劉蓮撞上。

「梅姑娘，馬仵作從來不和人說話的，他已經主動找妳兩次了……」劉蓮說得既興奮、又苦澀，自己和梅妍根本沒法比，哪裡都比不上。

梅妍拍了拍劉蓮的肩膀打趣。「硬邦邦的像木頭人一樣，我可受不了。」

「他才不是木頭人，他……」劉蓮在梅妍侷促的眼神裡，又一次紅了臉。

「行啦，我知道他是妳的大英雄。」梅妍笑了。硬邦邦的木頭人，大概也只有榴蓮姑娘能把他砸出幾個小洞，在她看來，他倆絕配。

三人吃完晚飯，劉蓮搶著刷碗刷鍋做所有家務，還替梅妍補好了幾件罩衣，說是抵房租。梅妍和婆婆互看一眼，也就隨她去了。三人趕在天黑前漱洗整理完畢，躺倒在竹榻上。

梅妍白天睡得太多，毫無睡意，奇怪的是，劉蓮好像也沒睡著，一直輾轉反側。

「劉姑娘，妳有心事？」

「梅姑娘，我在清遠縣找不著活兒，想去其他地方試一下。」劉蓮愁眉不展，梅家大度收留她，不收房租還供了三餐，她再怎麼厚臉皮也不能讓梅家替自己出稅錢。

「妳在其他地方有親戚可以投奔嗎？」梅妍當然了解劉蓮的想法。

「沒。」劉蓮快愁死了，她離開清遠縣連容身之地都沒有。

梅妍很欣賞劉蓮的自立自強，但是外部環境太過惡劣，再自強也沒法子，忽然有了主意。「明日起，妳告訴我縣裡即將臨盆的孕婦，每位孕婦家裡有幾口人，都是做什麼的，人品如何，有沒有什麼惡疾……不讓妳白說，介紹一位我給妳五文，怎麼樣？」

劉蓮沒有回答。

梅妍也不強求。「如果妳執意要離開清遠縣也可以，何時走說一聲，婆婆可以備一些乾糧給妳路上吃。」

「梅姑娘，我只想讓阿爹死得瞑目有錯嗎？馬仵作的結論都已經出來了，莫縣令也已經判了秋後問斬……」

劉蓮說出的話，根本牛頭不對馬嘴，但眼前有個對自己好的人，她再也按捺不住壓抑的滿腹委屈。「我的左鄰右舍，看著我長大的老人家，一起長大的同伴，他們都罵我是不孝的逆女，罵我是災星……這麼多年，他們不知道我是什麼樣的人嗎？梅姑娘……」

梅妍坐起身，輕輕拍了拍劉蓮。「妳很好，妳沒錯。」

劉蓮撲在梅妍的肩頭，像個受盡委屈的孩子嚎啕大哭。

梅妍也曾想過，如果有一日梅婆婆受了冤屈，自己能不能像劉蓮一樣面對鋪天蓋地的辱罵與指責，堅持到底。答案是會！因為穿越到大鄴以來，給過她毫無保留的溫暖和信任，只有婆婆一個人，為了保護最親近的人，她也可以！

等劉蓮哭夠了也哭累了，梅妍才幽幽開口。「明天幫我把衣服洗了吧，肩膀都濕透了，讓我換件衣服。」

劉蓮不好意思地笑了。「梅姑娘，謝謝妳們收留我，明兒一早，我就和妳說那些孕婦的事情，不要錢。」

第五章

第二天一大早，劉蓮躡手躡腳洗了衣服曬好，做好早飯，才叫梅妍和婆婆起身；把屋子裡收拾好以後，就向梅妍逐一介紹孕婦的情況，詳細程度堪比博物館的「導覽器」。

梅妍邊聽邊記，一上午的時間就做好了孕產婦的健康檔案，到時若有人找上門來，一來可以節約時間，二來也方便覆核。

做完檔案，閒來無事，梅妍惦記著陶桂兒的娘親，雖說好了三日後上門複診，但好歹是她在清遠縣的第一樁接生，還是去看看比較好。

「對了，劉姑娘，陶家怎麼樣？」梅妍想到那日陶桂兒娘親孤零零一個人躺在床榻上的樣子，就覺得這家絕對有故事。

劉蓮搖頭。「桂兒奶奶不喜歡媳婦，嫌她兩胎都是女兒，平日冷言冷語，陶家再忙也不搭把手；桂兒外祖母心疼女兒，每次來看望都帶東西，卻總是挨親家白眼。好在桂兒爹向著媳婦，分家搬出來單過，只是這樣桂兒奶奶就更加不喜歡他們，偶爾路口陶家門前都呸一口，罵起人來可難聽了。」

梅妍嘆氣，弱者只會向更弱者揮刀，適用於古今中外任何時刻任何人，然後看向劉蓮。「我想去集市再買些吃食備著，妳和我一起去？」

「我還是不了吧。」劉蓮猶豫片刻，訕訕地說：「萬一他們漲價或者不賣，憑空惹人生氣。」

梅姸毫不在意，拽著劉蓮的胳膊就出去了。「帶路。」

事實上，劉蓮不是白擔心，梅姸清晰地感受到每一個不善的眼神，以及無處不在的指指點點，確實掃興。梅姸拉著劉蓮一路走、一路逛，什麼都沒買，不知不覺地就到了陶家門前，出人意料的是，裡面竟然傳出了吵鬧聲以及桂兒的哭聲。

「這些都是給娘親補身子的，您不能拿走！」

「妳這小蹄子閉嘴，去各處打聽打聽，誰家坐月子吃得這麼好，以為自己是誥命的官夫人呢？啊？有這麼敗家的嗎？」一個瘦骨如柴的婦人提著一籃子吃食，氣呼呼地走出陶家。

陶桂兒追了出來，死命地拽住籃子。「奶奶，您都拿走了，我們吃什麼？」

「啪」一記響亮的耳光，陶桂兒的右臉浮出清晰的指印，淚水在眼睛裡打轉，卻倔強地不流下來，仍然拽著籃子。「奶奶，我阿娘的命是好不容易才救回來的！這些是梅穩婆囑咐買的！我絕不讓您拿走！」

「呸！哪來的梅穩婆？什麼東西？見天的胡說八道！」婦人瘦歸瘦，中氣卻足得很，看周圍聚攏來的人，嗓門更大。

梅姸走過去，一把搶過籃子，遞給陶桂兒。「我就是梅穩婆，老人家，妳不顧兒媳就是不顧孫子，兒媳身子弱沒奶水，孫子吃什麼、喝什麼？虎毒還不食子呢，哪有當奶奶的搶兒孫輩吃食的道理？」

婦人像被踩了尾巴的貓一樣跳起來，手指恨不得戳進梅妍的眼睛裡。「妳就是那個沒羞沒臊、勾搭仵作的梅賤貨？」

陶桂兒簡直不敢相信自己的耳朵，奶奶怎麼能說這樣的話，急忙擋在梅妍面前。「奶奶，梅小穩婆是娘親和弟弟的救命恩人，您不能這樣毀人清白！」

陶家門口圍滿了人，個個看熱鬧看得渾身是勁。

真稀奇，這樣美麗的少女竟然是穩婆？被人這麼罵居然不哭？

梅妍天生笑臉，眼神卻透著冷意。「都知道女子清白聲譽最重要，卻每每都罵人賤貨，妳說話怎麼和俞婆這麼像呢？妳們可知道，毀人清白是可以去縣衙敲鼓的！大家都聽到了，個個都是人證，妳再說一句試試？」

老婦人卻陰陰一笑，有些混濁的眼睛透著算計，全然不怕。「妳敲啊，看衙門會不會理妳？妳去啊！」

梅妍當穩婆這麼多年，收拾的惡婆婆沒有一百個，也有五十個，對付這些老人家很有經驗，不論她們如何咒罵，不要順著辯解，要立刻切換其他問題，問到她們詞窮，一般越這樣，她們越氣急敗壞，圍觀的人也越多，對以後的影響也越大。

就陶桂兒的奶奶這樣，還真不在梅妍眼裡，忽然大聲問：「俞婆在哪兒？」

四周陡然安靜，下一秒就爆出吵鬧。「俞婆躲在石墩後面看戲呢！」

「桂兒娘親胎位不正難產，俞婆半路逃走，陶家父女倆追到秋草巷，俞婆拒絕接生，鬧得不可開交，馬川仵作說我可以試，純屬無奈之舉。試了也許還能救，不試肯定一屍兩命！俞婆還放狠話，陶家天亮前必定報喪。天亮以後母子平安，她來質問陶家，被潑了髒水懷恨在心，就找妳嚼舌頭是不是？」

梅妍冷笑一聲。「搶走吃食也不算什麼大事，可是桂兒的娘親身子本來就虛弱，妳這樣鬧，還打算天天大鬧一場，妳兒媳氣出個三長兩短，或者乾脆氣死了，如了誰的意，又稱了誰的心？」

老婦人渾身一怔。

梅妍點頭。「沒錯，到時俞婆就可以到處吵，證明自己沒錯，就能挽回她的臉面，妳還不明白嗎？」

圍觀的婦人不少，一時間都拿眼刀扎俞婆，太歹毒了，什麼東西？

梅妍抓住機會補刀。「兒子在外面出工養家，當娘的搶吃食、打孫女還把媳婦氣壞了，兒子回到家，妳怎麼交代？妳還指著兒子養老嗎？母慈子才孝，這麼淺顯的道理，妳不懂嗎？」

「聖人說得好，天下無不是的父母！」陶家婆婆臉紅脖子粗地吼。

梅妍毫不客氣地反問道：「哦，妳這麼瘦弱、臉色發黃，想來也是操勞多年才變成這樣的，妳心裡沒有恨嗎？沒有怨氣嗎？妳對自己的父母、公婆一直都是畢恭畢敬的嗎？」

陶家婆婆臉色一變，看起來像要生吃了梅妍，剛要發作。

此時，人群爆發更多喧譁，每個人都爭著說話。

「她仗著自己生了三個兒子，欺負妯娌，分家的時候鬧得雞犬不寧！」

「要不是她名聲這麼臭，陶家娶媳婦也不會這麼難！」

梅妍不禁感慨，群眾的力量是無窮的，陶家婆婆頓時被扒了個底朝天。不過，這事好歹是俞婆挑起的由頭，現在正是棒打落水狗的時候。

梅妍徑直走到俞婆面前。「穩婆雖然是三教九流最下流，但是公道自在人心，妳心中不服，我們在接生上見真章，私下搞這些東西，只會更加被人瞧不起，敗壞穩婆的名聲。家和萬事興，整日搬弄是非，死後是要下拔舌地獄的。」

最後幾句話，讓快被口水淹死的陶家婆婆彷彿抓到了救命稻草，撲到俞婆面前，一把抓住她的頭髮。「妳這個不要臉的死婆子，我就不該聽妳嚼舌頭……」

俞婆不甘示弱，破口大罵。「呸，陶婆子妳血口噴人，明明是妳見不得兒子向媳婦！」

梅妍輕輕搖頭。在她們心裡錯的一定是別人，所以，根本沒必要勸架。

陶桂兒簡直不敢相信，梅妍幾句話，奶奶和俞婆就這樣打起來了。這……這……好厲害啊！她瞬間變成星星眼。「梅小穩婆，妳能去瞧瞧我阿娘嗎？」

「走吧。」梅妍被陶桂兒拽著，一手還拉著劉蓮，三個人一起進了陶家。

陶家裡屋，桂兒娘正淚流滿面地靠坐在床頭，見到陶桂兒臉上鮮紅的指印，眼淚流得更凶了。「桂兒，妳阿爹出工好幾日不在家，我們可怎麼辦？」

陶桂兒咧嘴一笑。「阿娘，您放心，奶奶這個月都不會再來鬧騰了。」忙著和俞婆互掐呢。

梅妍開門見山地勸。「陶家嬸子，雖說不能對長輩無禮沒錯，但是也別氣著自己。妳一人吃好喝好，就是兩人好吃好喝，當娘的自然要心疼孩子不是？」

陶桂兒湊到阿娘耳邊這樣那樣地一說。

「哎！」桂兒娘點頭的時候，眼睛裡還閃著淚花，但神情已然堅定了許多。「有勞了。」

梅妍仔細地檢查了一番，然後才開口。「子宮收縮有力，惡露的顏色也正常，這幾日春寒仍然厲害，妳要注意保暖，孩子也一樣，但也不要捂得太多。」

「哎。」桂兒娘連連點頭。

隨後梅妍又針對新生兒的養護問題，囑咐了不少。

「嬸子，妳就按一日六餐，少量多餐這樣吃，餐後下床走動一下，身體恢復得快。」梅妍實在沒什麼可以囑咐的了。「暫時就這樣吧，有什麼事到秋草巷來找我就是了。」

「桂兒，妳把這些都記在心裡，以後自己也用得著。」梅妍微笑著對陶桂兒說。

「多謝梅小穩婆。」桂兒對年齡相仿的梅妍發自內心地尊敬，說完就從廚房裡提了一籃子雞蛋出來。「這是我外祖母託人捎來的，妳帶回家吃。」

梅妍看著滿滿一籃子雞蛋怔住了，隨後堅定地拒絕。「妳阿娘身子虛弱需要人照顧，但是照顧人也是體力活，妳阿爹不在家，全靠妳一個人，妳也要想法子吃好睡好。妳要是累倒了，妳娘親和弟弟就難過了。」

這兩日來道喜的人多，招待的事情也多，桂兒撐得很辛苦，所有人都囑咐她好好照顧阿娘，梅妍卻是第一個看出她辛苦的人，她一時間百感交集。

「我們走啦。」梅妍笑著揮手，拉著劉蓮離開。

桂兒一聲嗯應在肚子裡，又抓緊時間去做午飯，往鍋裡磕雞蛋的時候，也給自己磕了兩個，心裡高興想笑，可是又有些想哭，好累啊……

梅妍和劉蓮手拉手走出陶家時，陶家婆婆和俞婆都不見蹤影，圍觀的人也不見了，想來這場熱鬧又夠清遠縣討論幾日了。

「劉姑娘，」梅妍四下張望。「泥水匠去哪兒找？」

劉蓮完全忘了這事，趕緊回答。「去年冬天極冷，積雪很厚，壓壞了許多人家的屋頂，開春以後又連續下了十幾日的雨，好多人家都漏雨漏風，泥水匠生意好得不行，一時很難找。」

梅妍忽閃著大眼睛。「所以，現在找不到泥水匠？」

劉蓮不好意思地笑了。「陶家就是清遠縣最好的泥水匠。」

梅妍撫額。「行吧，等桂兒阿爹忙完再說，也不知道要等多久。」

劉蓮不知想到了什麼又愁了起來。

梅妍晃了晃劉蓮的胳膊。「妳怎麼了？」

「粗略估算一下，陶安師傅要到夏末才能有時間。」劉蓮嘆了一口氣。「那樣的話，桂兒就很辛苦了。」

兩人不約而同地嘆了一口氣。

「跟我來！」梅妍心念一動，拽著劉蓮的胳膊又走回陶家。

「梅小穩婆，妳……」陶桂兒再次看到梅妍，不由地怔住了。「忘了什麼東西嗎？」

「桂兒，妳老實說，」梅妍注意到院子角落的木盆裡堆了好多髒衣服和布巾帕子。「昨天我走了以後到現在妳睡過覺嗎？」

陶桂兒搖頭。

「做妳阿娘一日六餐就夠忙的了，那麼多衣服要洗要補，還要扶妳阿娘遛彎、給弟弟換尿布，有人來道喜妳還要接待……」梅妍掰著手指數，除非陶桂兒有分身術。「妳一個人忙得過來嗎？」

陶桂兒還是搖頭。

「我給妳找個幫手吧！」梅妍把劉蓮推到陶桂兒面前。「劉蓮怎麼樣？據說她很能幹的！」

陶桂兒看看梅妍，又看著劉蓮，好半晌以後才開口。「劉姑娘是清遠縣出了名的能幹，我家可能付不出這麼多工錢。」

劉蓮驚呆了。「你們家不介意我……不祥嗎？」

陶桂兒連連擺手。「我阿爹、阿娘悄悄說過，有女兒像劉蓮姊姊一樣，是幾世修來的福氣。」

梅妍笑得比春花還要燦爛。「那行，我們來談談工錢吧。」

三人商議後決定，劉蓮每日替陶桂兒洗衣縫補，按數量結算，兩件衣服一文錢，五塊尿布一文錢，兩個補丁一文錢；如果洗不乾淨或者縫補不好，就不算工錢。

陶桂兒做飯時，劉蓮幫忙燒火，午飯以後陶桂兒午睡半個時辰，劉蓮幫忙照看桂兒娘母子二人。如果陶桂兒招待道喜的人抽不開身，劉蓮就代做吃食，照顧桂兒娘母子倆。

梅妍負責劉蓮的一日三餐，不占陶家的吃食。這樣算下來，照顧桂兒娘到出月子的時候，劉蓮能掙下一個半月的稅錢。

陶桂兒簡直不敢相信，劉蓮姊姊能來陶家幫傭；劉蓮也不敢相信，陶家會雇傭自己；梅妍更意外，出來散個步，劉蓮就找到了工作。

皆大歡喜的結果就是，劉蓮立刻留下幫忙，梅妍自己一個人走回秋草巷。

梅妍走入秋草巷的瞬間，好些人爭著和她打招呼，有一位婦人擠眉弄眼地指了指俞婆的家。她心領神會，但對她而言，只要俞婆不作妖就行，畢竟碾壓她一點成就感都沒有，只會覺得浪費時間和精力，剛走到巷子的中段，她遠遠看到梅婆婆站在門口左顧右盼，立刻小跑著回家。

梅婆婆拽著梅妍從上到下地打量，確定她毫髮無損，才鬆了一口氣。

梅妍被打量得莫名其妙。「婆婆，怎麼了？」

「俞婆回家時，頭髮散亂，臉上、身上被抓得一道道的，我以為妳和她動手了。」梅婆婆緊懸的心終於放下了。

「她今日早晨被潑了一身髒水，氣不過就挑唆陶家婆婆找碴。」梅妍不以為然。「您也知道，惡婆婆我見多了，最後她倆打起來，我去檢查產婦，還給劉蓮找了事情做。」

「哦？哪一家？」梅婆婆很驚訝。

梅妍笑意盈盈地回答。「陶家是泥水匠，整日出工賺錢，家中只有桂兒母子三人，桂兒娘要靜養，所有家事都壓在了桂兒一個人身上，實在忙不過來，劉蓮會在陶家幫傭一個月。」

「這樣再好不過了。」梅婆婆連連點頭。「走吧，回家。」

「哎。」梅妍立刻扶著婆婆。

「我起初以為俞婆暗算妳，妳氣不過才把她打成這樣。」梅婆婆邊走邊說：「就怕妳被打得更厲害，所以不放心。要不是老寒腿拖累著，我就直接找去陶家了。」

「婆婆，您就不怕我欺負人嗎？」梅妍打趣道。

「我老婆子一手帶大的孩子最清楚，妳才不會欺負人，就算妳欺負人，那也一定是那個人有錯在先，必定做了極過分的事情。」梅婆婆跨過門檻時，眉頭突然皺緊。

梅妍輕笑出聲，婆婆護犢子就是這麼厲害。

「但妳還要多留心，俞婆是個小人，不會輕易認栽。」梅婆婆只怕梅妍被欺負。

「婆婆，您教我的都記在這裡呢！記得可牢了！」梅妍點了點自己的腦袋，眼睛很亮。「婆婆，午飯想吃什麼，我來做！」

「沒什麼特別想吃的。」梅婆婆忍不住嘆氣，同時憂心忡忡。「這個月的稅錢夠嗎？」

「稅錢夠了，但是吃喝有些緊。」梅妍盤算著，梅家沒有地，雖然家裡米麵都有，但是蔬菜、肉都要買，現在還多了劉蓮吃飯，必須精打細算才行。

「我年歲大了，又不幹活，少吃點，一日兩餐就夠了。」梅婆婆接話得很乾脆。「妳還在長身子，必須吃三餐。」

梅妍立刻拒絕。「婆婆，您的身體已經熬壞了，不能再少吃，放心，我有法子。」可以去肉鋪買下水，很便宜，就是處理起來費時費事。

「妍兒！」梅婆婆的話音未落，就被打斷。

「婆婆，您要是不吃，我也不吃！」梅妍心裡很不是滋味，梅婆婆的老寒腿就是為了救自己落下的病根。

「妳這孩子怎麼這麼倔？」梅婆婆生氣又心疼，只能無奈地嘆一口氣。

第六章

「馬仵作嗎？」梅婆婆看到竹門外的高大人影。

梅妍立刻回頭，趕緊去開門不忘帶著笑臉。「仵作大人，有事嗎？」心裡嘀咕，縣衙這麼閒的嗎？他不用當值？

馬川眼神銳利，聲音平直。「有位女子自稱懷有身孕五個月，五年未曾分娩，她是否說謊？」

梅妍一怔。哪吒他媽也只懷孕三年，這女子是何方神聖啊懷五年？不對，亂想什麼呢！

「她是否說謊？」馬川連眼神都沒變一下。

梅妍想了想。「這需要詳細檢查身體以後才能確定，這點消息不足以做出判斷。」

馬川補充。「有過孕吐，有郎中的診脈和保胎藥方，腹部曾經顯懷，未曾見紅，未流產，而後消解……」

「消解？」梅妍一時反應不過來。「是什麼意思？」

「腹部平坦如初，喜脈消失。」

梅妍著實愣住了，思來想去才問：「有沒有可能是郎中誤診？」

「行醫多年且名聲極好的郎中，與孕婦毫無瓜葛。」

梅妍繼續猜測。「也可能是假孕，女子懷孕心切，會出現孕吐甚至胸部脹痛溢乳……」

「不，她兒女雙全，並無生育壓力。」

「這……」梅妍皺起眉頭，要麼假孕，要麼流產，胎兒沒有憑空消失的道理。

梅婆婆走出來，樂呵呵地招呼著。「仵作大人，不嫌棄的話，進來喝碗茶。」

梅妍真真被問住了，一時覺得馬川是不是有考官夢，不然怎麼每次都像醫師考試似的，見婆婆打岔，立刻巴望馬川像上次一樣轉身就走，畢竟她也實在想不出什麼，婆婆出面就是替她解圍。

「有勞了。」

梅妍盯著馬川走進小院差點扭了脖子。婆婆只是客套，你這個眼神銳利得像X光機一樣的人看不出來嗎？

很快，三個人圍坐在竹製矮几前，梅婆婆烹茶，馬川還是看著梅妍。

梅妍被盯得沒有辦法，取出粗草紙和炭筆鋪在矮几上，開始畫孕期圖，又怕被馬川看出自己的婦產科知識太過超前，畫得極為模糊又簡單，順便解釋。「大人您看，在確定她是懷孕的基礎上，腹部平坦如初，就意味胎兒死了或者沒了都可以，對吧？」

馬川點頭。

「懷孕必定在子宮裡，如果胎兒死了，會被身體辨別成異物排斥，會流產；如果沒有及時排出體外，半個月內這名女子會全身大出血而死。」梅妍繼續推測，還得注意不能說出稽留流產、凝血功能障礙、泛發性血管內血液凝固症之類的。

馬川還是點頭。

「可是五年了，現在她沒流產也沒死。」梅妍無語望蒼天。還有什麼其他可能性啊？沒了啊只能擺爛了啊。她隨口道：「除非胎兒不在子宮裡！」

馬川的眼睛一亮。

梅妍見狀忽然反應過來，確實有另一種可能性。「如果胎兒沒有在子宮裡，而是生長在腹部。發生意外胎兒死了，腹部有很豐富的血液循環，把死掉的胎兒吸收了，就可能會這樣。」

「何以為證？」馬川的呼吸有些急促，身體也離梅妍近了一些。

梅妍想了想。「身體的保護機制會有兩種歸屬，一是被吸收的胎兒縮小以後被包裹起來；二是鈣化以後被包裹起來。只有這樣，她才能活下來。

「但要實證的話，只有剖腹驗屍一個法子，人死以後驗屍的都不多，活人是不可能驗的。」

馬川點頭，捧著竹杯閉上眼睛。

梅妍把炭筆擱在矮几上，暗暗嘆氣。得，說半天拿不出實證也是白搭，無奈地看向馬川，難得能與他平視，發現他竟然是個睫毛精，睫毛長得像刷子。

長相雖然有攻擊性，但是心中正直，難怪劉蓮芳心暗許，哦不，明許。

馬川得到答案卻還是捧著竹杯，濃眉緊鎖，不知在琢磨什麼。

梅妍和梅婆婆互看一眼。馬川怎麼還不走？

馬川將茶一飲而盡，擱下竹製茶杯。

梅妍想：問了也答了，茶也喝完了，這下該走了吧？再不出門，就買不到豬肝啦！

梅婆婆也在琢磨馬川。尋常江南水鄉的清遠縣城，區區一個仵作，竟然有世家子弟才有的身形和儀態，真是奇怪。

偏偏正在這時，馬川從腰間荷包裡摸出一點散碎銀子，擱在矮几上，看著梅妍不說話。

梅妍一頭霧水看看馬川，又看看銀子，盈盈一笑。「馬大人，您這是要做什麼？」看這人做什麼都一副理所當然、天經地義的樣子，總覺得哪兒不對。

馬川問：「能煩勞梅姑娘去綠柳居買兩份魚膾嗎？」

梅妍立刻明白，仵作雖然是吃官飯的，但比穩婆更不招人待見。

綠柳居是清遠城最有名的飯館子，如果讓客人看到大堂有個仵作在吃喝，一天都不會有生意；當然，其他做經營的鋪子也一樣。穩婆雖然很底層，但日常還是離不開穩婆，但有幾個人會和仵作打交道？

梅妍淺笑一下，默默吐槽，堂堂婦產科醫生和法醫在大鄴卻是這個待遇，除了習慣也沒其他辦法，收好銀子，她淺淺一笑。「不介意的話，我還要買些豬下水。當然，如果您還有其他東西要買的話，我都可以帶回來。」

「妳買就是，沒有關係，有勞梅姑娘了。」馬川這才起身回家。「還有，仵作是皂吏，不配稱為大人，叫我馬川就行。」

梅妍把馬川送出門，又折回來拿竹籃和背簍，瞥見眼神複雜的婆婆，覺得奇怪。「婆婆，您很久沒有這樣盯著一個人看了，馬川有什麼特別之處？」

梅婆婆直接戳了梅妍的腦門。「君子端方，頭頸肩背都要直，坐立如松，行走徐緩……妳連這都瞧不出來？」

梅妍這兩天忙得焦頭爛額，只覺得馬川就是個板正的木頭人，穿著粗布衣裳，也隱隱有種內在的淡然，根本沒往君子端方這邊想。

「他是清遠人？」梅婆婆的視線落在透光的竹門外。

「不是，劉蓮說他是兩年前來到清遠當仵作的。」梅妍搖頭。「婆婆，您又知道了什麼？」梅婆婆對她來說一直都很神秘，她也總是恰到好處地裝傻。

梅婆婆的眼神有些複雜，催促道：「早去早回。」

梅妍正打算出門，又被叫住。

梅婆婆正色道：「妍兒，妳覺得馬川如何？」

「啊？」梅妍怔住，秒懂後急忙打住。「婆婆，我說過的，我不打算嫁人。」

梅婆婆搖頭，眼神難得凌厲。「妳這孩子！」

梅妍嘿嘿一笑，打算矇混過關。「實在要嫁，我要帶著婆婆一起！」不等梅婆婆反應過來，拔腿就跑。

梅婆婆望著梅妍飛奔的背影，眼神瞬間溫柔，喃喃道：「這傻孩子想什麼呢？」

雖然她這輩子見識了各式各樣的人，卻始終看不透妍兒。妍兒冰雪聰明，一點就透，偏偏在男女之事上懵懂得很。大鄴少女十五及笄，妍兒今年十八已經是老姑娘了，卻沒有半點少女懷春的想法，一點為自己攢嫁妝的打算都沒有。愁啊……

梅妍很快就到了城西集市，集市占了兩條巷子，每日人來人往，熱鬧得很，綠柳居就在集市的中間，絕對的商業黃金地段。

綠柳居掌櫃生得俏麗，算數極好，眼力更好，不論來多少客人、上多少菜、多少酒、後面又點了多少，從來不會算錯。

此時已經過了飯點，綠柳居大堂收拾得乾乾淨淨，沒有客人，掌櫃正在核午飯的帳，纖纖玉手把算盤撥得噼啪響。

梅妍知道算帳算一半被打斷最煩人，就安靜地等著。

「梅小穩婆，想吃什麼？」掌櫃算完帳抬頭看到梅妍，招呼得很客氣，騎馬趕著接生的穩婆她第一次聽說，頗有些佩服。更重要的是，能讓俞婆子三番兩次吃癟的人，清遠縣真沒幾個。

「掌櫃的，我想要兩份魚膾帶走。」梅妍掏出銀子擱在櫃檯上。

「魚膾？」掌櫃面若桃花，有一雙丹鳳眼，眼睛很亮，見人總帶三分笑。「不巧得很，今日魚膾都賣完了，這幾日都沒有魚膾，要不，妳再看點其他的？」

「為何？」梅妍知道大鄴人太喜歡吃魚膾，館子都是收魚養著，絕對不會斷貨。

「說來話長。」掌櫃也很無奈，把擱在櫃檯上的碎銀子還給梅妍的時候，心疼得像在滴血。

梅妍把銀子收進荷包，直奔肉鋪買到了兩塊還算新鮮的豬肝，放在竹籃準備回家，路過集市附近的河塘碼頭時，就看到劉蓮正在洗衣服。

「梅姑娘！」劉蓮抬頭也看到了，高舉著揮手。

梅妍提著竹籃示意，晚飯有豬肝吃，也向劉蓮揮了揮手。

劉蓮滿面笑容地點頭，洗衣服的速度更快了。

「喲，剛死了爹還笑得出來呢？」俞婆陰魂不散地又出現了。

一句話把兩人的好心情扎破。劉蓮的臉色煞白，而梅妍不怒反笑。

這俞婆是被虐狂嗎？這出醜還嫌出得不夠多？怎麼還敢在自己身邊出現？

「喲，俞婆，瞧妳這臉上青一塊、紫一塊的，不疼嗎？少說些話吧。」

俞婆挺直腰板，目不斜視。「老娘要去衙門查人！好狗不擋路，起開！」

這話一出口，換成別人肯定暴跳如雷，太污辱人了。

可梅妍就不是常人，趕緊讓到一邊，攔住衝來的劉蓮。「劉蓮姊姊，她是不是眼睛被打壞了呀，去縣衙不是這條路。」

劉蓮趕緊點頭。「對啊，她的眼睛腫得像核桃一樣。」

「唉，可能不只眼睛，這裡可能不太行。」梅妍故意指指腦袋。「她擋了我的路，知道錯了，才說好狗不擋路，是不是？」

劉蓮直來直去慣了，她可太喜歡梅妍了。

一起樂的不只劉蓮，碼頭上洗衣的婦人，還有過路行人，每個都笑得前仰後合。

「妳?!」俞婆氣得直跳腳。

「俞婆，我只有罵粗說髒比不過妳，其他的都比妳強，不要自找沒趣。」梅妍皺緊眉頭。「各走各路，各憑本事就是。」說完頭也不回地走了。

俞婆剛要追過去，就聽到一名差役大喊：「俞婆子，莫大人還在等著，妳瞎了眼嗎？在這兒繞路！」

周圍又是一陣嘲笑。俞婆氣得差點把自己的牙咬碎，卻只能憤憤離開集市。

好事不出門，壞事傳千里。梅妍還沒到家，梅婆婆已經知道了。

梅妍回到家裡，迅速處理好豬肝，生火燒水，加上幾味調料和一把野菜，很快就做出兩盤鹽滷豬肝，聞著還挺香。

趁著灶上燉煮的時候，梅妍往籬笆柵欄裡的泥地撒了蔬菜和調味料的種子，又加了草土灰當肥料，再下幾場雨應該就能發芽了。

晚飯是薄餅捲鹽滷豬肝，配上豆醬和米湯，算是相當不錯的一餐。

梅婆婆坐在矮几前，拿著豬肝捲餅，打量細嚼慢嚥的梅妍，幾次欲言又止。

梅妍邊吃邊琢磨馬川的提議，比較著自己和俞婆雙方的優劣，雖然俞婆一再吃癟，全城都在看她的笑話，但人都有「做生不如做熟」的微妙心理。

俞婆會被陶家記恨，但她一直是清遠最厲害的穩婆，以前經俞婆順產的人家，不會因為這一件事情就不再找她。更何況，除了俞婆，還有另外兩個穩婆。

此消彼長，大概率也只有她們三人都拒絕的時候，才會找到梅家。這大概就是她手裡二十多份孕婦檔案，到現在還沒用上的原因。

能讓人改觀最大的，只有發生影響力巨大的重要事件，比如俞婆在衙門查體的時候犯下大事，被一抓到底，自此聲敗名裂。而通常這樣的重大事件，是要付出人命代價的。

梅妍雖不是聖母白蓮花，但也不至於就這樣盼著俞婆出事。

梅妍覺得空閒，乾脆把草屋周圍利用起來，待天快黑的時候，她還趁著微亮在籬笆邊忙活，就見馬川提著燈籠往這邊走，板直的身形走路頗有氣度，燈籠並不晃動，果然君子端方。

梅妍取出銀子物歸原主。「綠柳居掌櫃的說最近都不賣魚膾。」

馬川「嗯」了一聲，收好碎銀子。「綠柳居專做魚膾的是位女廚娘，她姓刀名柳，出刀極快，刀工極好，方圓百里首屈一指。」
哇！梅妍雙眼一亮。
「刀柳昨日在清遠縣衙擊鼓，因為有人誣陷她是邪物成精，理由是她每日殺生無數，還取自己腹中骨肉養顏。」馬川平直的語氣有了一絲變化。「之後常有道士和捉妖僧，堵在刀柳家的大門，貼符掛桃木劍驅妖邪；最後鬧得綠柳居生意也受了影響，因此昨日她才去擊鼓。」
梅妍立刻想起綠柳居掌櫃欲言又止的樣子，再聯繫馬川之前的考題以及結論，眉頭擰了個結。「莫縣令打算審這個案子嗎？」
馬川點頭。「不論哪裡出了妖邪都會影響官聲，莫縣令打算藉此殺雞儆猴，但是……」
「沒人能證明自己沒做過的事情。」梅妍一針見血，沈默片刻。「如果刀柳輸了官司，會被當成妖邪處置嗎？」
馬川面沈如水，眼神暗藏慍怒，咬牙切齒地回答。「會。」
梅妍立刻想到這些年的所見所聞，被認定為妖邪的，個個求生不得、求死不能；與黑暗的中世紀時期，形形色色的女巫案，別無二致。哪來這麼多妖邪？都是人性惡念作祟而已。
「按照大鄴驗妖的法子，給刀廚娘查體的是俞婆。」馬川望著毫無懼意只有憤怒的梅妍，補充著更加氣人的細節。「俞婆一直和她不對付。」
「你的意思是……」梅妍怔住。

馬川點頭，俞婆會落井下石。

梅妍的腦子轉得飛快，隱隱覺得哪裡不對，忽然靈光一閃，熱切的眼神轉冷。「馬仵作，你用減稅引誘我對付俞婆，然後呢？是不是準備直接向縣令舉薦我，借廚娘妖邪的官司，把俞婆壓得不能翻身？如果我取代了俞婆，你會讓我如何報答？」

馬川的眼神一滯，與梅妍的視線交會，赫然發現她的眼神裡沒有少女的天真，只有歷經世事的防備和戒心。

梅妍是善交際，但其實外熱內冷，原因嘛，就是吃過太多虧。她淺淺一笑。「走好，不送。」

馬川急了。「我不是，我沒有。」

梅妍頭也不回，「砰」一聲甩上門。

「嗚……」馬川悶哼一聲。

籬笆外傳來蹬蹬的腳步聲，以及劉蓮的驚呼。「馬仵作，你怎麼流鼻血了？」

梅妍聞言只得打開竹門，剛好看到鼻血從馬川緊捂的指縫溢出，滴落在衣襟上，默默在心裡罵了句髒話。

不會被他訛上吧？

「我沒事……咳咳咳……」馬川右手捂鼻子，擺著左手示意沒事。

劉蓮看著馬川，又看向梅妍，整個人慌得不行。

梅妍無奈，只能進屋裡取出小紗條，沒好氣地囑咐。「右手拿開，給你止血！」

馬川捂著鼻子不撒手，轉身就走，快走到家門口又折了回來，眼巴巴地望著梅妍，嗓音發悶又含糊。「我是利用妳，但是……我不會逼妳做違背良知和律令的事情，也不會逼妳做有辱名譽的事情。」

梅妍沒有回答，只是靜靜地看著馬川。劉蓮在一旁聽得一頭霧水。馬川和梅妍之間發生了什麼事，為何她一個字都聽不懂？

馬川見梅妍無動於衷，猶豫片刻，又捂著鼻子跑回去，半晌後仍然右手捂鼻子，左胳膊艱難地夾著一個大紙卷、左手提著燈籠跑回來，燈影晃動得很厲害。

「妳看完這個就會明白。」

第七章

梅妍並沒有接手，這馬川太奇怪了，渾身上下就沒一處尋常的。

馬川急了。「真的，我不騙妳！」

有那麼一瞬間，梅妍覺得這樣的馬川比較有人味。

劉蓮儘管心裡困惑，卻很有自知之明，她只是暫住梅家的房客，沒有替主人家拿主意的道理，只能閉緊嘴，一言不發。

馬川第一次領教到梅妍溫暖外表下的凜冽性格，不得不湊到她身側，壓低嗓音。「這些是清遠歷年的妖邪案，妳一定要看！」

梅妍下意識後退一步。

馬川壓低的嗓音有些發顫。「他們能用妖邪誣衊廚娘，也能用這個理由誣陷妳！」

劉蓮站得很近，聽得一字不差，急忙向梅妍點頭示意。是的，清遠這些年有好幾起因妖邪升堂的官司，最後……妖邪都伏法了，沒想到妖邪案又來了！

梅妍想了想，才提問。「聽說你來清遠的兩年都不和人說話，我有什麼特別的？」

馬川用袖子一抹口鼻，鼻血糊了大半張臉，在燈籠的光影下格外駭人。「妳熱忱又心善，接生技藝精湛又有擔當，巾幗不讓須眉。清遠有三個穩婆，平日裡你爭我鬥，都想壓人一頭。為何那日陶家一再相求，另外兩人卻不接手？不是她們不想，也不是她們真心畏懼俞婆，而是她們不能。」

馬川鄭重其事地解釋。「以妳的技藝，即使去州府當穩婆，也是游刃有餘。所以，她們不會放過妳，與其時時提防，不如占據主動。」

劉蓮目瞪口呆。原來馬川會說話，而且還能言善道！

梅妍沈默片刻，在大紙卷掉落的瞬間接住。「我家沒錢買蠟燭，我明日會看的。」

馬川又跑回家，捧了五根蠟燭送過來。「知己知彼，百戰不殆，妳沒有多少時間了，這些送妳，不要錢！」

梅妍把小紗條和布巾都交給劉蓮，接過蠟燭。「劉姑娘，幫馬仵作止血，順便擦乾淨。他再這樣跑來跑去，可能會暈倒，哦，還可能被當成殺人凶手。」

劉蓮看著手裡的小紗條和布巾，又看著彷彿犯了命案的馬川，先替他塞住兩個鼻孔，然後用布巾沾了水，替他擦去血跡。

馬川等劉蓮擦完，微一點頭算道了謝，轉身回自己家，再也沒出來。

劉蓮怔怔地望著，半晌才關上梅家的竹門，走進裡屋。

梅妍在矮几上點了一根蠟燭，認真地翻閱紙卷，聽到腳步聲，頭都沒抬。「劉姑娘，晚飯在灶上溫著呢。」

劉蓮洗手洗臉以後，揭開鍋蓋，看到了捲餅和麵湯，吃食的香味立刻充滿鼻腔，直接引發了無數口水，以及腸胃的抗議聲。

「不夠還有。」梅妍仍然盯著紙卷，單手從背包裡取出粗草紙和炭筆，一邊看案件，一邊記錄著疑點以及可供翻案的細節。

劉蓮坐在梅妍的對面，這個角度剛好看不到紙卷，她一口又一口地吃，等吃完漱洗完，見梅妍一動不動還在看，勸道：「梅姑娘，早點歇下吧。」

梅妍翻過一頁，繼續看，連眼皮都沒抬一下。「妳忙一整日了，趕緊休息，別管我。」

劉蓮只能去歇下，本來還硬撐著想陪梅妍，沒想到剛躺下沒多久就睡著了。

這一覺睡到天亮，劉蓮迷迷糊糊地醒來時，滿屋都是蠟燭的味道，下床走出臥房，看到矮几上的五支蠟燭還剩半根，梅妍卻不在矮几前面，紙卷也不見了。

劉蓮突然想到馬川昨晚說梅妍會有危險，立刻開門跑進院子，只進竹門大開著，又跑到大門外，只見梅妍和馬川正站在梅樹下，輕聲說著什麼。

一時間，劉蓮的內心五味雜陳，昨晚她替馬川止血和擦拭的時候，他都沒有正眼瞧她。算了，就像梅妍所說，強扭的瓜不甜，她當初確實太衝動了。

正在這時，馬川和梅妍聽到劉蓮嘆氣，不約而同地抬頭看她。

馬川正色道：「劉姑娘是清遠人，妳若不信或有疑惑，儘管問她，問陶家也可以，告辭。」話音剛落，就大步向縣衙走去。

梅妍轉身回屋，打了個大大的呵欠，眼睛又痠又脹，一下子撲到劉蓮身前。「劉姑娘，妳做早飯好不好？好睏啊……」

吃過早飯，劉蓮替梅妍打理好梅婆婆，一再囑咐梅妍補覺，看著她躺在竹榻上，才趕去陶家。

梅妍躺在竹榻上，眼皮很沈，卻毫無睡意，清遠十年內發生了三樁妖邪案，廚娘是第四樁，十年間共有三任縣令，每位妖邪都輸了官司，就地伏法。

一位長得特別美貌的少年被誣為水鬼被燒死，一位技藝高超的繡娘被判為蜘蛛精被淹死，一位肉攤店家被誣為山豬成精直接斬立決。

呵呵，三位縣令的操作也很謎，主簿的紀錄更是只有寥寥數筆，不僅無圖、無真相，連人證、物證畫押呈供的關鍵環節都沒有，每個案子荒唐地像話本。案卷沒多少字，倒是馬川搜集的旁聽、旁證記錄了許多，如果把這些都交給說書先生，怎麼也能說上大半年，保證能賺不少銅錢。

不只清遠，梅妍跟著婆婆走南闖北的時候，就見過不少所謂的「妖邪伏法」，明明都是有血有肉的尋常百姓，被一個「妖邪」大帽子蓋上，馬上就求生不得、求死不能，簡直草菅人命！

更可怕的是，大鄴忌諱妖邪，一旦判定，那人的親朋好友如果喊冤，就會被拖累，「維護妖邪」的罪名更大。

梅妍越想越氣，越氣越睡不著，直接坐了起來。

不管馬川安什麼心，但有一點真的戳到她了，以俞婆的小人心性，她確實很有可能成為下一個妖邪。真到了那個時候，誰來照顧婆婆？

梅妍又坐回矮几前，還沒打開粗草紙，就被梅婆婆摁住了手。「婆婆？」

「我老婆子年紀大了，眼睛大不如前，但耳朵還好得很。」梅婆婆望著梅妍白皙臉龐上的黑眼圈。「廚娘的事情，妳打算怎麼做？」

梅妍很鬱悶。「妖邪也要查體，廚娘是活人，仵作不能驗，俞婆多半會提到她懷孕又突然消解的事情，用來佐證她吸取腹中胎兒養顏。除非把廚娘活剮了，否則無解。」

梅婆婆笑了。「那是因為沒人願意站在妖邪那一邊，不然，總能找出一擊即破的證據。」

梅妍總覺得梅婆婆的笑容有深意。「婆婆，您的意思是？」

「如果每個人都可能成為妖，他們就不會這樣袖手旁觀。」梅婆婆輕拍梅妍的肩膀。

「大鄴用妖邪誣人的惡事，也該到頭了。」

梅妍托著下巴。「要想終結這樣的惡事，先要有清明的縣令大人，還要縣衙上下以及百姓的支持，我一個人孤掌難鳴啊！」

梅婆婆湊到梅妍耳畔，囑咐幾句，然後就去小院子裡曬太陽。

梅妍茅塞頓開，心道：婆婆果然不是等閒之輩，只是她這麼聰明的人，為何堅持做最讓人瞧不上的穩婆？她實在不明白，但又不能多問。這就是「大隱隱於市」？

好奇心一向很重的梅妍，時不時看一下梅婆婆。

「快去歇著。」梅婆婆給新播的地澆水，彷彿看透了梅妍的困惑。「讀萬卷書，不如行萬里路，這又有什麼想不到、看不出的？」

行吧。婆婆威武！

梅妍只得老老實實躺回竹榻。

梅妍這一覺睡到了下午，醒來時頭有些脹，漱洗時，思緒仍然很混亂，刷牙的時候還琢磨著該如何實施婆婆的建議？也不知道馬川有沒有更好的方法？

漱洗完畢，在矮几上擺了一杯熟水，梅妍拿出昨夜做的突破點筆記，紙上寫的已經夠費勁了，把這些付諸實施更是難上加難，愁得唉聲嘆氣。

劉蓮進門就看到梅妍皺著小臉，盯著粗草紙，以為她昨晚熬得太厲害累著了。「梅姑娘，妳不舒服嗎？」

梅妍搖頭。

「晚上吃清芝麻火燒怎麼樣？」劉蓮的眼睛有了笑意。

「都可以，我不挑。」梅妍又開始琢磨，又過了一會兒才反應過來。「不對啊，妳今兒怎麼這麼早就回來了？被人欺負了嗎？」

劉蓮低頭揉麵團，邊揉邊回答。「桂兒爹抽空回家，帶了好些吃食，給了我一點酥油和精麵，讓我給妳們做些好吃的。」

「好呀！」梅姸很期待。

半個時辰後，天也黑了，三人圍坐一起吃晚飯。

梅姸和梅婆婆咬了一口劉蓮做出來的芝麻火燒，餅皮又酥又香，口感極好。

梅姸希望劉蓮能真正開心起來，一通猛誇。「我要是男子，一定娶劉蓮為妻，不離不棄！」

劉蓮被誇得臉都紅了。

梅姸坐的位置正對大門，抬頭就看到門外提著燈籠的人影，馬川又來了，想了想，拿起竹碗裝了一塊火燒走了出去。

「劉蓮做的火燒可好吃了，嚐嚐！」

劉蓮看著梅姸就這樣把火燒給了馬川，整個人的臉都嚇白了。

馬川的視線在梅姸和火燒上轉了幾圈，只覺得火燒的香味直撲鼻翼，僵持到最後還是伸手接過。

梅姸看著劉蓮使勁憋笑。沒錯，就是故意的。她正笑著，忽然覺得眼角餘光閃過什麼，定睛一看，嚇得寒毛倒豎，一條翠綠色、手指粗細的小蛇纏在竹籬笆上，與她的右臉不到一臂的距離！

梅姸身體比腦子更快，脫口而出。「劉蓮姊，有蛇！」

馬川嚇得倒退三步，撞在梅樹上，梅花瓣紛紛揚揚，映著他蒼白的臉色，握在手中的燈籠晃得厲害。

劉蓮徑直衝過來。「別怕，有我在！」

劉蓮一把推開梅妍，隨手抽了一根籬笆竹子，快狠準地敲擊蛇頸，兩三下就把蛇打暈，麻利地找來布袋裝好繫緊，提著院子裡的小藥鋤又加了幾下。

梅妍雙腿發軟，滿眼都是小星星，決定要抱緊劉蓮女俠的大腿。「以後妳就是我蓮姊！」

劉蓮連連擺手。「梅姑娘，妳胡說什麼呢？哪有這樣隨便認姊的！」

梅妍放鬆下來，看著還貼在梅樹上的馬川，噗哧樂了。「你堂堂一個仵作還怕蛇啊？」

馬川佯裝無事地清了清嗓子，下意識整理衣物，跨出去的右腳有些遲疑，最後又轉身，向劉蓮行了禮。「多謝。」然後迅速回家。

劉蓮臉紅得像煮熟了的螃蟹。「等一下！」

梅妍以為劉蓮又要告白，沒承想聽到的卻是：「清遠縣依山傍水，小河貫穿整個縣城，蛇很常見。梅姑娘怕蛇，草屋不能馬上修葺，所以我在房前屋後撒了些雄黃，按理說不會再有蛇。」

馬川立刻轉身，望著劉蓮。「有人故意放的？」

劉蓮點頭。「我家一直這樣驅蛇。」

馬川的臉色越來越陰沈。這條蛇是衝誰來的？三人面面相覷，後背一陣陣發涼，思忖著都得罪過人，所以猜不到這蛇衝著誰來。

正在這時，梅婆婆招呼道：「仵作忙一天辛苦了，早些歇下吧。」嘴上這樣說，卻用眼神和手勢示意他們觀察四周。

馬川從驚悸中掙脫，提著燈籠繞草屋一周，立刻聽到清晰的奔逃腳步聲。

三個人幾乎同時拔腿要追。

梅婆婆突然出聲。「妍兒，婆婆睏了。」

「哎。」梅妍應了一聲，轉身回屋。

馬川和劉蓮互看一眼。劉蓮緊張得指甲摁進手心裡，掌心一陣陣地疼。

「就……劉……」馬川望著僵住的劉蓮，覺得嘴皮子比她還僵。

「蓮姊姊，」梅妍拿了衣叉和竹竿遞過去，順便撒嬌。「我害怕。」

劉蓮被梅妍逗樂了。「我繞著屋子走一圈，看看還有沒有其他的蛇。」

於是，劉蓮繞著草屋走，邊走邊拿竹竿當手杖用，這裡瞧瞧，那裡看看，馬川小心翼翼地提燈籠照亮，直至轉完梅家草屋。

馬川的臉色仍然蒼白，汗涔涔的額頭有些發亮。

劉蓮看破不說破，又繞著馬家草屋仔細走了一圈，什麼也沒發現。

馬川這才用袖子抹了一下臉，悄悄舒了口氣。「多謝劉姑娘。」

劉蓮心裡再雀躍，也只能略顯僵硬地回禮，不敢直視馬川的眼睛，頭也不回地走進梅家。

馬川小心翼翼地回家，提著燈籠仔細檢查了一遍，這才稍稍安心。是的，他天不怕、地不怕，可是他怕蛇。

梅妍把梅婆婆安置妥當，有些詫異她一言不發，但也沒問什麼，回到自己的隔間。

劉蓮和梅妍躺在竹榻上，都在黑暗中睜著眼睛，側耳傾聽屋內房外的響動，靜謐寧靜的夜晚被暗算和陰毒籠罩。

許久，劉蓮翻了第十三個身，幽幽開口。「梅姑娘，明日一早我就去找房子租。」

梅妍一怔，隨即明白，拍了拍劉蓮的手。「不用，如果我連這點兒欺生都撐不住，以後如何在清遠立足？」

「可是……」

「沒有可是。」梅妍阻止劉蓮的胡思亂想。「妳救了我兩次，住下！」

劉蓮在黑暗裡注視著梅妍模糊的身影。她這幾日睜眼就有事做，累了餓了還有家回，雖然辛苦，但心裡踏實。

梅家竹草屋簡陋，清晨透光，夜晚透風，遠比不上以前的劉家，卻讓她覺得溫暖，她不想走。但竹葉青是不是凶嫌家人放的？她不走，會不會讓梅家面臨更多的危險？

梅妍白天睡太多，現在清醒得很，在腦海裡整理資訊，如果不是梅婆婆出聲打斷，她肯定去馬川家裡，連夜把竹葉青的事情弄清楚。然而在大鄴，待字閨中的女子，深夜在獨居男子家中，這事情傳出去，明日一早又是滿城風雨，梅妍就會被證實是賤貨、蕩蹄子。

畢竟「人人要臉，樹樹要皮」，這萬惡的大鄴！

想到這兒，梅妍一個激靈起身躡手躡腳溜到小院，劉蓮跟了出去，黑暗中，隱約有根竹竿從外面伸進來，正努力地搆裝了竹葉青的布袋子。

梅妍扯高嗓門大喊：「抓賊啊！有小偷啊！」

劉蓮隨手抄起大掃帚，打開竹門，對著陰影就是一通揍，邊揍邊跟著大喊：「我打死你這個小偷！梅家已經這麼窮了，還來偷東西！」

馬川左手燈籠，右手洗衣棍，大喊一聲。「讓我來！」每一下都攢了力氣，卻也都沒下狠手，只保證這人明日一大早鼻青臉腫都是皮外傷。

劉蓮立刻會意停了手，和梅妍一起雙簧似的喊。

「抓賊啊！」

「我家都這麼窮了！還來偷？」

「這是把人往死裡逼啊！」

秋草巷的人聽到響動，也拿著家裡的釘耙、鋤頭、燒火棍跑過來，這裡出了名的窮，哪個不長眼、噁心人的玩意兒，居然跑這兒來偷東西?!

被打的人實在受不了，抱頭打滾。

「哎喲！打死人啦！打傷我要賠郎中錢的！天殺的，我什麼都沒偷！」

「都住手！」馬川再怎麼不受人待見，卻也是在縣衙當差的，提著燈籠阻止。「誰家有麻繩，把他捆了，明日一早提到縣衙去！」

大家立刻七手八腳地把人捆好。

馬川提著燈籠，一把揪起那人的頭髮，硬拽起來才看清真面目，眼神更加冷峻。

「喲，趙二麻子啊？你有房契、有地契的，跑這窮地方來偷東西，是豬油蒙了心，還是沙子迷了眼啊？」附近眼尖的孫大娘立刻認出來。

「趙二麻子家開藥材鋪子的，」劉蓮的眼神像小刀子。「也賣蛇酒。」

第八章

趙二麻子又羞又怒，恨不得把臉埋進泥地裡，一陣夜風吹來，凍得渾身發抖。

梅妍的觀察力不是蓋的，很快就發現，秋草巷的人基本都來了，只缺俞婆，突然開口。「你和俞婆什麼關係？」

趙二麻子一下呆住，又立刻反駁。「妳這小賤人胡說八道什麼？我怎麼會和俞婆有關係？」

梅妍環顧四周，冷笑道：「俞婆，妳躲哪兒呢？趕緊出來！不然，明日送到縣衙去了，全城都等著看妳的熱鬧。」

「信不信老子撕了妳的嘴！」趙二麻子動彈不得，在這極短的時間，雙眼布滿血絲，紅得嚇人。

梅妍才不會被嚇住。「明日一早，我就去縣衙告你殺人未遂，意圖銷毀證物。鄉親們，實不相瞞，他在我家投毒！」

住在秋草巷的，不論男女，大多是「能動手，不動口」，發生爭執拳打腳踢是常事，但「投毒」這事情卻不擅長，畢竟毒藥那麼貴。

梅妍的話一出，所有人都驚訝不已。

「梅小穩婆，這話怎麼說？」孫大娘看著瘦，力氣卻很大，嗓門也大。「投什麼毒？」

劉蓮把布袋打開，倒出了僵死的竹葉青。「他在梅家放的，被我打死了！」

眾人都倒抽一口氣，紛紛退開兩步。

「妳這個浪蹄子再胡說八道，信不信我……哎喲……」趙二麻子被一腳踹得說不出話來。

馬川又恢復了平直的說話方法。「秋草巷在城西，趙記藥鋪在城東，趙掌櫃，你天黑了摸到這裡來做什麼？竹葉青劇毒且得來不易，泡成蛇酒每罈可以賣十兩銀子。這本錢下得夠足的。」

「空口無憑！明日一早我就去縣衙告你們毆打良民！」趙二麻子嚎得像豬叫。

梅妍聽到輕微的動靜，循聲找到梅樹和草屋的夾角，卻什麼都沒找到，正覺奇怪，就見劉蓮徒手撈起一塊泥巴，向梅妍搜索的黑暗中砸去，眾人清晰地聽到一聲悶哼。

正在眾人打算循聲找去的時候，梅婆婆忽然開口。「多謝秋草巷的街坊們，很晚了，明兒個都要上工的。」

「不能放過這樣黑心肝的，剛才那個必然是同夥！」孫大娘最先出聲。

「明日一早我自會帶此人去縣衙提公審。」馬川把趙二麻子揪起來，順手提起了裝了死蛇的布袋子。「都散了吧。」

趙二麻子眼看著自己離馬川家的大門越來越近，拚命掙扎。「我不去你家！我死都不去你家！」

馬川人高馬大，力氣了得，將趙二麻子一腳踹進自家門裡。

「救命啊！殺人啦！」趙二麻子有氣無力地喊，聲音越來越低，漸漸變成痛哭。

眾人忽然笑了，清遠縣最令人膽寒的地方是地牢，第二個就是仵作家，趙二麻子這一晚上大概把這輩子的楣都倒了，明日一早肯定又是一場大戲，趕緊回去睡覺。

很快，梅家門前又恢復平靜。

梅婆婆將梅妍和劉蓮推回房裡，輕聲勸道：「窮寇莫追，以免狗急跳牆，提案也要講人證、物證，就算趙二麻子拿竿子搆布袋，也不能認定是他放的蛇。這蛇生得細小，善隱蔽，游動的地方卻是梅家和馬家之間，且看明日馬川如何處置。」

也不知道明日趙二麻子還有沒有方才那樣的氣力和嗓門。

天剛矇矇亮，梅妍就和劉蓮打理好三餐，安置好梅婆婆，劉蓮去陶家幫傭，梅妍和馬川一起帶著趙二麻子去了縣衙。

按照大鄴律令，若是平日換成其他百姓，只要不是凶殺毒害等惡劣案件，梅妍要請訟師寫好狀子，在縣衙前敲鼓，縣令師爺出來接狀子，等若干日，才能知道這官司是否能告成。

若是接到通知可以告成，梅妍還要遞自己的人證、物證做許多準備，再等開審。幾次來回沒有三、五個月，根本見不到莫縣令升堂。繁瑣冗長的消耗，等閒百姓根本不敢指望。

馬川在就不同了，梅姸不知道他見莫縣令時說了什麼，反正縣衙內的差役很快帶走了趙二麻子，不到半個時辰，莫縣令和師爺就出現在大堂之上。

梅姸對馬川的困惑更多了。

這縣衙是他家的嗎？這速度！這效率！

趙二麻子被捆了大半夜，早晨被餵了一瓢生水，就被拽進縣衙，一路上呼天搶地，自然是指望家人聽到後立刻趕到縣衙替他取保候審，免受牢獄之苦。萬萬沒想到，他連大獄都沒進，直接被提到大堂之上，在一片「威武」和刑杖的敲擊聲中，整個人抖得像被秋風吹殘的枝頭樹葉，面如土色，站都站不穩。

梅姸作為苦主，都沒被提問。馬川三兩句話就將事情的來龍去脈說得極為清楚，像木頭人被施法活過來一樣令人驚訝，尤其是最後一句話。

「莫大人，此人開著藥材鋪，本該做懸壺濟世的事情，卻私放竹葉青謀害人命。以竹葉青的毒性，若是昨晚未被打死，任其遊遍秋草巷，只怕今日一早就會有一巷死人等著申冤。」

梅姸清楚地感受到了莫縣令、師爺和差役們陡然陰冷的面色，以及對趙二麻子的怒意，馬川這句話像根尖刺扎中了莫縣令的要害。

是的，秋草巷百姓一夜死絕，莫縣令的烏紗帽鐵定不保。

「我不是！我沒有！你胡說！」趙二麻子打理藥鋪，每日察言觀色少不了，見一眾人突然變臉，就覺得自己的小命堪憂。

「莫大人，青天大老爺啊，我家趙丁冤枉啊……」趙二麻子的親爹聽到消息，拚命地趕了過來。「一定是有人誣告！」

「威武！」差役們齊聲吼。

趙二麻子的親爹嚇得一屁股坐在地上，顫顫巍巍地行禮，呼吸帶喘地開口。「草民趙滿見過莫大人，見過師爺……」然後就絮絮叨叨地開始說自己養家餬口的不易。

趙記藥鋪是趙滿開的，有四個兒子，用「人丁興旺」取名，趙二麻子排名第二，叫趙丁，少年時染了羊鬚瘡，命大沒死，落得滿臉麻子，長得又瘦弱，今年二十六了還沒娶上親。

清遠縣百姓都趙二麻子地叫，日子一久，趙丁這個名字幾乎沒人提。

趙記藥鋪的生意不錯，趙滿心疼二兒子走過鬼門關，頗為溺愛，生活得不錯，趙滿怎麼也想不到兒子會做偷盜的事情。

莫縣令和師爺耐著性子聽完趙滿的絮叨，各自冷笑。

敢情趙家掌櫃的還以為自己兒子去秋草巷偷東西啊？

莫縣令一拍驚堂木。「來人，取趙記藥鋪的進貨帳目來！」

趙滿呆住。「莫大人，您這是何意啊？」

差役領命而去，很快就取來了帳冊，師爺只翻了幾頁，就看到進項一欄寫了「二月二十一，竹葉青三條，三兩銀子，錢貨兩訖」。

師爺回稟。「莫大人，前日趙家進了三條竹葉青。」

趙滿還是不明白，回得尤其小心。「託莫大人的福，趙家的竹葉青酒小有名氣，每年春末夏初的時候，都會進竹葉青泡酒。」

莫縣令又問：「如今，三條竹葉青何在？帶到公堂上來！」

趙滿應了一聲，趕緊吩咐隨從去庫房。

沒承想，正在這時，趙記藥鋪的藥工火燒火燎地趕來。「掌櫃的，不好了，小的剛去庫房盤點查驗，竹葉青蛇只有兩罈，還有一罈是空的！」

趙二麻子剛要說話，突然被馬川拿帕子捂了嘴，只能瞪著眼睛拚命搖頭。

趙滿的視線被馬川擋著，根本看不到兒子的暗示，立刻出聲訓斥。「住口，趙家泡酒的竹葉青都是做了標記的，還不趕緊去找？萬一咬傷了人，仔細你的皮！」

「是！」藥工縮著脖子退下。

師爺哪會錯過如此好機會。「慢著，竹葉青做了標記，說出來，讓大家趕緊去找。此蛇毒得很，張嘴就是人命啊！」

藥工一躬身，嗓音發抖地說：「啟稟莫大人，師爺，泡酒的竹葉青需要做許多道處置，處置完畢後會把蛇尾的第四、第五塊腹鱗拔除，以示區別。」

師爺將布袋扔到藥工面前。「這是仵作馬川撿的，你瞧瞧？」

藥工把布袋解開一個小口，發現竹葉青已經死透了，倒出來的時候保持著僵直入袋的形狀，檢查尾部確實發現趙家標記，他立刻行禮。「啟稟莫大人，蛇尾少了三塊腹鱗，這確實是趙家丟失的竹葉青。」

話音未落，趙滿和趙二麻子同時覺得後背一涼。

莫縣令一拍驚堂木。「凶嫌趙丁，人證、物證俱在，你還有何話說？」

趙滿眼前一黑。「莫大人，什麼人證、物證俱在？」

趙二麻子掙脫馬川，用盡力氣大喊出聲。「莫大人！我、我、我……昨日發現少了一條竹葉青，生怕蛇傷人，就一路尋找，找到了秋草巷，看到劉蓮打死了一條蛇裝進布袋……就用竿子想勾出來一看究竟！莫大人，天地良心啊，我真的沒放蛇殺人！莫大人！」

梅妍暗叫不好。她怎麼也沒想到趙二麻子竟然會這麼說！如果莫縣令和師爺相信了他這番說辭，該如何是好？

馬川原就銳利的眼神又增加了三分寒意，上前一步。「莫大人，師爺，趙丁此話純屬胡扯。」

莫縣令的視線在趙二麻子和馬川身上來來回回，還數次掃過梅妍，停頓半晌才開口。「馬川，你說說？」

馬川盯著趙二麻子發顫的眼神，字字清晰。「清遠依山傍水，草木茂盛，趙家藥鋪在城東，秋草巷在城西，你平日在藥鋪主持取方和秤桿，從不在庫房查巡。」

趙二麻子面白如紙，渾身抖得像篩糠，望著震驚過度的趙滿，一個字都說不出來。

「趙家藥鋪平日製藥者是趙滿，庫房由藥工打理，你為何突然去庫房，又為何會打開酒罈？還有，竹葉青身形細小，常隱匿在竹林，並不常見，從城東爬行到城西需要多長時間？還有，你不是捕蛇人，怎麼知道如何追蛇？」馬川話語一頓。「趙丁，按大鄴律令，在公堂之上蓄意欺瞞是要挨板子的！」

莫縣令一拍驚堂木。「趙丁，你在梅家與馬家門前放竹葉青，意圖毒害梅妍與馬川，人證、物證俱在，他們與你究竟有何怨仇，你要取他人性命？」

「我……我……我……」趙二麻子語無倫次，囁嚅著嘴唇，始終說不出整句話，眼前一陣陣地發黑。

梅妍上前一步。「啟稟莫縣令，師爺，草民剛到清遠，只為陶家接生過，從未與人結怨。」

馬川接著稟報。「啟稟莫大人，師爺，馬川到清遠兩年，平日除了做分內之事，從不與人往來，只是日常被人嫌晦氣，再無其他。」

趙滿和藥工從震驚中緩過來。

趙丁與他們平日井水不犯河水，趙記藥鋪也從不與人結怨生恨，趙丁到底是為何呢？

梅妍補充道：「莫大人，師爺，昨夜趙丁被當成小偷挨揍的時候，還有人躲在我家籬笆外偷窺，想來可能是同夥，或是教唆趙丁放蛇的人，沒抓到。」

師爺笑面狐似的走近趙丁。「趙丁啊，按大鄴律令，供出同夥或教唆之人，可以減刑。」

趙滿聽了一把揪起趙丁。「快說，那個人是誰？」

梅妍觀察著趙丁每個細微的表情，發現他之前像吸滿水的粗草紙隨時會崩裂，可是在師爺和趙滿的重壓之下，整個人卻詭異地堅定起來，看向自己的眼睛亮得怵人。

這是怎麼回事？

馬川也注意到了。

趙丁忽然大笑起來，笑聲扭曲又怪異。「阿爹，我就是發現少了一條蛇，尋蛇未果，發現蛇被人打死了。這兩個苦主連根頭髮都沒掉，按大鄴律令，既無死傷又無財物損失，能判我什麼呢？」

趙滿盯著趙丁呆住五秒，隨即撲通跪倒在地。「莫大人，青天大老爺，犬子只是尋蛇心切，誤入秋草巷，被打得遍體鱗傷，這兩個苦主毫髮無傷，憑什麼誣陷犬子？還有沒有天理！」

趙丁立刻跪地磕頭。「莫大人，師爺，草民趙丁有冤要說，昨夜草民尋蛇到秋草巷，只是想拿回蛇袋，卻被梅妍、劉蓮兩人誣為小偷，秋草巷的惡人們蜂湧而至，把我打得渾身是傷。

「莫大人，馬川身為仵作，不分青紅皂白把草民關進馬家的院子，受饑挨凍地過了一晚，現在一陣陣地發冷，多半是感染風寒，求大人為草民作主啊！」

「莫大人，丁兒命苦啊，幼時染瘡撿回一條命，落得滿臉麻子，至今沒有成親，身子骨兒本來就弱，還被秋草巷的惡人們如此折磨，丁兒命苦啊……」趙滿老淚縱橫，眼神悲憤。

趙丁忽然呼吸急促起來。「阿爹，孩兒疼，孩兒冷，又冷又餓，救救丁兒！」

「莫大人，草民趙丁狀告梅妍、劉蓮和馬川三人，誣良為盜，誣我放蛇殺人……秋草巷惡人們毆打草民，打得渾身是傷，請大人為草民作主！」

趙滿忽然跪倒，腰板挺直，重重一磕頭。「莫大人，趙家如此冤屈，您若不秉公辦理，草民就去巴嶺郡擊鼓喊冤！」

這突如其來的反轉讓公堂之上一片死寂。

梅妍怎麼也沒想到，事情會峰迴路轉成這樣，熟悉的、被人算計的感覺浮上心頭。

馬川腦海中思緒紛亂，憑著多年的磨練，仍是整理出相關的線索和細節。

這招放蛇殺人的計謀非常毒辣，蛇放在梅家與馬家之間的藤蔓上，那個時間點，正是三人回家的必經之路，少則咬一人，多則三人被咬，立刻毒發身亡，沒有救回的可能。

退一步來說，蛇沒咬人被發現打死，多半是扔掉，但是他們留作證物，趙丁等到人都歇下了才動手取蛇袋，如果不是梅妍突然衝到院子裡，第二日早晨沒了蛇袋就無從追究。

讓趙丁沒想到的是，取蛇袋被發現，劉蓮、梅妍將計就計大喊捉賊，整個秋草巷的人都成為人證。但是當這一切反轉的時候，面臨牢獄之災的就是梅妍、馬川和劉蓮，以及秋草巷的所有人，只有俞婆除外。

梅妍和馬川不約而同地皺緊眉頭。這計謀比竹葉青的毒牙更毒辣！

莫縣令一拍驚堂木。「退堂！此案情多有蹊蹺，擇日再審。苦主雙方，再次開審前不得離開清遠，隨時接受問話。」

「威武！」差役們齊齊出聲，刑杖齊動。

「恭送莫大人！」馬川率先低頭行禮。

其他人也紛紛低頭行禮，而後趙氏父子倆和藥工揚長而去。

梅妍和馬川不約而同嘆氣，又異口同聲。「被算計了。」

梅妍的怒火一陣陣上湧，除非有人證明親眼見到趙二痲子帶著竹葉青離開趙家，又在天黑前進入秋草巷，並把蛇放在梅家門前，否則秋草巷所有人都會遭殃。

馬川臉上不顯，雙手成拳捏得指節泛白，輕聲說道：「隨我見莫大人。」

梅妍詫異地看了一眼馬川，這語氣，怎麼和「隨我見二叔」那樣自然又隨意呢？

「走！」馬川拽了一下梅妍的衣袖，走在前面。

梅妍猶豫片刻，還是跟著馬川走進縣衙內院，迎面走來的是公堂上的差役們，只能不住行禮，更讓她驚訝的是，馬川一個仵作，縣衙內最卑微的小吏，竟然走出了逛自家院子的悠閒步伐。

這步伐比莫大人的官步還要官步？怪了！

第九章

梅妍硬著頭皮像尾巴一樣跟在馬川後面，走到了莫縣令的書房外。

「馬川求見莫大人。」馬川的語言和姿態都很恭敬。

「快進來。」莫縣令立刻回答。

梅妍是大鄴老穿越人了，她這樣的民女跟到這裡，就不能再進了。

正在這時，馬川又一拽梅妍衣袖，使了眼色。「快進啊。」

梅妍一動不動。

「梅小穩婆也進來。」一道溫柔的女子聲音傳來。

梅妍一怔，這才推門而入，看到中年的莫縣令沒了公堂上的威嚴，顯出關愛晚輩的慈祥模樣，以及他身旁站著一位氣質極好的中年女子，大約是縣令夫人。

「民女梅妍見過莫大人，莫夫人。」

莫縣令語出驚人。「你們被連環計套了，打算怎麼辦？」

梅妍簡直不敢相信自己的耳朵。這……真是高高在上的縣太爺？

馬川被梅妍忽閃的大眼睛盯著看，有些不自在地開口。「抱歉，不是有意隱瞞。鄙複姓司馬，名玉川，家住國都城玄武大街大司馬府，立志要當仵作，家祖不同意，離家出走到了清遠縣，幸得莫師伯照應。」

「客氣。」莫縣令笑呵呵。

梅妍的腦海忽然想起一個極為嚴肅、川字眉頭的老人家，問道：「主持七月年祭的大司馬是你什麼人？」

「是家祖。」司馬玉川有一絲不易察覺的尷尬。「妳以後還是叫我馬川。」

梅妍傻眼，腦子裡思緒亂成一群蝴蝶，又慢半拍地回憶起婆婆提過的，司馬家是大鄴四大家族之一，國都城玄武大街司馬府占了半條街，這君子端方的貨居然是個隱藏大佬啊？

哦，她昨天還想把劉蓮做的芝麻火燒硬塞給司馬玉川，想當個媒人，讓他對劉蓮有個好印象，真是太刺激了！

「不錯，既未暈倒，也未失禮，膽識過人。」莫縣令的慈祥眼神有一絲絲的假。

「是啊。」莫夫人附和著。「模樣生得也好，看著惹人喜歡。」

梅妍只覺得後背的汗毛根根豎起。他們想什麼呢？

「妳怎麼想？」自稱馬川的司馬玉川，不錯眼地問梅妍。

「莫大人，莫夫人，司馬大人，獻醜了。」梅妍強迫自己冷靜，從背包裡取出粗草紙和炭筆，寫寫劃劃，不出一盞茶就畫出了一張竹葉青事件的因果關係圖，圈出最後的受害人群。

莫大人和馬川仔細看過，點了點頭，確實如此。

「如果我們拿不出確鑿的證據反駁，秋草巷除了俞婆以外便會全滅，這就是問題所在，為何最愛湊熱鬧的俞婆昨夜沒有出現？民女認為事出反常必有妖。」

馬川被梅妍開拓出了新思路。「找到昨晚偷窺逃跑的人，就能接近陰謀的中心，而那個人極有可能是俞婆。」

「清遠百姓，若秋草巷全滅最高興的人就是俞婆，沒有之一。」梅妍又推測一番。「趙二麻子是不是有什麼把柄在俞婆手裡？他倆到底是合謀還是互相利用？」

「不僅如此，若我們沒有實據，莫大人勉強硬保，趙家去巴嶺郡喊冤，莫大人的仕途也就到此為止了。什麼人會怨恨劉蓮、我、莫大人和梅妍？」

梅妍眼睛一亮。「謀殺劉蓮父親的凶嫌家人，他們聯合鄉紳打壓劉蓮，本來就快成功了，馬川站出來驗屍，莫大人秉公執法，凶嫌被判秋後問斬。」

「而妳剛到清遠，不受鄉紳和百姓的影響，接受並照顧劉蓮，讓她有家可回，而不是流落街頭。」

莫大人連連點頭。

梅妍又想到了一點。「秋後問斬已經呈報上去，就算莫大人受影響，他們又有什麼好處？」

馬川神色更為冷峻。「莫大人這幾日一直暗中調查刀廚娘的妖邪案，若是大人出事，廚娘必定輸掉官司，被打殺至死。」

莫夫人倒抽一口氣。
梅妍立刻想到了馬川給出的妖邪案卷，以及厚厚的調查附頁，還奇怪他一個從不與人交談的仵作是如何得到這些消息的？搞半天，原來是莫大人派人調查的。
馬川閉上眼睛又睜開。「現如今最重要的是，如何尋找目睹趙二痲子帶蛇去秋草巷投毒的證人？」
莫夫人那個愁啊。「這種人在做、天在看的事情，上哪兒去找？」
這個沒電、沒監視器的大鄴，哪來的天在看？總覺得這話有點……
梅妍暗暗嘲笑，卻忽然腦海中靈光一閃。「天在看不言不語，如果有人在屋頂就不同了，站得高、看得遠嘛！」
馬川脫口而出。「泥水匠！最近是各家泥水匠最忙的時候，家家戶戶都在修屋頂。」
莫大人捋著鬍鬚得意點頭。「師爺，立刻派人詢問這幾日開工的泥水匠，尤其是從趙家藥鋪到秋草巷沿路開工的泥水匠。」
「是，大人。」師爺從珠簾後退走，腳步匆匆。莫大人沒得混，他這個師爺也到頭了，有這樣的突破口一定查到底，這狗日的趙家！
莫夫人接收到夫君的眼神示意，親切地拍了拍梅妍的肩頭。「好聰明的孩子。」
「就……胡亂想的，說得不好，還請大人、夫人見諒。」梅妍回以社交笑容，努力扮成狐狸群裡的兔子。「時候不早了，婆婆還在家等著民女回去做吃食呢。」

「去吧。」莫縣令擺了擺手。

「民女告退。」梅妍恭敬行禮，退了出去。

梅妍離開縣衙大門時，卻發現趙二麻子正得意洋洋地斜眼盯著自己，眼神說不出的齷齪，並伸出一根手指比了個抹脖子的手勢，頓時感到一陣惡寒。

回到梅家，梅妍站在院子裡望著蔚藍的天空發呆，兩隻燕子飛快地掠過眼前，又飛向遠處。多好，多自由啊！

「遇上什麼事了？」梅婆婆太了解梅妍。「為何愁成這樣？」

梅妍一個「沒」字還沒來得及出口。

「別瞞我老婆子，我看得出來。」梅婆婆給以警告的眼神。

梅妍琢磨了一下語氣和用詞。「掉進了圈套裡，好在想到逃脫的法子了。」

「不止。」

「馬川仵作是司馬玉川，大司馬家的。」梅妍垂頭喪氣地像鬥敗的公雞。

「嗯。」梅婆婆應了一聲，給院子裡的野菜和草藥澆了水。

「婆婆，您早就認出他了吧？」梅妍受的刺激太多，已經麻木了。

梅婆婆點頭。「他怎麼說？」

「啊？說什麼？」梅妍有些反應不過來，被婆婆彈了一下腦門才回答。「他說以後還叫他馬川。」

梅婆婆笑了。「我老婆子餓啦，妳不做飯？」

梅妍叫了一聲，衝進廚房開始生火。

「妳和他相處融洽，總比結怨來得好吧？」梅婆婆切著野菜碎，握刀的手指有些不受控制地顫抖。「高門深院裡骯髒事多，也總有一、兩點好的。」

梅妍總算把火生好了，忽然抬頭，從灶臺的大方孔裡打量梅婆婆。

梅婆婆完全不在意。「怎麼？覺得我太老了，開始嫌棄了？」

梅妍笑著扮了個鬼臉。「婆婆，您到底是什麼人？竟然認識司馬玉川！」大司馬家主掌刑部，大鄴各種律法都繞不過他家。

梅婆婆綻出一個大大的笑容。「妳猜？反正妳猜不到。」

「您怎麼這麼調皮？」梅妍樂了。婆婆好可愛，行吧，哪天發現婆婆是明夏宮的女官，她也不會驚訝了。

梅婆婆眼神複雜有深意，安慰道：「行了，大司馬家沒有等閒之輩，妳安心做穩婆便是。」

不料，說曹操，曹操到，馬川的身影又出現在梅家大門外。「梅姑娘在嗎？」

「在呀！」梅妍臉上笑嘻嘻，心裡卻憋著髒話。

「請妳相信，這件事情能處理好。」馬川鄭重其事地保證。「不會讓妳受一點傷害。」

「多謝。」梅妍在心裡擺爛，同時做好了最壞的打算。這貨如果金玉其外、敗絮其中，大不了再像以前一樣連夜搬家，有什麼呀？又不是第一次被人誣陷。

「妳不信我？」馬川俯視垂著眼睫的梅妍，察覺到她的敷衍。

「信啊。」梅妍應對得非常自然，下意識抬頭，覺得馬川看自己的眼神和語氣，以及這居高臨下俯視的情形，有一絲異樣的熟悉感。

梅妍被這突然冒出來的感覺嚇到了。

馬川的視線剛好與梅妍對上，她的眼睛大而亮，臉小，眼神清澈，總讓他有種看小動物的感覺，與記憶深處的某個場景重疊——

「你好高呀！」小女孩眨著格外黑亮的大眼，嗓音軟糯地評價。「跪著都比我高……」

當眾提出要當仵作而挨了家法的司馬玉川，額頭的汗珠一顆又一顆地落下，強忍著後背的疼痛，硬跪了三個時辰，納悶地看著這個不知道從哪兒跑來的小女孩，穿著精美的衣飾，比人偶還要美上三分。

小女孩從袖子裡取出一塊帕子，替司馬玉川擦去了額頭的汗水，就聽到奇怪的咕嚕聲，循聲看向他的肚子，大眼睛裡滿是困惑。

司馬玉川的臉龐脹得通紅，恨不得找個洞鑽進去。

小女孩的黑眼睛骨碌碌地轉，悄悄跑到門口，四下張望，確定沒人，又溜回來，從腰間精緻的荷包裡掏出一粒松仁粽子糖，硬往司馬玉川的嘴裡塞。

司馬玉川的嘴巴閉得死緊，頑強地與口腹之慾做最後的鬥爭。

「現在沒人。」小女孩湊到司馬玉川的耳畔小聲說。

「司馬祖訓，君子慎獨……嗚……」司馬玉川唇舌溢滿了粽子糖的香甜，迅速緩解了他的眩暈。

「這些都給你。」小女孩又往司馬玉川嘴裡塞了兩顆粽子糖。「大哥哥，我走了，被娘親發現我偷跑出來，也要挨家法罰跪的。」說完就跑了。

夜風沁涼，司馬玉川腰板筆直，聞到隱約的梔子香味，這才想起來，今日司馬家在聽風軒設了晚宴，那裡有成片的小葉梔子。

她是哪家的女眷？

梅妍第一次見馬川走神，收斂了平日銳利的眼神，整個人憑添了少年感，但是他倆這樣站著算什麼事，出聲提醒。「馬仵作，還有什麼事嗎？」

馬川怔住。「什麼？」

梅妍無語，但也不能冷場，笑意盈盈地問：「你還有什麼事要問，或者要囑咐的嗎？」沒什麼事就趕緊回家！

「無他。」馬川瞬間回神。「倘若廚娘上公堂，妳願意替她查體嗎？」

「不是有俞婆嗎？」梅妍就算知道馬川打算用自己替換俞婆，也不會表現出來。這樣的世家公子非親非故，誰知道他到底想做什麼？

「妳是否願意？」馬川發現了梅妍的躲避，只能問得直接。

「縣令大人要求，民女不敢不從。」梅妍答得理所當然，現在充滿了未知和不解，她只能顧左右而言他，傳令來當然會去，讓她主動去不可能。

「明白。」馬川轉身就走。

梅妍無語嘆氣，自己和秋草巷能不能保得住都是問題，哪顧得上廚娘的妖邪案？哦，對了，這事要不要告訴婆婆？

偏偏就在這時，梅妍對上了梅婆婆打量的眼神，溫婉一笑，若無其事地回家繼續做吃食。

「妍兒。」梅婆婆難得神情嚴肅。

梅妍立刻投降，把事情經過詳細說完，又加了一句。「倘若找不到目擊證人，我們就會被反殺。」

梅婆婆看得很開。「莫石堅和司馬家聯手，若還是被反殺，這日子也沒什麼盼頭了。」

「婆婆……」梅妍總覺得這六年來，梅婆婆像在找什麼東西，或者一直在做什麼事，但她不能追問，只能等梅婆婆願意說。

梅婆婆閉上眼睛。她只希望莫石堅和馬川能有所作為。

馬川家表面看也是草屋，但有莫縣令暗中打點，比梅家強得多，內裡是磚木結構，既能遮風擋雨，還冬暖夏涼。當然，他選擇住在秋草巷有自己的原因，連莫縣令都沒告訴。

坐在書案前，馬川攤開清遠縣的輿圖，把城東趙記藥鋪庫房到秋草巷的所有線路勾畫出來，標記出了三個必經地點，只需明日一早讓捕頭去詢問沿途修葺屋頂的泥水匠即可。

他一旦開始思考，不做到完美就不會停止，於是又開始模擬趙二麻子帶蛇會選擇哪條路線，會在何時經過三個必經地點。目前為止，能跟得上他的思路，且讓他刮目相看的只有莫石堅和梅妍兩個人。但莫石堅每日為妖邪舊案、新案煩神，還要應對官場傾軋。梅妍是與他最合拍的人，可她不願意。

司馬玉川是司馬家的嫡長孫，肩負著維繫世家的重責大任，司馬家有不斷完善大鄴律法、刑治疏漏的責任，提高仵作的術業專攻是當務之急。他年幼時親眼目睹過發生在司馬家的凶殺，最後卻因為大理寺仵作的敷衍無能，判為意外，最後不了了之。

其實情有可原，仵作地位低下被人厭棄，沒有青年才俊、能士願意做這個行當，越是如此，斷案依據越不可信，越容易發生誤判。所以，他想當仵作，第一次提出時，就被父親責罰；第二次提出時，被祖父責罰。

他生性執拗，認定的事情，八匹馬都拽不回來。兩年前，他留下一份書信離家出走，投奔到清遠縣的莫石堅這裡，專心撲在仵作這個行當上，每日都過得很充實。

事實上，知道馬川是仵作，太多人避著他，只有劉蓮和梅妍不在意。若是有人知道他是司馬玉川，會有許多人爭相諂媚，梅妍卻想遠離，而劉蓮……可能也是，她的眼神質樸而純粹。

馬川自幼接受的就是司馬家最嚴苛的君子教育，即使煩躁也只是呼吸頻率有些改變，不論誰在旁看他，都覺得他氣定神閒。

想到這裡，馬川在輿圖上加了更多的注解，只有靠自己解除這場「反殺」危機，證明自己的實力，才能讓梅妍信任自己。

可是……為何要讓梅妍相信自己呢？仵作和穩婆只在公堂之上有交集，平日是井水不犯河水的兩種行當，她的相信為何讓他有種很重要的感覺？

忽然，腦海中電光石火般閃過記憶中的聲音。「大哥哥，你長大了當仵作呀？嗯，我長大了要當穩婆！」

軟糯的嗓音很熟悉，但是樣貌、姓名卻記不清。

馬川被這突如其來的回憶碎片怔住。

想當穩婆且美得堪比人偶的小女娃，已是穩婆的美麗少女梅妍，她倆的眼睛好像啊……

第十章

梅姸做好晚飯，先給野菜、草藥澆水，再收拾院子，眼看著天色越來越暗，仍然不見劉蓮回來。

梅婆婆擺好碗筷，又和梅姸等了一會兒，囑咐。「要不妳騎馬去接她？天已經黑了。」

梅姸牽著馬剛離開梅家，正準備上馬，就聽到劉蓮帶喘地喊：「梅姑娘，救命啊……」急忙遁聲望去。

劉蓮正揹著一個人，濕淋淋地往梅家跑。

梅姸連忙把馬韁扔給梅婆婆，一路跑去接應劉蓮，把揹著的女子放平在院子裡。「怎麼回事？」

劉蓮雙腿一軟跪倒，整個人都脫力了，說話聲音都低了不少，喘得很厲害。「她跳河被人救上岸……醫館的胡郎中什麼法子都試過了，還是不行……梅姑娘，她是我家鄰居大姊，救過我的命，妳、妳能不能瞧一眼，妳也說不行，我就信！」

梅姸簡直不敢相信，她只是一名區區穩婆，不是醫神、醫聖啊，劉蓮就這樣揹了個沒命的人回來，還眼巴巴地看著她。

就……試試吧，能不能救回來看運氣，不，先看看是不是真死了？

梅妍隨手扯了點棉絲線，黏在落水女子的鼻翼邊，發現絲線有極輕且規律的擺動，意味著還有微弱的呼吸；又摸了頸動脈，搏動同樣微弱，抬頭問：「她叫什麼名字？」

劉蓮冷得一個激靈。「方怡。」

「方怡，妳醒醒！」梅妍又從背包裡取出一個短而細的竹子，一端內鑲了磷石，快速照了瞳孔對光反射，對光反射存在但是也弱。

方怡一動不動，沒有任何反應。

「蓮姊，托住方怡的下巴，對就是這裡，向上、向後拉。」梅妍取了塊紗布裹住手掌。

「哎！」劉蓮雖然不明白為什麼，還是緊張又認真地照做。

梅妍強行掰開方怡的嘴巴，用紗布掏出口腔裡的污物，又取了塊紗布蓋住口唇部，用力往她嘴裡吹氣，然後開始心肺復甦。

劉蓮瞪大了眼睛，這是什麼救人的法子？

梅妍默數著心肺復甦的按壓節奏，完全不抱救回來的希望，又囑咐道：「叫她的名字，和她說話，說高興的事情……」

因為呼吸、心跳停止超過四分鐘大腦就會缺氧，產生不可逆轉的腦損傷。先不說郎中如何救治，用了多少時間，單說劉蓮離開陶家揹著她跑回梅家的這段路，就遠遠不只四分鐘。

胡郎中說得沒錯，確實沒什麼法子了。

時間一點點過去，梅婆婆視線焦灼地走來走去，劉蓮喊得口乾舌燥，方怡還是沒醒。

梅妍按照單人心肺復甦法操作，不僅要胸外按壓，還要人工呼吸，力氣很快就耗盡了，又硬撐了五分鐘實在撐不住。「劉蓮，我盡力了。」

劉蓮立刻淚如雨下。「怡姊……妳醒醒啊……怡姊，妳新婚燕爾為何要投河自盡啊？」

梅妍大口喘著氣，再次聽呼吸和心跳，沒有任何起色，也不再為難自己。不然，萬一有接生的事情找來，她連騎馬的力氣都沒了。

正在這時，一群人舉著火把走入秋草巷。

秋草巷的百姓紛紛出屋張望，看著入巷的人群，好奇之餘也跟在後面，一直跟到了梅家門前。

「怡兒啊！」中年婦人看到躺在地上的方怡，尖叫一聲就暈了過去，其他人七手八腳地扶住，又是掐人中、又是喊名字，好半晌才悠悠轉醒。

劉蓮向梅妍介紹，暈倒的中年婦人是方怡的娘親，後面分別是她的父親、親姊弟、叔伯、堂兄弟、孀子……

梅妍站起身，整理一下衣襟，望著滿臉悲戚的人，寬慰話在唇舌裡轉了幾圈，又嚥了回去，這種時候什麼語言都太蒼白。

只是……新婚燕爾的，為何要投河自盡啊？還有，追到這裡來的全是女子的親戚，丈夫和婆家的人呢？想來，這新婚是真的，燕爾是假的。

梅妍的心頭籠上一層陰影。

正在這時，方怡的父親走到劉蓮面前，抬手就是一巴掌。

「阿伯……」劉蓮毫無防備地被打偏，整個人撞向竹籬笆，幸好被梅婆婆扶住才沒有摔倒，勉強站穩，大聲問：「你為何打我？」

方怡的父親氣得渾身發抖。「妳這個不孝女！坑了自己家人不算，還來坑我家女兒？讓一個穩婆來救怡兒，妳安的什麼心?!」

劉蓮頂著現出五指印的臉龐，聲音漸冷。「怡姊對我有救命之恩，梅姑娘是我見過的最厲害的人，她也沒救回怡姊，我認了！」

劉蓮指著眼前的人們。「至於你們，將親生女兒往火坑裡推，在怡姊被婆婆、丈夫刁難的時候，一聲不吭，在她受不了丈夫打罵跑回娘家時，你們連家門都不讓她進，就把她強行送回婆家去了！我真心為怡姊好，你們呢？你有什麼資格來打我？」

劉蓮平日嗓音不高，但是氣極了嗓門就很大。「還有妳，裝什麼暈？裝什麼心疼女兒？你們都是！你們跟來不是心疼女兒投河，只是來看看她能不能活，真的活了就立刻送到婆家！一群黑心肝爛肚腸的！大夥兒都來看看！看看這群畜牲不如的東西！」

梅妍望著與平日判若兩人的劉蓮，心裡很不是滋味，明明是個溫柔敦厚的少女，偏偏被世事逼出了榴蓮那樣扎手的外表，也許只有這樣，才不會被輕易傷到。

「妳閉嘴！」方怡娘親惱羞成怒，又要動手。

「住手！」憑空一聲怒喝。

眾人循聲望去，大步走來的馬川攔在劉蓮和梅妍前面，比方怡娘親足足高了一個半頭，眼神更是銳利。

梅妍在心裡哇了一下，司馬玉川公子氣場驚人。

馬川語氣平直。「逝者已矣，人死為大，還不盡快入斂？」

「晦氣！」方怡的直系親屬和長輩們低聲嘀咕。

偏偏正在這時，毫不起眼的、裹挾在人群裡的一名女孩子，最多十歲，忽然拽住馬川的衣袖。「你是仵作，你能不能證明我姊的清白？」

眾人大吃一驚，緊接著女孩就挨了父親一巴掌，伴著怒斥。「胡說八道什麼？人死為大，哪有隨意驗屍的道理？」

小女孩連眼淚都沒落下一滴，撲通跪在馬川面前。「仵作，我今年十二歲，再過幾年就要嫁人了，阿姊就這樣受盡冤屈死了，我不想以後出嫁也這樣憋屈地死！」

馬川坦然地沒有後退一步，只是打量著小女孩。

梅妍簡直不敢相信，看了一眼劉蓮，又注視著小女孩，是清遠縣剛烈女子多，還是都被她遇到了？這孩子真的勇。

「妳再多說一句，看我今天不打死妳？」方怡的娘親沒了方才的悲戚，整個人變得陰鷙，放完狠話對上馬川的木頭臉時，又忍不住瑟縮了一下。

馬川的語氣依然平直地像砧木一塊。「按大鄴律令，謾罵、打罵致人不堪受辱自尋短見者，視情節輕重判流刑。」

方怡的父親卻毫不在意。「清官難斷家務事，我家這種事情就不勞仵作費心了！走！」死去的方怡、被打的方家小女兒，被方家人裹挾著離開了梅家，離開了秋草巷，看熱鬧的人群一哄而散。

梅妍的腦袋裡有些空，說不上悲喜，更多的是深深的無力，下意識抬頭，璀璨星空提醒著自己的渺小和人微言輕。

她大概是最窩囊的穿越人了！

馬川頗為無奈，向梅婆婆微一點頭，轉身離開。

劉蓮漱洗後換上乾淨的衣服，與同樣洗乾淨的梅妍一起，坐在梅婆婆的對面，劉蓮風捲殘雲地吃著晚飯，梅妍卻因為心肺復甦過久，雙手顫抖得拿不住吃食。

梅家寂靜得令人窒息。

梅婆婆拿著吃食餵進梅妍嘴裡，取笑道：「妳這是什麼救人法子？人沒救起來，看著倒像要搭上自己的胳膊。」

梅妍閉上眼睛嘿嘿一笑。「死馬當活馬醫嘛，就隨便試一下，萬一醒了呢？」

別人穿越自帶醫藥空間，實在不行帶個急救器械箱也行，偏偏她兩手空空，沒藥、沒工具，能救得活才怪！廢柴兩個字，在腦海裡揮之不去，老穿越人太難了！

劉蓮吃完晚飯，恭恭敬敬地向梅妍行了個禮，淚水在眼中打轉。「謝謝，梅姑娘。」

梅妍差點被這突如其來的道謝給噎住，好不容易嚥下食物，喝了湯才回答。「妳也救過我的命，這舉手之勞有什麼好謝的？」

劉蓮望著梅婆婆。「婆婆，您去過很多地方吧？」

梅婆婆點頭。

「婆婆，其他地方的女子嫁人以後也會過得非常辛苦嗎？」

梅婆婆仍然點頭。「高門大戶的也是如此，各有各的操勞。」

劉蓮深吸一口氣，看似下了莫大的決心。「婆婆，我要像您一樣，此生不嫁人了！」

梅妍撫額。榴蓮姑娘果然與眾不同！

梅婆婆卻笑著搖頭。「不要偏頗，妍兒妳也是！」

梅妍表示很冤。關我什麼事？

「妳倆都是，大鄴地大物博，人口眾多，仔細找著，總能找到與自己相合，可以共度一生的男子。」梅婆婆在這方面比任何人都樂觀。

梅妍和劉蓮相對無言，就聽著唄。

梅婆婆安慰她倆。「方怡這事不會就這樣結束，過幾日就能見分曉。」

梅妍看著梅婆婆從容自若的樣子，腦海裡不合時宜地冒出「預言家」三個字。說來也怪，她這個老穿越人到現在還沒被現實打磨掉銳氣，也是難得。

劉蓮微蹙著眉頭，揹方怡的路上摔了好幾跤，大小瘀傷隱隱作痛，一陣陣的越來越疼，提醒她那個愛笑又溫柔的方怡姊姊，再也回不來了。

阿爹被人殺了，方怡姊姊被逼死了。劉蓮布滿血絲的雙眼沒有一滴眼淚。不是說好人有好報嗎？為什麼惡人一個比一個過得好？

忽然，有人輕拍劉蓮的後背。

劉蓮猛地抬頭，是梅婆婆，梅婆婆什麼也沒說，只是慈祥地看著她。

不出梅婆婆所料，第二日，縣衙差役忽然來找梅妍。「清遠縣令莫石堅莫大人，在公堂之上，招梅妍上堂。」

在折騰小院子的梅妍有些傻，但還是在差役的催促下，騎上了小紅馬，風馳電掣地趕到了縣衙。剛入公堂，梅妍就見到了臉色不善的俞婆，心裡暗叫不對。

有俞婆還來找她做什麼？莫縣令葫蘆裡賣的什麼藥？

視線餘光瞥到了站在公堂邊緣的苦主，方怡的家人，以及更加憤怒的一群人，是方怡的丈夫和婆婆，以及其他親戚，梅妍一時間不知道做什麼樣的表情才合適。

驚堂木突然大響，嚇了梅妍一跳。

臉色肅然的莫縣令開口。「梅小穩婆，俞婆檢查過死者方怡，雙股側有妊娠紋，說她必定生育過，現在命妳覆核一次。」

梅妍的臉色有些許微妙。

「怎麼？不敢看死人啊？」俞婆陰陽怪氣。

「是，莫大人。」梅妍從背包裡取出全套衣物穿上，還戴上了口罩，跟在馬川身後去了殮房，心裡說不出的滋味。

「妳怕嗎？」馬川見梅妍站在殮房門口，以為她不敢。

「不。」梅妍語帶嘲諷。「被逼死的可憐少女有什麼可怕的？倒是婆家和娘家那些人的嘴臉面目可憎。」

馬川翻動屍體，梅妍看得很仔細，又取出窺陰器仔細檢查了，才開口。「可以了。」

兩人回到公堂之上，方怡的婆家人和娘家人左右相對，罵罵咧咧。

梅妍行禮後稟報。「回莫大人的話，民女仔細檢查了，方怡未曾生育。」

俞婆像被踩了尾巴的貓，聲色俱厲。「呸！妳放屁！有妊娠紋怎麼可能沒生育過？妳怎麼當的穩婆？」

梅妍無視俞婆，取出粗草紙畫下方怡「妊娠紋」的分布，又畫出正常妊娠紋的分布，雙手呈給師爺。「莫大人，這是對比。」

「女子四月顯懷，腹部自下向上膨出，越來越大，妊娠紋主要分布在腹部至腰側。方怡的腹部沒有紋路，只在腿外側有，與妊娠紋不符。」

莫石堅的眼神緩和一分。

俞婆撲通跪倒，痛心疾首的模樣。「莫大人，民女當穩婆十年有餘，接生過的、查驗過的女子，沒有兩千也有一千，絕不會看錯。請莫大人明斷！」
莫石堅不動聲色。「梅妍，妳還有其他證據嗎？」
梅妍覺得俞婆接生術不怎麼樣，演技還是槓槓的。
「回莫大人的話，一來，清遠縣很小，有位少女肚子顯懷，瞞不了眾人的眼睛；二來，懷孕生育過的女子，子宮因為撐大過，無法回縮到最初大小，會比未育女子的略大。」
「妳這個小丫頭片子，妳才多大？妳哪有這些經驗和見識？」俞婆急紅了眼。
梅妍不以為然。「我家婆婆當穩婆超過二十年，把積累的經驗都教了我，我勤奮好學，目前為止已經接生超過三百次了，這與年齡有什麼關係？按俞婆這樣的說法，清遠縣三個穩婆裡妳的年齡最小，是不是就應該讓年齡最大的來查驗？」
俞婆一時語塞，青蛙似的眼睛幾乎突起來。她平日與人爭執都靠撒潑耍賴取勝，可公堂之上是要擺事實、講道理的，遇上梅妍這樣句句在理的就毫無招架之力。
眾人看向俞婆的眼神都不同了。
「俞婆，妳還有何話說？」師爺提高質詢音量。
俞婆在公堂上不能撒潑，臉色變了又變，盯著梅妍的眼神比刀還尖銳。「所有當穩婆的都知道，有妊娠紋就是已孕，妳空口無憑！」
梅妍微微笑。「啟稟莫大人，師爺，馬仵作，我有現成的人證，可以證明俞穩婆技藝不佳。」

「誰？」莫石堅納悶地問。傳梅妍上公堂都是臨時起意，她怎麼能自帶人證？

梅妍不慌不忙，與氣急敗壞的俞婆完全不同。「請在清遠縣隨意尋找一名肥胖的男性，一位最近個子拔高的少年，以及陶家媳婦。」

莫石堅也算是斷案無數，這還是第一次遇到，忍不住問：「這是為何？」

梅妍又補充。「陶家媳婦還在家坐月子，這時候不宜外出，但是我可以告訴公堂之上的所有人，她數次懷孕卻沒有妊娠紋，這一點俞婆也是清楚的。」

所有的視線再次集中在俞婆身上。

莫石堅厲聲問道：「俞婆，可有此事？」

俞婆的頭皮一陣陣地發麻，卻只能點頭。

師爺接到莫石堅使來的眼色，立刻囑咐兩名差役分頭去找，很快就尋來了綠柳居的掌案大廚余胖子，以及私塾裡的高眺少年郎。這兩人不知道自己犯了什麼事，表情寫滿莫名其妙，心驚膽戰。

莫石堅又問梅妍。「妳要如何驗？」

「馬仵作將二人帶入內院，解衣勘驗就會知道。」梅妍一點也不想去看。

「可。」莫石堅一揮手。

很快，馬川回到公堂之上。「啟稟莫大人，余廚子腰腹和股側都有紋路，少年郎的股側也有，與梅小穩婆說的完全相同。」

梅妍不緊不慢地走向俞婆。「按妳所說，他倆都懷過身孕？再問妳，為何陶家的沒有？」

所有人都看著俞婆，俞婆的臉色精彩極了。

莫石堅饒有興致。「俞婆，妳還有什麼話可說?!」

「我……我……」俞婆實在掰不出什麼來，尖著嗓子叫。「他們一定是串通好的！」

一時間，公堂上的差役、師爺、馬川甚至莫縣令的臉色，都帶著寒霜一般，堂內死一般的寂靜，連帶著每個人的臉色各異，眼神微妙地變化著。

俞婆真是不知死活！

「我女兒果然是被你們逼死的！」方怡的阿爹顫抖著嘴唇，率先打破死寂。

「我苦命的孩子啊……」方怡的阿娘一聲慘叫，捶胸頓足。「你們這些沒良心的、不要臉的！還我女兒來！」

「她自己尋死的，不關我們的事！」方怡的公公聲若洪鐘。「壞我家的名聲，把我們家的彩禮退回來！」

「彩禮不退了！你們賠我女兒的命！」又一個方怡的親戚吼道。

公堂上炸了鍋，你來我往吵個沒完，雙方漸漸動起手來，你一拳、我一腳，互不相讓。

第十一章

啪！驚堂木一聲響，莫石堅怒氣上臉。「誰敢咆哮公堂?!」

「威武！」差役們敲擊刑杖。

公堂上又安靜下來，雙方又用眼神互相扎刀子。

莫石堅的語氣裡帶著凌厲。「俞婆，妳還有什麼話說？」

俞婆內心焦灼卻不能表現出來，只能吶吶回答。「全憑莫大人定奪。」她不能離開清遠，當然不能得罪縣太爺。

莫石堅宣布。「自今日起，清遠縣衙查驗穩婆由梅氏……」

俞婆毫無徵兆地暈倒在地，重重摔在公堂堅硬的青石板上，額角慢慢滲出鮮血。

「不好啦，俞婆摔倒啦！救人啊！」方怡的婆婆大叫出聲，慌慌張張地去扶俞婆。「俞婆，快醒醒！」

「來人，把俞婆送到醫館去。」師爺趕緊招來兩名差役要把俞婆扶出去。

「哎，俞婆不能就這樣走了……」方怡的婆婆不鬆手。「俞婆，醒醒，官司還沒結，快醒醒……」

差役不由分說地把俞婆拖了出去，方怡婆婆的臉色比死了親娘還要難看。

莫石堅再次宣布。「自今日起，清遠縣衙查驗穩婆由……」

「莫大人，我醒啦！」俞婆突然大喊著睜開眼，把兩名差役嚇得同時撒手。

「砰」一聲，俞婆結結實實地摔在地上，還頑強地掙扎起身，頂著血糊糊的半張臉小跑著回公堂。「莫大人，我來了！還要查驗什麼？」

「哎喲喂，俞婆妳可算醒了！」方怡婆婆喜出望外，眼神比見親娘還要熱切。

俞婆撲通跪在公堂上，像扎了根一樣就是不願去醫館。

梅妍微蹙著眉頭，望著極為反常的方怡婆婆，以及更加不對勁的俞婆。

這兩人的眼神不斷來往，真當其他人都是瞎的嗎？

「莫大人，我們一沒打過方怡，二沒把她往死裡逼，她要跳河，與我家毫不相關！請大人明鑒！」方怡公公突然拽回主題。

方怡婆婆立刻哭天兒抹淚。「我們把她當親女兒看啊，都是外面的人嚼舌根，我還勸她看開一些，我家相信她！」

梅妍忍不住翻了個白眼，眼神不期然與方怡的夫君撞上，萬萬沒想到，雙方吵得不可開交，他新喪了妻子，卻像趙二麻子一樣打量自己，立刻心中惡寒。這個畜牲不如的東西！

馬川察覺了，不著痕跡地擋住梅妍。

莫石堅揚起手中紙頁，轉而又問俞婆。「今日本官必定給妳一個交代！除了妊娠紋，妳還有無其他發現？」

俞婆的身形一晃，顫抖著回答。「回大人的話，別無其他。」誰會在臭死人的殮房裡細查一個投水自盡的？

莫石堅居高臨下又問一遍。「妳確認無疑？」

「是！」俞婆點頭如搗蒜，忽然又改口。「不，不，不，莫大人，容草民再去驗過！」

梅妍簡直不敢相信，俞婆平日擺爛不要臉就算了，縣衙查體這麼重要的事情，竟然反覆改口再驗，看來之前分明就是草草了事。

莫石堅隨手擲下一支令符。「來人，將俞婆扣下！不允許她再多說一個字，否則刑杖伺候！」

俞婆一聲「冤枉」都沒來得及出口，就被差役摁到一旁，整個人抖得止不住。

莫石堅將梅妍寫的驗紙扔到俞婆臉上。「死者方怡，生前受過毒打，肉體有陳舊撕裂傷，還染了楊梅瘡……妳到底查驗了什麼？」

俞婆一下子癱倒在地，瞪大了微突的眼睛，死死地盯著梅妍。

莫石堅的視線落在方怡的夫君朱富身上，高聲道：「來人，傳醫館郎中攜朱富診方立刻來見。」

一盞茶不到的工夫，醫館郎中帶著一疊藥方顛顛趕來，師爺接過藥方逐一看過，轉身呈到了莫石堅手中。

莫石堅問：「胡郎中，朱富何時開始看診，得的又是什麼病？」

胡郎中躬身行禮。「莫大人，草民不敢欺瞞，朱富兩年前開始看診，得的是楊梅瘡。」

莫石堅當縣令這麼些年，楊梅瘡之事見過無數，直接問：「患楊梅瘡兩年整，想來朱富已經不能人事了。」

「回大人的話，是。」胡郎中完全無視朱家人鐵青的臉色，治病之時替人隱瞞是一回事，公堂之上欺瞞之罪是要挨板子的，孰輕孰重傻子都分得清楚。

莫石堅看著對峙公堂的雙方，氣不打一處來。「朱富！你不能人事轉而毒打方怡，還誣衊她的名聲，致使她投河自盡，你可知罪？」

「我不是，我沒有！」朱富扯高了嗓子喊，沒被衣服遮蓋的頸項，青筋爆起，能看到楊梅瘡特有的紅斑。「我從沒動過她一根手指頭。」

「莫大人，我家富兒冤枉啊！」朱富的娘親撲通跪倒。「誰知道方怡那個浪蹄子招了什麼人記恨？請大人明鑒。」

「就是你們逼死了我的女兒，殺人償命，欠債還錢，莫大人，我家怡兒死得好慘啊！」方怡的娘親哭喊得更大聲。

莫石堅已經有了實證，耐心多了不少。「那就是你們欺瞞親家，蓄意騙婚！」

「不，他們全家都知道，但是我們朱家出了三倍的彩禮錢，是明媒正娶過的門！賴不到朱家頭上。」朱富的娘立刻反駁。

莫石堅注視著方怡的娘家人。「可有此事？」

「沒有，我們不知道……」方怡的娘親哭得一把鼻涕、一把眼淚。「不，他們知道，他們都知道！」方怡的親妹妹上前一步，杏眼圓睜。「他們逼阿姊嫁的，因為朱家給的彩禮多，嫁妝要得很少！阿姊回來哭訴，還被阿娘搧了耳光強行送回了朱家。從此以後，阿姊再也沒回來過！」

被當場拆穿的方怡娘親哭得更大聲。「妳是我家前世的冤債啊，處處和方家作對……妳這是要逼死我這個當娘的，怡兒死了，我就跟她一起去吧……」

說完，方怡娘親起身就往柱子上撞，幸好被眼明手快的方家人攔住。

偏偏就在這時，方怡娘親又撲過來緊拽著梅妍的衣袖。「謝謝梅小穩婆為我家怡兒討回公道，大恩不言謝，我這輩子都會銘記在心……」

梅妍厭惡地拽回衣袖退了兩步，作為大鄴的老穿越人，查體後就猜出了個大概，這個親手把女兒推進火坑的娘親，不要臉的演技真是絕了。

師爺以極快的速度寫好呈堂證供，先找俞婆簽字畫押。

俞婆剛要開口，就被差役摁住，只能硬著頭皮摁了手印。

莫石堅接過師爺遞來的呈堂證供，一拍驚堂木。「自今日起，清遠縣衙查驗穩婆由梅氏擔任，俞氏穩婆犯瀆職之罪，杖責二十！」

俞婆整個人像爛泥一樣癱倒在地，又急忙爬起來。「莫大人，求您看在民女這幾年勤勤懇懇，饒命啊，莫大人……」

兩名差役一左一右將俞婆提起來，直接摁在了刑凳上。

「莫大人，饒命啊，再也不敢啦！」俞婆的呼天搶地在第一個板子落下的瞬間終結。

「啊！」

「一！二！」

數到五的時候，俞婆的衣褲已經隱隱見血，十板子下去，已經沒了哭聲，二十板子打完，她像死狗一樣臥在刑凳上，眼神渙散，氣息微弱。

對峙的雙方都是第一次見到這樣狠戾的板子，俞婆的慘叫聲猶在耳邊，生怕板子也會打在自己身上，個個噤若寒蟬，雙腿不住打顫。

正在這時，師爺寫好了所有的呈堂證供，剛才還一臉憤怒冤屈的朱家人，個個老實地摁手印，生怕摁晚了挨板子。

梅妍閉上眼睛嘆氣。莫石堅這是殺雞儆猴，自己也是被敬的猴子，之前怎麼也沒想到，當縣衙查驗的穩婆，會面對這樣一樁充滿屈辱憤怒的案子。

莫石堅接過師爺呈上的證供，高聲宣布。「方怡投河自盡案，人證、物證俱在，今日結案，按大鄴律，謾罵、打罵致人不堪受辱自尋短見者，視情節輕重判流刑。朱富新婚一個月內虐打妻子方怡，經查體發現新舊傷共二十四處，定故意傷人罪、污辱罪，數罪並罰，杖責三十，牢獄五年。」

朱富被差役押上刑凳時大喊：「她新婚之夜看到我身上的瘡不願行房，怎麼？老子明媒正娶的妻子不讓碰，換成哪個男人能忍？」

差役一杖下去，朱富殺豬似的叫。

朱富的娘親撲過去要攔，被差役們拉開，朱富的阿爹直接暈了過去，正好醫館的胡郎中在，在一片亂糟糟的喧鬧聲中看診。

方怡的娘家人則是個個拍手叫好。

三十杖足足打了三刻鐘，朱富開始還能破口大罵，但被梅楊瘡侵蝕的身體外強中乾，很快就氣息微弱，能不能熬過今晚都是問題。

莫石堅又一拍驚堂木。「按大鄴律，謾罵、打罵致人不堪受辱自尋短見者，視情節輕重判流刑。朱家為索回已付彩禮，惡意誣陷方怡未婚先孕、毀人名節，流放兩百里。」

剛剛甦醒的朱富雙親聽到這番話再次暈了過去，其他人撲通跪地直喊饒命。

「此外，朱家給方家的彩禮不得索回，退堂！」莫石堅宣布完，起身離開。

方怡的娘親、阿爹和其他親戚面露喜色，異口同聲。「謝青天大老爺！」

「多謝青天大老爺！」方怡的娘家親戚謝得情真意摯。

馬川望著面沈如水的梅妍，注意到她憤懣的眼神，沒想到嬌小的她有剛硬的內在。

梅妍滿腔怒火。方怡死了，清白也恢復了，夫家得到了應有的懲罰，可推她入火坑的方家卻毫髮無傷，還得了那麼多錢財，太憋屈了！

「多謝梅小穩婆！」方怡的娘親眉開眼笑地湊過來。

梅妍臉上忽然浮起笑容，湊到方怡娘親耳邊說了什麼，扭頭就走。

方怡娘親慘叫一聲癱在地上，眼神驚懼地看著遠去的梅妍，不論身邊的人問什麼都不說話，連帶著方家親戚都莫名地感到一陣陣寒意。

馬川跟了出去，在縣衙大門前追到了梅妍，想問又自覺有些多事。

「仵作，你有事嗎？」梅妍身為交際高手，一般不讓人尷尬。

「妳剛才說了什麼？」馬川此前欣賞梅妍的行事果斷，現在則是對她刮目相看，更重要的是，她有正義感，並且敢於直言。

梅妍現在確認，馬川高冷的外皮下深藏著一顆悶騷又八卦的心，笑著問：「我要是不說呢？」

馬川也笑了，陽光下的梅妍充滿了生命力，令人移不開眼睛。

「駕！」梅妍一甩鞭子向秋草巷去了。

劉蓮回到梅家草屋，意外看到婆婆站在門邊，梅妍和小紅馬都不在，忙問道：「婆婆，有人找梅姑娘接生嗎？」

梅婆婆搖頭，事關方怡的聲譽，等梅妍回來才能說。

劉蓮照常打理小院裡的野菜和草藥，沒多久又熱出一身汗，眼看著入夏了，可她還穿著厚實的冬衣，稍微一動就出汗。
當初為了安葬阿爹，劉蓮把家裡所有值錢的東西都賣了，包括衣服，那時候根本沒想到換季衣服的事情，現在好不容易有了梅家的收留，陶家的雇傭，賺的錢卻只夠繳稅。已經吃住在梅家，總不能再覥著臉向梅姑娘借衣服吧？必須再想其他法子賺錢，思來想去，就只有上山採藥或者打獵了，可她既沒經驗又沒傢伙，可怎麼辦？
「妍兒回來了。」梅婆婆走到門邊，見梅妍一臉陰鬱。「怎麼了？」
劉蓮也趕緊迎上去。
梅妍連喝了三盞茶，把公堂上的事情簡單說完，梅家草屋不出意外地靜極了，婆婆的臉頰微微緊繃，劉蓮的雙眼紅得嚇人。
好半晌，梅婆婆拍了拍梅妍的手背。「沒有妳，她就算豁出性命都得不到清白和解脫。」
劉蓮忽然起身，恭恭敬敬地向梅妍行了大禮。「我替方怡姊謝謝梅姑娘，可是……」內心複雜至極又矛盾，原本很熟悉的方怡娘親一瞬間變得完全陌生，那樣和氣的嬸子同時是心腸狠毒的娘親。
一瞬間，劉蓮心中自幼熟悉的長輩和街坊們，因為自己堅持驗屍，受盡了他們奚落冷眼和指責甚至謾罵，個個都像套了層外皮，似乎從來都沒認識過。
「怎麼了？」梅妍見劉蓮恍神許久，搖了搖她的手。

劉蓮抬起頭，怔怔地望著梅妍，滿臉苦笑。

「我自出生就沒離開過清遠，城中的人幾乎都認識，可是我卻誰都沒有真正地認識過，方怡的娘親是這樣，街坊鄰居也是，阿爹那邊的親戚還是這樣……剛才我還在想，如果沒有妳們收留我，我是不是也會像方怡姊姊那樣一死了之。其實我想過，但是又覺得自己沒錯，即使這樣仍然想活著……」

梅妍頗有些意外。沒想到劉蓮有這樣細膩敏感的內在，越來越像榴蓮，最粗糙尖銳的外表，甜美柔軟的內芯，帶著拒人的氣味。

「人心易變，方怡沒變，妳也沒變，這就足夠了。」梅婆婆笑著安慰，眼神裡多了些許心疼。

劉蓮還是苦笑。

梅妍見劉蓮眼中的光微弱得像是快熄滅了，自己的情緒也好不到哪兒去，這樣不行，轉了轉眼睛。「對了，今日俞婆在公堂上挨了板子，今日起，我就是縣衙的查驗穩婆了。查驗穩婆家可以減一半稅，所以，我們這個月的稅不用愁了。劉蓮姊，我說家裡有三個人，妳也一樣。」

劉蓮滿臉錯愕，只繳一半稅？真的嗎？

「真的，沒騙妳，減免文書我在縣衙簽過了，這個月開始。」

劉蓮悲傷著方怡的含恨而死，卻又因為梅妍能當上縣衙查驗穩婆而高興，兩種截然不同的情緒相互拉扯，一時不知該有什麼表情。

梅婆婆去陶罐裡摸出五十個銅錢，硬塞給了劉蓮。「去附近的寺廟，給那苦孩子祈個福，化些紙錢。」

劉蓮怎麼也不肯收。「婆婆，我再收這些錢，就是真正的不知好歹了。要用的那些錢，我自己賺！可是，我還是氣不過，那是她的娘親啊！拿著她用命換來的彩禮錢，從此過上高枕無憂的生活，憑什麼？老天爺瞎了眼！梅姑娘，我、我真的氣不過……」

梅婆婆最了解梅妍。「妍兒眼裡不揉沙子，不在公堂上膈應方家，我這個老婆子不信。」

梅妍的眼神變得森冷。「我本就嘔得慌，她還再三過來道謝，臉上悲戚，眼底卻全是笑意，那就不要怪我說話不好聽了。」

劉蓮和婆婆互看一眼，頗為期待。

梅妍眼睛彎彎。「我湊到她耳邊說，方怡死不瞑目，不知她以後每日喝茶水、洗臉、洗衣燒水的時候，能不能見到那雙閉不了的眼睛？」

劉蓮倒抽一口氣。梅姑娘太厲害了！

她就知道是這樣。梅婆婆無奈搖頭。「然後呢？」

「我說完轉身就走，只聽到背後一聲慘叫，然後就亂糟糟、鬧烘烘的，反正醫館的胡郎中在，我連頭都沒回。」梅妍說完就閉上眼睛。

梅婆婆的臉上有了笑意。「想來，明日寺廟就會辦起法會了，至少三日，說不定會有七日。」

第十二章

夕陽西下，秋草巷升起裊裊炊煙，梅家草屋栽種的野菜和草藥長勢喜人，再下幾場雨，野菜就可以吃了。

梅婆婆望著破舊的草屋發愁，野菜和草藥盼著下雨，草屋卻受不住幾次雨。

梅家減稅，高興的是有更多錢用來修葺屋子，頭疼的是泥水匠都約滿了。

梅妍見燒火的劉蓮滿頭是汗，這才注意到她身上還是冬裝，回到裡間，好不容易湊出一身夏衣給了劉蓮。「先湊合著穿，攢夠錢再買新的。」

劉蓮捧著衣服，腦子裡亂糟糟的，這可如何是好？

梅妍不以為意。「蓮姊，我呢最怕蛇了，妳呢女中豪傑，以後我們家就靠妳了！」

劉蓮努力眨回眼底的水氣，用力點頭。

「梅小穩婆在家嗎？」外面傳來敲門聲。

劉蓮把門打開，看到屋外的人一怔。「桂兒？陶伯？你們都來了，姨和孩子怎麼辦？」

梅妍很意外，連忙招呼。「請進。」

桂兒趕緊解釋。「外祖父母和舅舅、舅媽們都來了，聽說阿娘難產的事情，卻見阿娘的氣色挺好，說梅小穩婆是我們家的貴人，怎麼能只送一些吃食？」

陶安憨憨地笑著，覺得自己進屋不方便，就在房前屋後轉了一圈，不由得皺了眉頭。

「梅小穩婆，妳們這個屋子要趕緊修了。」

梅婆婆也走出來。「我們也想快些修啊，好的泥瓦匠手裡的活兒都排滿了，不太好的又不放心，就這樣擱著了，幸好最近沒怎麼下雨，只能等著。」

陶安應了一聲。「梅小穩婆，妳早說呀！我就是推掉手裡的活兒也要先給妳家做好。妳放心，我媳婦娘家也是做泥水匠的，這幾日我幾個舅哥都在，妳家屋子包在我們身上，保准在下雨前給妳們修好。」

「真的？」梅妍喜出望外。

「我怎麼會拿梅小穩婆尋開心呢？」陶安停頓一下。「桂兒，妳在這兒，我先回去一趟。」

「行，我曉得。」陶桂兒很喜歡梅小穩婆和劉蓮，巴不得在這兒多待會兒。

「陶伯，你先報個價，我好給訂金。」梅妍追了出去。

陶安哈哈笑了。「梅小穩婆，我若敢收妳的訂金，岳父、岳母就要動手打人了。」

梅妍眨了眨眼睛，她接生過那麼多產婦，第一次遇到這麼熱情的人家，真不適應。

事實上陶安和三個舅哥不僅說話算話，而且設想周到。

第二天，天剛矇矇亮，陶家就用牛車運來了修葺要用的所有東西，而且設想得很周到，先做哪些、後做哪些，做得既快又好。等到平日的上工時間，陶家人就離開，下工的時候再趕過來繼續幹活，除了點心和水，其他一概不收。

梅妍只要配合他們的工作時間，收起全套竹製家具堆在自家牛車上，看管好就可以了。

接下來的日子，梅家草屋每天都有變化，七日後一座嶄新的梅家草屋就修葺好了，外面看起來還是草屋的模樣，裡面卻加固了許多，別說下雨，就算是冬日積雪都扛得住。

等到正式完工的日子，梅妍強行把預備的銀錢塞給陶安。「陶伯，不管是接生錢，還是修葺房屋的費用，都是我們盡心盡力的報酬，應得的，我沒少收你家的，你也不能少收我家的。少收就是心虛，對不對？」

陶安聽完就樂了，打趣道：「對，踏踏實實做的工，怎麼能少收呢？那，梅小穩婆，要不然妳再添點兒？」

「添多少？」梅妍不假思索地問。

「阿爹！」陶桂兒突然出聲，順便瞪著阿爹。

「哈哈哈！」陶安樂了，連連擺手。「鬧著玩，別當真。」

梅妍的算術很好，加上劉蓮對清遠各類物價了然於心，按陶安這樣的修葺和用心程度，她倆早就合計出應付的銀錢，超出預算五分之一。也就是說，陶安是按八折結算的，剩下的兩折錢怎麼也不肯收。

梅妍笑意盈盈。「陶伯，我家總共才三個人，在清遠也沒有什麼親戚朋友，能邀請你們來我家暖屋嗎？」

大鄰房屋大修葺或者入住新屋，富庶人家稱為溫居，普通百姓稱暖屋，一屋子人熱熱鬧鬧地吃喝，互相說吉利的話，自此家宅安寧又和睦。富庶人家溫居講究排場和人脈比拚，普通百姓就簡單多了，請家庭和睦的親朋好友來就行。

陶安簡直受寵若驚。「暖屋都要請德高望重的人，妳現在是查驗穩婆了，我家……怎麼行？」

梅妍繼續勸說。「家和萬事興，邀請暖屋的人，首選家人和睦、互相愛護的，你們家就是這樣的，當然可以！」

梅婆婆附和著。「老身聽說，陶家是清遠有名的和善人家，你們能來，我們也高興。」

「阿爹！」陶桂兒可喜歡來梅家，眼巴巴地盼阿爹點頭。

「成！」陶安用力點頭。「就……恭敬不如從命了。」然後拉著桂兒匆匆回家準備暖房禮。

說幹就幹，梅妍三人合計出得宜的暖房菜，婆婆在家清洗碗盤，梅妍和劉蓮兩人去市集採買，一個半時辰以後，梅家暖房菜就全都準備好了，六個涼菜，六個熱菜，葷素搭配，還有老母雞燉湯。

傍晚時分，陶安、陶桂兒，陶安岳母、岳父和三個舅哥帶著暖房禮站在梅家草屋的大門前。陶安的岳母、岳父像監工一樣，圍著梅家轉悠，轉了不少時間，才整理衣襟敲門。

「梅小穩婆在嗎？陶家來暖屋啦！」

梅妍趕緊去開門，視線交會，就見陶安岳母、岳父大吃一驚的樣子，這是怎麼了？

「好俊的姑娘！」老人家緩過神來感嘆。

「咳咳。」陶安趕緊清了清嗓子。「這位就是梅小穩婆。」

「什麼?!」老人家簡直不敢相信。「明明是待字閨中的少女。」

陶桂兒接過話。「嗯，梅小穩婆還是清遠縣衙的查驗穩婆，前些日子替一位苦命的姑娘驗得了清白，現在全城都在議論呢。」

梅妍大大方方地任憑打量。「阿公、阿婆裡面請，各位叔伯裡面請，我們本不是清遠人，也不知道做的菜合不合你們胃口？」

「哎喲，梅小穩婆，妳這是說的哪裡話？」陶安岳母笑成一朵花。

要是自家哪個兒子沒娶就好了，唉！

秋草巷平日裡雞飛狗跳，推來推去是常有的事，和和氣氣地暖屋卻是這些年巷子裡第一遭，陣陣歡笑聲從梅家小屋傳出來，陶安還放了六個到處尋來的爆竹，熱鬧得很。

這下，勾出巷子裡每個人的多樣心思，大多很羨慕，小半還帶點兒嫉妒，和其他幽暗的小心思。

唯獨挨了板子，只能趴在床榻上的俞婆，在爆竹聲中咬牙切齒地咒梅家不得好死。自己不能打掃，平日裡的好姊妹連影子都不見一個，屋子裡瀰漫著濃郁的臭味，俞婆磕破的額頭結了血痂，但是板子傷並沒有明顯的好轉。

平日裡和氣的胡郎中換了一副嘴臉，這麼重的刑杖傷，只給了點金瘡藥，不鹹不淡地囑咐兩個字「靜養」。

在清遠縣衙公堂上挨板子是大事，沸沸揚揚地傳遍全城，所有人都知道她查驗時不盡心，要不是梅小穩婆，方怡就白死了。

唾罵的有，指責的更有，這種時候就算有心，也沒人敢來秋草巷照顧俞婆，更何況「牆倒眾人推」，她被差役抬回來的時候，想在半路雇個婆子都沒人理。

差役們把她放到床榻上，頭也不回地離開，算是仁至義盡了。

俞婆能聞到自己身上的血腥味、汗臭味以及失禁的惡臭，她在屋子裡哭過、罵過、哀求過，哪怕她扯高了嗓門大喊給錢，秋草巷也沒有一個人踏進俞家半步。

她真切嚐到了「求生不得，求死不能」的悲戚和絕望，支撐她活下去的就是報仇，把梅妍、老婆子、劉蓮和蔪新的梅家一把燒了！

但她什麼時候能下床走？以後還能不能走？沒人知道。

俞婆一陣陣地眩暈，餓了就吃點乾糧，渴了就喝些生水，每次都只敢吃一點，不然去馬桶又是一次活受罪。

正在這時，漆黑的裡屋亮起一個火摺子，趙二麻子鬼魅似的出現，亮光照在他坑坑窪窪的臉上，格外陰森而嚇人。

「你怎麼來了？」俞婆喜出望外。趙二還算有良心，可他不能早點來嗎？

趙二麻子的語氣更嚇人。「老子被妳這個臭婆娘害慘了！我家藥鋪被裡外翻了三遍，做假帳的事情也被抖出來，我爹平日裡身子骨兒好好的，今兒突然就病倒了。」

現在他被趙家每個人指著罵，這一切都是俞婆造成的！

俞婆如墜冰窟，驚恐地望著趙二麻子，立刻反應過來，他不是來照顧她的，看樣子是來料理她的。「我、我……也不知道……會這樣的……二子……不，不，不，二子，沒有人證、物證，這事情就沒發生過……你聽我說……我肯定不會說出去……」

趙二麻子步步逼近，被俞婆的臭味熏得退了兩步，差點吐出來，好不容易順過氣，捂住口鼻發出的聲音有說不出的怪異。「妳不說？這話誰信啊？俞婆子的嘴、騙人的鬼，全清遠都知道。」

「我發誓，發毒誓……」俞婆子舉高一隻手。「還有啊，就是……我現在這樣只比死人多一口氣，爛命一條，能對誰去說？二子是不是？」

「住口，二子是妳叫的？」趙二麻子的眼睛和嘴唇抑制不住地顫抖。「當初要我替妳出一口惡氣的時候，妳是怎麼說的？

「妳說如果事發，就去衙門認罪自首，絕對不會把我牽扯進來。現在呢？現在告訴我，妳不會說出去的……妳不打算發毒誓，妳只是想威脅我！」趙二麻子的語調越來越奇怪，漸漸的像換了一個人。「妳要臉沒臉，要身材沒身材，我真是瞎了眼才來沾染妳。」

「不是，你聽我說！我還有點錢，在櫥櫃最裡面的首飾盒裡，你拿去，都拿去……」俞婆嚇得語無倫次。「補到藥鋪裡填帳……」

啪！趙二麻子隨手就是一記響亮的耳光。「妳住口！」

俞婆重重摔在枕頭上，只覺得半邊臉都要被打飛了，疼得眼冒金星、涕淚俱下，生怕挨第二巴掌，大氣都不敢喘。

趙二麻子在黑暗裡對俞婆一通拳打腳踢，怒火發洩得差不多了才停手。

俞婆疼得幾乎暈死過去，好不容易從劇痛中緩過來，不料又被趙二麻子揪起了頭髮，眼看著火摺子越來越近，強烈的求生慾望讓她拚盡全力大叫出聲。「救命啊，趙二麻子殺人啦！」

趙二麻子被俞婆這一嗓子驚得慌了神，立刻去捂她的嘴，沒想到被她咬緊了手不鬆口。

「放開！妳快放開！」

「嗚……嗚……」俞婆絕望地越咬越緊，直到咬下一塊肉來，滿嘴血腥味。

「妳這個瘋婆子！」趙二麻子又疼又氣，隨手抄起一張椅子向俞婆揮去。

「救命啊！」俞婆尖叫。

眼看著椅子腿就要砸到俞婆頭皮時，周遭的黑暗突然明亮起來，六支火把照亮了這個屋子。

趙二麻子嚇得雙腿一軟，椅子脫手掉在地上。

俞婆的一隻眼睛腫得像核桃，另一邊臉青紫相交，意識模糊地喊：「救命啊……趙二麻子要殺我……」

下一秒，趙二麻子被兩名差役摁在地上，套上枷鎖。

「趙丁惡意傷害俞婆，當場抓獲，帶走！」

捕頭一揮手，趙二麻子像個麻袋一樣被拖走。另外兩名差役將奄奄一息的俞婆扶上擔架，急急忙忙送到醫館去，也不知道醫館有沒有打烊，胡郎中能不能保住俞婆的命？

俞家草屋靜悄悄，梅家草屋充滿歡笑。

在俞家與梅家中間的廢棄草屋旁，梅妍正提著籃子要給馬川送暖屋菜，聽到俞婆的叫喊，心中納悶，就和馬川一起到俞家察看，隨即聽到了他們之間的對話。

馬川蹲在俞家，讓梅妍騎馬去縣衙報信，帶著差役來抓現行。

沒想到，不僅抓了個正著，還解決了心裡的困惑。比如，那晚逃脫、被泥巴砸中的正是俞婆；再比如，俞婆慫恿趙二麻子放竹葉青謀人性命。真是「踏破鐵鞋無覓處，得來全不費工夫」。

這些倒是符合梅妍和馬川的猜想，今晚的審訊應該很順利吧？

第二日一大早，馬川就帶著梅妍去了縣衙。

俞婆經過胡郎中整晚的救治，總算保住一條命，就是整個人像驚弓之鳥，極易受到驚嚇。短短兩日，人已經瘦了兩圈。而趙二麻子在大牢裡待了一晚上，早晨就看到父親老了十歲的臉，一下子痛哭流涕。

莫石堅和師爺熬了一個大夜，把呈堂證供的文書和審訊時的所有細節，都預演一遍。

莫夫人怕他倆第二日精神不濟，特地沏了極濃的茶，甚至於走完上公堂的一整套流程，讓他倆的精神格外亢奮。

趙二麻子的父親趙滿率先跪倒行禮，禮數極為周全，語氣卻很是不恭。「莫大人，昨晚犬子趙丁犯了何等大罪被押入大牢？」

莫石堅不和這種老狐狸置氣，一臉公事公辦。「趙丁昨晚潛入俞婆的屋子，對她拳腳相向，差點將她打死！若沒有胡郎中的精湛醫術，只怕已經在黃泉路上了。

「俞婆死了，趙丁就是殺人罪，可能會判斬立決；俞婆沒死，就是殺人未遂，也許要在大牢裡蹲半輩子。」

趙滿的身體不易察覺地顫抖一下，又迅速恢復。「莫大人，斷案講究人證、物證，口說無憑。」

莫石堅好心情不計較。「來人，將俞婆押上公堂。」

俞婆一副剛從鬼門關回來、隨時還會回去的虛弱模樣，趴在擔架上，極為淡漠地開口。「民女俞氏，見過莫大人。」

「妳細說昨晚發生的一切。」莫石堅也想不明白，趙二麻子和俞婆怎麼攪和到一起的？

俞婆慢悠悠地開始說，以往的巧言如簧不見了，反倒是真實的痛感和簡單的敘述，更讓聽的人心驚膽寒。

趙滿的臉色變了又變，怎麼也沒想到，自家兒子竟然幹出了這等醜事。

莫石堅一拍驚堂木，突然詢問。「趙丁，你可認罪？」

趙丁在趙滿的眼色示意下，勉強壯了一下膽子，昨晚是借酒報復，今兒他酒早就醒了，只剩下驚恐地負隅頑抗。「莫大人，請問可有人證、物證？」

「傳人證！」

「草民馬川見過莫大人。」馬川閒庭信步般出現。「草民家住秋草巷，與俞家只隔了兩間屋子，昨日梅小穩婆家暖屋，晚上點了蠟燭，還放了爆竹。爆竹閃亮的時刻，就見俞家籬笆處翻進一個人，就跟去瞧了瞧。」

「只有你一人？」莫石堅明知故問。

「剛好梅小穩婆給草民送暖屋菜，所以拉了她一起。」馬川停頓片刻。「到了屋外，見屋裡只有一點亮光，怕出什麼大事，就讓梅小穩婆騎馬到縣衙稟報，草民在窗外聽著。」

「莫大人明鑒！」趙滿正色道：「從秋草巷騎馬往返要多少時間？怎麼來得及？」

梅妍上前一步行禮。「啟稟莫大人，民女騎馬未到半路，剛好遇上巡差就地交班，巡差們盡職盡責，聽說此事就一起趕回了秋草巷，剛好聽到談話和拳打腳踢的動靜。」

「俞婆喊救命時，巡差們破門而入，我和馬川仵作怕橫生枝節，所以守在屋外。」

第十三章

雷捕頭把在屋外聽到的複述一遍。「卑職不知道趙丁與俞婆有什麼過節，也不知道他們的說與不說是什麼事，只知道趙丁要殺俞婆。」

趙滿的臉色肉眼可見地變差，惡狠狠地瞪著二兒子，成事不足、敗事有餘的混帳東西！

趙丁的雙腿抖得幾乎站不住，怎麼也沒想到，差役在外面什麼都聽到了，尤其是雷捕頭的話，如果他老實認罪就是死罪，如果咬緊牙關死不承認，難免要挨板子……橫豎都是劫數！

莫石堅故作體恤。「本官聽說趙掌櫃這幾日身體不適？原以為只是傳言，今日一見，不僅臉色差了許多還清減了不少。有沒有讓胡郎中好好診治？」

趙滿趕緊回話。「多謝莫大人關心，現在一日三頓湯藥喝著，大約年紀到了，胡郎中說只能慢慢調養。」心裡呵呵，自家兒子攤上人命官司，哪個當爹的能撐得住？

莫石堅正色道：「趙掌櫃，如今人證、物證俱在，你家還有何話說？」

趙滿心亂如麻，在鐵證前面也不能再狡辯什麼，總不能說縣衙的官差合起來誣衊自家兒子，只能垂頭喪氣地回話。「回大人的話，草民無話可說。」

趙丁聽完就癱在地上，抱緊了親爹的大腿不放。「阿爹救我，我不要坐牢，阿爹……」

趙滿任由趙丁抱大腿，雙手成拳捏得太緊，以至於指甲都掐進肉裡，垂著眼睫掩飾凶光，可是事已至此，再護著這個兒子，會把整個趙家都搭進去。

「丁兒，二子！天作孽猶可違，自作孽不可活！」說完，趙滿一腳踢開趙丁，向莫石堅一揖到底。「莫大人，家門不幸，請您秉公懲治！」

趙丁愣在當場，腦子裡一陣陣地嗡嗡響，簡直不敢相信自己的耳朵。「阿爹，我是您的兒子啊，您不能不管我……」

趙滿緊閉雙眼，充耳不聞。

梅妍和馬川以及一眾差役靜靜看著，上次趙二麻子僥倖逃脫，這次是無論如何都逃不掉了。

莫石堅對付趙二麻子這類人經驗值很高，一拍驚堂木。「趙丁！你為何夜晚潛入俞家？又因何事與她發生爭執？為何要取她性命？」

趙丁在地上掙扎了三次才站起來，胸膛劇烈起伏，眼神有些渙散，整個人都是恍惚的。

「趙丁！」莫石堅又拍驚堂木，差役們隨時準備撲上去用刑。

趙丁的身形晃了晃，緩緩抬頭，強行擠出一個比哭還難看的笑。「莫大人，您知道從小一臉麻子的人怎麼過日子的嗎？您相貌堂堂，自然不知道。我沒長一臉麻子的時候，也是街坊鄰居嘴裡的好孩子，我大病一場好不容易撿回一條命，覺得大難不死、必有後福！現在看來，還不如當時死了清靜！」

眾人詫異地看著趙丁。莫大人要的是口供，他為什麼講這個？

趙滿低垂的眼皮一顫，並未睜開。

趙丁發出一陣令人頭皮發麻的笑聲，眼神從淒涼轉成憤怒。「高高興興地找人玩被吐了口水，原本天天打招呼的叔伯、嬸子們見到我就關門，我以為時間長了會好，一天又一天，一個月又一個月，一年又一年……除了在家，沒人待見我。我做錯了什麼嗎？我只是生病了！生病是罪孽嗎？」

眾人的眼神有微妙的變化，梅妍與馬川互看一眼。

「有位姓俞的女子說我沒錯，錯的是周圍的人。她的父母得天花死了，她被親戚收留，每天饑一頓、飽一頓，動輒挨罵挨打。對，就是你們常說的同病相憐！」趙丁看向俞婆的眼神，一抹暖意轉瞬即逝。「她女紅很好想當繡娘，繡莊不收；想當織女，布莊不收；最後只能當最下賤的穩婆，當穩婆的第一天就被親戚趕到秋草巷的草屋裡住。」

梅妍曾經無數次想過俞婆經歷過什麼，卻沒想到她的過往這樣艱難。

趙丁繼續。「我比她好多了，但是也沒好到哪裡去，成年了我爹四處提親，彩禮從兩倍提到三倍，請遍了全縣的媒婆，沒有正經人家的女兒願意嫁給我，因為我一臉麻子，據說會傳給孩子……」

趙丁苦笑幾聲。「從小到大，我們無話不說，反正也沒有其他人願意聽我們說，不僅如此，我們還私定終身了，也算有個伴不是？當然，我阿爹肯定不同意。有天她說被人欺負了，一次又一次，我當然要幫她報仇啊，所以我從家裡偷了竹葉青出來。哦對了，新來的仵作也不是什麼好人，他們一丘之貉，我就放在了兩家中間，這世上惡人實在太多了，我又何必當個好人？」

公堂上安靜極了，眾人面面相覷，這……實在出人意料。

馬川一針見血地指出，一句話打亂了趙丁的局。「趙丁，莫大人問你為何要殺俞氏？」

俞婆眼中含淚，狠狠地呸了一聲。這苦情戲演給誰看？

趙丁猝不及防地被揭穿，嘴唇顫抖著，擠不出一個字來。

俞婆氣息微弱地開口。「我沒有吐露一個字，你不信……你覺得死人最可信，你覺得全是我的錯，明明是你嫉妒馬川的儀表堂堂……你貪藥鋪帳房的錢去賭莊，以次充好拿回扣填帳，不夠的時候就來哭，我替你補了多少虧空？是，沒有姑娘家願意嫁給你，可鄰縣的窯子你也沒少逛啊……」俞婆心如死灰，說罷不再開口。

趙滿瞪著兒子越想越氣，難怪藥鋪的帳怎麼也抹不平，難怪越查錯越多，日防夜防家賊難防，有這樣的兒子實在是家門不幸！

趙丁又抱緊趙滿的大腿。「阿爹，您別聽這個瘋婆子胡說，不是她貼補我，是她訛我，是我貼補她……我是被逼的……」

俞婆啐了一口。「趙丁你不仁、我不義，莫大人，我家有帳本，一筆筆記得清清楚楚，拿來一看便是。」

很快，差役就去俞家找到帳本，打開一看，果然記得非常清楚。
趙丁眼露凶光，恨不得咬死俞婆。「妳瘋了，妳這個瘋婆娘！妳要毀了我！妳是存心要毀了我！」
俞婆笑了，伴著咳嗽。「你有疼愛你的雙親，你家有藥鋪，就這樣還不知足。我只有自己，當然要筆筆算清楚，不然以後拿什麼生活？老了怎麼辦？以前還指著你，現在知道了，男人的嘴、騙人的鬼，是我俞婆瞎了眼！」
差役們被一而再、再而三的反轉驚到了，沒想到是這樣。
馬川卻想，他們自己招認，就不用挨家挨戶地查訪泥水匠，省事多了。
梅妍眼神複雜地注視著俞婆，心裡很不是滋味。
莫石堅問：「師爺，呈堂證供寫完了嗎？」
師爺揮著紙頁晾乾。「回大人的話，全部寫完，現在就可以簽字畫押。」
差役們逐個給他們畫押摁指印，一套流程結束以後，又呈回莫石堅面前。
莫石堅低聲喝道：「來人，趙丁私通他人、故意投毒、惡意傷人、公堂作偽證，四罪並罰，按大鄴律令第一百一十四條，入獄十五年。押下去！」
「是！」差役們將趙丁拖走。
十五年！趙滿身形一晃，差點摔倒。
「穩婆俞氏，慫恿他人為己報仇，犯教唆罪，按大鄴律令第一百一十七條，判入獄五年；念及受傷頗重，即刻送回俞家，待身體好轉再入大牢。」

「是！」差役們將俞婆往醫館送。

莫石堅宣判完畢，覺得肩上減去一副重擔，今晚可以睡個好覺了。「退堂！張貼告示。」

「恭送大人！」差役們異口同聲。

禮畢，梅妍和馬川互看一眼，他們以後再也不用擔心竹葉青，可以睡個好覺了。兩人走出縣衙，抬頭已是正午，初夏的陽光帶著熱力照在他們身上，能感受到漸漸變強的熱度。

梅妍騎上小紅馬，一甩鞭子。「我回家了。」

馬川望著梅妍離去的背影，與記憶中的身影漸漸重合，又嘲笑自己的想法離奇。這裡是清遠縣，又不是國都城，哪能這樣重逢？就算重逢，那個小女孩也是身分高貴，怎麼會是個區區穩婆？一定是自己想多了，可是……真的挺像的。

梅妍騎馬回到梅家，看著煥然一新的家，在院子裡忙活的梅婆婆，心裡很踏實。減稅了，房子也不擔心漏雨發霉了，成為縣衙查驗穩婆了……原以為會用許多時間才能實現的事情，忽然都實現了。

正在這時，一名肚子很大的孕婦，搖搖晃晃地停在梅家門前，小心翼翼地問：「請問梅小穩婆在家嗎？」

梅妍笑得很自然。「我就是。」

孕婦吃驚地打量，半晌才開口。「陶家媳婦一直說妳很好，我就想著臨盆時候，能不能請妳去我家？我是頭胎，女人生孩子就是鬼門關，我害怕……」

梅妍笑著回答。「請問這位嬸子貴姓？家住哪裡？大概什麼時候生？」

孕婦一一回答，與梅妍約好了時間，放心地離開了。

院子裡的梅婆婆向梅妍豎起大拇指。

梅妍給自己打氣，踏踏實實的日子，總會過得越來越好。

縣衙內，莫石堅在書房把最近兩份案卷從頭到尾、仔仔細細地看了一遍，沒發現任何可能的疏漏，才放心地封上案卷，收好。

莫夫人端著一盞茶從內間走進書房。「夫君，還是心神不寧？」

莫石堅揉了揉眉心。「是，總覺得要出什麼事。」

莫夫人將茶盞遞過去。「因為司馬大家的壓力？」

莫石堅捋著鬍鬚苦笑。「近十年來，各地妖邪案越來越多，同僚們在其他屬地進展緩慢。我這裡有司馬玉川，又新得了梅妍當查驗穩婆，都是不怕虎的牛犢，故此寄予的希望越大，催得也越發厲害。」

能者多勞，多勞者得仕途，但是多勞也容易招禍端；另外，各地的鄉紳富戶盤根錯節，強龍也難壓地頭蛇。這大概是同僚們進展緩慢的根本原因。

莫石堅因「劉鐵匠」一案，體驗了鄉紳富戶們煽動民意的各種手段，如果沒有劉蓮堅持，沒有可靠的仵作，就算知道此案蹊蹺也無能為力，孤掌難鳴。

莫夫人的右手搭在莫石堅的手背上。「在清遠蟄伏這幾年，不會白費的。」

「有了得力下屬，心裡便多一分把握。」莫石堅稍稍放心，扭頭見妻子神情慌張地捂著小腹，趕緊站起來，把她扶到椅子上。「妳怎麼了？哪裡不舒服？」

「夫君，我去更衣。」莫夫人腳步匆匆又姿勢怪異地離開。

莫石堅皺緊眉頭，這個月第三次了，夫人這是怎麼了？每次都是話說到一半匆匆離開，不到一刻鐘又好好地回來了。

夫人平日茶飯進得不錯，晚上睡得也香，臉龐白皙、面色紅潤，閒來無事就打理小院裡的花花草草，怎麼看也不像生病的樣子。這是怎麼了？

莫石堅想跟去瞧瞧，又覺得不方便，就邊整理書卷，邊喝茶等著。

一刻鐘過去了，莫夫人沒回來，倒是丫鬟夏喜小跑著過來。「老爺，老爺……夫人請您。」

莫石堅拔腿就走，跟在丫鬟身後到了臥房裡，卻見莫夫人側躺在床榻上愁容滿面。「夫人，妳怎麼了？哪裡不舒服？要請郎中嗎？」

莫夫人欲言又止，最後還是咬著牙問：「大人，醫館的胡郎中瞧女科病嗎？」

莫石堅點頭，他剛到清遠，就對這裡的鄉紳富戶、百姓百業做過詳細的調查，胡郎中在清遠行醫十五載，兒科、女科、刀針科樣樣擅長，醫德也不錯，昨夜能把俞婆子從鬼門關拽回來，醫術必然不錯。

莫夫人吩咐道：「夏喜，妳去醫館把胡郎中請來。」

等夏喜離開了，莫石堅著急地問：「夫人，哪裡不舒服，疼嗎？嚴重嗎？」

莫夫人輕輕搖頭，還是等胡郎中來瞧過再說。「夫君，現在還是白天，你趕緊處理公務去。」男子大白天進臥房是要被人笑的，更何況還是縣令。

莫石堅不放心。「夫人，妳從國都城跟我到這個偏遠小縣城，身體若有不適，都要和我說！」

莫夫人把莫石堅趕走了，又躺回床榻上，輕輕撫摸著小腹，心裡既期待又緊張，月事已經三個月沒來了，前幾日突然見紅，量很少，斷斷續續的，每次都以為要來月事，每次都不是。

她與莫石堅成親五年，卻至今都沒有孩子，他倆青梅竹馬，感情一直很好，兩人身體也很好，卻一直沒有身孕。跟著他遠赴清遠上任，完全是因為不堪婆家和娘家的過分關注。所以，這次會是有孕了嗎？莫夫人越想越緊張，卻怎麼都不見夏喜帶著胡郎中來。

直到正午時分，才見夏喜來報。「夫人，胡郎中手裡有三個急症病人，實在脫不開身。問夫人能不能明日一早來問診？」

莫夫人有些不悅。「什麼樣的急症病人？」

「一個小兒高燒驚叫，一名男子被馬踢傷了流了許多血，還有一名女子做飯不慎把手切傷了……」夏喜捂著心口，太嚇人了。

莫夫人想到莫石堅曾經提到過胡郎中，固執得像頭牛，只認病、不認人，看病按輕重緩急排號。

夏喜繼續解說。「夫人，您不知道，醫館地上好多血，胡郎中的臉上、手上、袍子上都是血，外間還等著六個病人。」

莫夫人微微嘆氣。「那就等明日吧。」

莫石堅整天心神不寧，看錯兩次稅冊，在和司馬玉川敘舊時走神了三次。

馬川很少見到莫石堅這副模樣，問：「莫大人，您不舒服？」

莫石堅擺了擺手。

「有心事？」馬川覺得事情還不小。

正在這時，一名當值差役從窗邊經過，被莫石堅叫住。「醫館胡郎中可曾來過？」

差役連連搖頭。「回莫大人的話，胡郎中沒來。」

「什麼？上午就去請了！」莫石堅急著起身，撞到了椅角，疼得慘叫一聲。

差役也耿直。「莫大人，今兒清早是小的巡值，集市有人被馬踢傷送到醫館去了，還有一名女子切菜傷了手，一個小兒高燒驚叫，胡郎中怕是脫不開身。」

莫石堅一揮手。「去，現在就去問胡郎中，何時能來？」

「是，大人。」差役把手裡的東西扔給同僚，顛顛地跑出去。

莫石堅等了三刻鐘，差役才氣喘吁吁地跑回來，上氣不接下氣地回話。「大人，小的去打聽過了，胡郎中剛忙完三個病人就被孟縣一戶人家接走出診去了，不知道何時能回。」

莫石堅很窩火。「去！通知下去，等胡郎中回城，立刻接到縣衙來。」

「是！」差役應聲而去。

「莫夫人怎麼了？」馬川很少見到莫石堅這樣急躁。

「身子不適。」莫石堅等差役們走遠以後才回答，如果明早還不來，就去醫館搶人。

馬川沈默，這事情也不能多問。

傍晚時分，差役又跑進來稟報。「回莫大人的話，胡郎中的妻兒剛收到消息，他要在孟縣留三日，病人情況很不好。」

「三日?!」莫石堅心裡咯噔一下，開始琢磨把妻子送到孟縣去，還是把胡郎中從孟縣搶回來？

馬川思來想去，還是開口。「莫大人，梅小穩婆也替女子看病。」

莫石堅笑得意味深長。「在公子眼中，梅姑娘算不算英雄出少年？」

馬川正色點頭。

莫石堅又笑了。「公子，真的沒什麼心思？」

馬川搖頭，對梅妍既熟悉又陌生的感覺只適合放在心裡，不能讓任何人知道，即使離家出走，他仍是大司馬家的人，人生的一切籌劃都必須為家族興衰考慮。

無論是一見鍾情還是兩情相悅，對他而言都只存在於話本裡。

莫石堅觀人於微，見馬川的眼神變得凝重，順勢轉移話題。「梅妍縱使百般好，到底年紀太小。」

馬川對於女子之事，尤其是長輩的身體情形，還是敬而遠之，點頭。「清遠醫館的胡郎中名聲在外，大人這般想也是人之常情。」

莫石堅點頭，心中的不安沒有散去，反而越積越多，直到再也坐不住，走出書房招來家丁。「差兩人快馬去鄰縣，一人探明胡郎中和病人的消息立刻回報，一人守著護送胡郎中回來。」

家丁領命而去。

兩個時辰後，家丁回來覆命，湊到莫石堅耳畔低聲稟報。「老爺，那病人是巴嶺郡太守的外祖父，每次生病都只請胡郎中，咯血兩、三日了。」

莫石堅聽完臉色都變了。不管老人家能不能熬過今晚，胡郎中這兩、三日都不可能趕得回來。妻子性情隱忍，只怕已經到了非常難受的地步。

現在天色已晚，一切都只能等明日再說。

第十四章

第二天清晨，馬川照常在院子裡舞劍、靜坐、晨練，隔著竹籬笆能隱約看到梅家的動靜。

梅妍和劉蓮用最快的速度完成打掃、整理和吃早飯這些例行事情後，就把竹製檢查床和各種測量工具都放在牛車上，向城北楊柳巷的孕婦家趕去。

怪模怪樣的牛車行走在青石板鋪就的大道上，駕車的是一審成名的梅妍和劉蓮，清遠百姓的視線不由自主地追隨她們。

很快，牛車停在了楊柳巷最東邊，梅妍和劉蓮兩人下車敲門，開門的柴氏吃驚不小。

「梅小穩婆，劉蓮姑娘，妳們這是要做什麼？」

梅妍笑著回答。「臨盆前做檢查，可以預先知道胎兒大小，如果有胎位不正，可以趁生產以前調整過來，那樣妳頭胎順產的機會就能比較多。」

柴氏驚慌又無措。「這、這頭一次聽說呀。」

梅妍對孕產婦很有耐心。「之前約好的，妳不用準備什麼，我都備下了。」

柴氏這才反應過來，雙手用力在圍裙上搓了搓，緊張又激動。「裡面請。」

梅妍走進她家，所見的與劉蓮的介紹相對應，柴氏家還算殷實，有田有地，公婆還算明理，不會胡攪蠻纏，是和順之家。

很快，梅妍在柴氏臥房裡檢查完畢，有些困惑地問：「妳懷孕以後有沒有瞧過郎中？」

柴氏點頭。「我剛懷時一直吐，早晨起身時尤其厲害，以為胃腸壞了。去了醫館，胡郎中摸到喜脈，告訴我有孕了，開了安撫腸胃的藥。藥很有效，再也沒吐過，胃口也好了許多，之後沒再去瞧過。哦，只是當初胡郎中把脈以後說，可能是雙生，不很確切。」

梅妍聽劉蓮說胡郎中是方圓幾十里地的名醫，當時還不以為然，現在卻有些小佩服，因為柴氏懷的確實是雙胞胎，肚子顯得格外大，而且能聽到兩處胎心音。

同時也感覺到巨大壓力，頭胎是雙胞胎，順產難度加倍，分娩危險更加倍，而且胎位並不正。最關鍵的是，就算現在胎位是正的，產程發動，羊水破裂，胎位就可能發生改變，相當棘手。

柴氏見梅妍不說話，難免有些害怕，問：「梅小穩婆，是哪裡不妥嗎？」

梅妍笑著搖頭。「妳現在的胃口不太好是嗎？腳踝也腫得厲害是吧？」

柴氏連連點頭，彷彿見到了知音。「梅小穩婆，我是真的吃不下，現在胃口不到以前的兩成，不是我嬌氣，真的站著、坐著、躺著沒有一個姿勢是舒服的。」

梅妍注意到，臥房外隱約有人守著，出門一看，柴氏的公婆和丈夫都在，就笑著將他們請進來。「是這樣的，柴氏懷的是雙胞胎，肚子比常人大，比單胎辛苦許多，頭胎分娩也會凶險許多……」

一家人的神情立刻嚴肅起來，稍後又帶了些暗捺不住的喜悅。

梅妍仔細囑咐注意事項。「今日開始，她不能再做家務，尤其是彎腰、搬重物、撿拾物品之類的事情，少量多餐，吃得堵就不吃，緩緩再吃。你們還要準備許多東西，還有，她身邊不能離人，若是有磕碰絆跌會非常危險，這段時間就辛苦大家，畢竟有什麼比母子平安更重要的呢？」

柴氏家人點頭表示明白，並且一定照做。

梅妍又補充道：「柴姊姊，妳以後儘量側躺，不要平躺或者端坐，因為妳經期不準，所以並不能算出準確的預產期，看情形，隨時可能生產。頭胎的產程長，如果出現腹痛、見紅和羊水，立刻到秋草巷找我，不論早晚，我都會騎馬趕來。你們也要準備好足夠的布巾和衣物，不然，天氣炎熱容易引發七日風。」

柴氏婆婆點頭應下。「梅小穩婆放心，照顧兒媳的事情，包在老婦身上，需要的物品我也會備齊。就是……」

「就是什麼？」梅妍很喜歡溝通環節，溝通得越細越清楚越好。「有什麼儘管問。」

柴氏婆婆像下了什麼重大決定似的。「梅小穩婆，聽說妳接生要一兩銀子，半文都不能少。」

「陶家阿姊說的？」梅妍立刻想到，這些日子沒人來找她接生，是不是又在不知道什麼時候被人造謠了。

柴氏婆婆心疼錢是真的，但是更心疼兒媳和子孫的命。「是其他兩個穩婆說的，她們說請妳接生就要收一兩銀子，貴得很。」

「婆婆，沒有，陶家阿姊說梅小穩婆只收了五百文，還上門查了三趟。」柴氏急忙解釋。「我自去問過的。」

又被陰了！梅妍嘴角一抽抽。

「她們怎麼能這樣胡說八道？梅姑娘什麼時候收一兩銀子了？她們……」劉蓮氣得跳腳，立刻看向梅妍。「妳等著，我現在就去罵她們，什麼玩意兒？」

「蓮姊，妳別激動啊！」梅妍立刻拽住劉蓮。「站住！」

劉蓮真是恨死這些背後嚼舌根的人了。「她們當初編排我就算了，現在連妳也不放過，技不如人就這樣胡說八道嗎？」

柴氏家人被暴躁的劉蓮嚇到了，尤其是孕婦柴氏。

「蓮姊，妳冷靜！」梅妍難得大聲。「我們都是從流言蜚語裡走出來的，以前有，現在有，以後更少不了。我們每日與他們對峙，且不說能不能吵得贏，就算贏了又怎麼樣？」

劉蓮怔住，柴氏婆婆有些尷尬。

梅妍笑了。「我們每日奔波為什麼？為自己和家人能好好生活呀！與她們吵架，一是會生氣，怒傷肝不划算；二來，吵不來生活花銷，就是浪費時間。」

劉蓮不服。「可任她們這樣誣衊下去，誰還來找妳接生？妳的生計就受影響了！」

梅妍極為坦然。「大家都有眼睛、有耳朵，也都有自己的考量，信不信也是一念之間。如果遇上她們都解決不了的，自然會推到我這裡。」

「可是。」劉蓮還是很生氣。「她們解決不了，也不會退接生錢！」

「我接生收五百文，也不是每次都能母子平安。」梅妍從不會做打包票的事情，尤其人命關天。「人與人之間千差萬別，我也只有盡力而已。」

柴氏婆婆和公公互看一眼，然後開口。「梅小穩婆的談吐，與醫館的胡郎中有三分相似，他也總說人與人不同，只有盡力而已。」

梅妍把柴氏生產要準備的東西又囑咐一遍，然後才放心地離開，心裡對胡郎中的好評又增加了一些，只有江湖郎中才會拍著胸膛打包票。

柴氏家人目送梅妍離開，婆婆對兒媳說：「妳獨自去找梅小穩婆，這樁事情做得對。現在起，家務不用妳插手，好好休息，我們家還沒出過雙胞胎呢！」

回程時，劉蓮依舊冷著臉，道理都懂，但就是去不掉心頭火，反觀梅妍沒事人一樣，只覺得自己的定力遠不及她。

梅妍拍了拍劉蓮的肩膀。「我能救下陶家阿姊，再保住柴家雙胞胎母子平安，還怕沒人找上門？柴氏是聽了一兩銀子還找來的，怕什麼？也不用惱什麼。」

劉蓮這才多雲轉晴，在陶家門前下車，趕去幫傭。

梅妍駕著馬車回秋草巷。

梅妍在屋子裡準備助產的物品，有事要忙的時間總是很短暫，抬頭已經是傍晚時分。

「梅姑娘，請隨我去縣衙一趟，快！」馬川的聲音在門外響起。

「又要查驗嗎？」梅妍抹去額頭的汗水，一臉驚訝。

「騎馬去了就知道，快！」馬川催促著。

「行。」梅妍揹上大包，翻身上馬向縣衙趕去。

萬萬沒想到，在縣衙門前下馬時，梅妍見到了清遠名醫、風塵僕僕的胡郎中，這是怎麼回事？縣衙裡有人生病？

「梅小穩婆！」胡郎中高聲招呼。

「胡郎中！」

梅妍行禮後，覺得很意外，分明第一次見面，怎麼胡郎中表現得好像很熟悉？梅妍被馬川催著快走，萬萬沒想到，在縣衙內院通往書房的迴廊處，又與胡郎中遇到。

「草民胡敬中求見莫夫人。」胡郎中的眼袋很大，與水泡金魚的眼睛有得一拚，滿下巴都是亂糟糟的白鬍渣。

「快進！」莫石堅喜出望外地迎出來，見到梅妍和馬川時責怪道：「你們愣著做甚？快進啊！」

梅妍舉步，胡郎中也舉步，很明顯地他們是被叫來看同一個人，很可能是同一位病人，莫石堅的妻子莫夫人。這是什麼狀況？

「胡郎中請。」莫石堅自然更傾向於相信胡郎中。

馬川向梅妍使眼色，先後走了進去。

胡郎中向莫夫人行禮。「夫人，醫者父母心，凡有不舒服但說無妨。」

莫夫人對胡郎中實話實說，音量還不低。

胡郎中很有耐心地聽完，取出小軟枕給莫夫人把脈，把完右手又把左手，最後清了清嗓子。「恭喜夫人，賀喜夫人，您有喜了。」

莫夫人倒抽了一口氣。「胡郎中，您當真？」

胡郎中笑得慈祥。「這種事情豈能玩笑？」

正在這時，有些焦慮的莫石堅顧不上其他，徑直走入臥房。「胡郎中，拙荊身子如何？」

胡郎中睏得眼睛都快睜不開了，咬緊牙關硬撐著報喜。「恭喜莫大人，夫人有喜了。」

莫石堅向來微微下垂的嘴角，陡然咧到了耳後根。

莫夫人按捺住內心的激動，小心詢問。「胡郎中，可我有幾次見紅，不多，偶然還有東西落下的感覺……」

胡郎中回答。「夫人脈象是喜脈，但近日憂思過勞，草民這就開方加以調養。」

莫石堅開心地扶著胡郎中出去詳細詢問。

梅妍覺得不對勁，按月事的日子算起來，莫夫人懷有身孕不滿三個月，正是胚胎最脆弱的時候，總是見紅還有下腹墜脹感，這就是不尋常的事情。還有，胡郎中都不瞧一下莫夫人說的「偶然還有東西落下的感覺」究竟是什麼？最重要的是，三個月不到的身孕，胎血屏障還未建立，服藥對胎兒也是有潛在危險的。

梅妍下意識看向馬川。這些大實話能不能說啊？

馬川完全看不明白梅妍在想什麼。

莫夫人雖然敬重胡郎中，但梅妍是女子，有些話說起來比較方便，見她悶不吭聲，就問道：「梅小穩婆，妳怎麼了？」

梅妍想了想。「夫人，能讓我瞧瞧落下的東西嗎？」

莫夫人吩咐。「夏喜，帶梅小穩婆去瞧一瞧。」

「是。」夏喜領著梅妍出去走到一個小恭桶前面。「夫人心細，特意存了幾張淨紙，上面有。」

梅妍看到紙上的血痕，還有一張紙上有透亮的水泡，問道：「這也是落下的？」

夏喜點頭。「梅小穩婆，這不是第一次，昨兒也有，不知道是什麼？」

透亮的小水泡？梅妍皺緊眉頭。

夏喜是莫夫人的貼身丫鬟，每日都會去集市採買，也會聽許多流言蜚語回來給夫人解悶，自然也少不了清遠最近的熱門話題人物梅妍。梅妍看著年齡與自己相仿，卻長得如此貌美，換成別家女孩，早就起了攀附之心，她卻不是，知道馬川是司馬玉川以後，仍然表現如常。

夏喜每每能從莫夫人談論梅妍時，聽到暗藏的欣賞與刮目相看。

所以，梅妍皺緊眉頭的時候，夏喜就看在眼裡。

「梅小穩婆，」夏喜小聲問：「怎麼了？哪裡不對嗎？」

梅妍連環提問。「莫夫人和莫大人結婚幾年了？感情可好？有孩子嗎？平日他們是不是服用滋補藥物？或者服用促孕藥物？」

夏喜也是機靈的。「夫人、老爺結婚五年了，感情很好，還沒有孩子，就……被催得很急，夫人和老爺平日都會服一些補藥。」

「是不是還有些見不得人的偏方？」

「這……當奴才的不能隨意議論。」夏喜言辭閃爍。

「謝謝妳說實話。」梅妍向夏喜真摯微笑。「請帶我去見夫人，事情緊急。」

夏喜立刻把梅妍領到莫夫人的臥房，還沒到門口，就聽到莫大人和胡郎中兩人，一個道喜，一個感謝，馬川也在道喜，聊天氣氛融洽無比。

進了臥房，莫夫人隱藏不住欣喜之色，梅妍的視線從每一個人身上掃過。

說還是不說？人命關天的事情一定要說，但這種情形又該如何開口？

馬川最先注意到梅妍的臉色不對，緊接著胡郎中也注意到了。

「梅小穩婆。」極為疲憊的胡郎中強撐著開口。「哪裡不對嗎？」

莫石堅和莫夫人的視線驟然集中在梅妍身上。

梅妍清了清嗓子，她要測一下小分子荷爾蒙，這地方只能用青蛙驗孕法了。

「我需要一隻雄性青蛙，蟾蜍也行。」

莫石堅吩咐家丁立刻取來。

梅妍又到莫夫人耳邊低語幾句。

莫夫人先是一怔，但也覺得穩妥些為好，與夏喜和梅妍一起去了裡間。

莫石堅、胡郎中和馬川，三人面面相覷，裡間起初很安靜，伴著一聲驚呼，緊接著一陣嘈雜，最後三人若無其事地出來。

胡郎中捋著花白鬍鬚，眼中有光地注視著梅妍。「怎麼說？」

梅妍開口。「莫夫人確實有身孕，但是……不知什麼原因，腹中沒有胎兒。」

莫石堅咧到耳後根的嘴角立刻垂下，滿屋寂靜。

胡郎中捂著額頭，半晌才開口。「梅小穩婆，老夫聽聞妳踏實負責，切不可玩弄妖邪之術！」

莫石堅和莫夫人大驚失色，怒意呼嘯而出。

梅妍恭敬行禮，然後從包袱裡取出紙筆，一揮而就，將懷孕過程從胚胎到足月的階段全都畫了出來，攤開在地上。

胡郎中簡直不敢相信自己的眼睛，其他人都盯著畫看得出神。

梅妍為了預防妖邪的流言，先行解釋。「我的婆婆當穩婆二十餘載，她以前的好友們也都是認真負責的好穩婆，這些是她們窮盡畢生的精力和心血的知識。」

梅妍拿了一張紙。「大家請看，這是懷孕三月的大小，沒錯，非常小。莫夫人的不同，她裡面是這樣的。」她另取了一張紙，畫了一個放大的子宮附件圖。「全是這樣的透明水泡，像西域葡萄，婆婆們稱之為葡萄胎，極為少見，原因不明，但異常凶險，如果不立刻清理宮腔，子宮會被這些侵占，輕則不能再生育，重則有性命危險。」

梅妍一頓，緩緩道：「還有這種葡萄胎有良性與惡性之分，良性只要能及時清理，好好休養，以後還能生育；如果是惡性的，民女也無能為力。」

莫夫人身形一晃，幸虧有夏喜及時扶住，不然就跌倒在地。

莫石堅這短短一個時辰裡，體會了漫步雲端的快樂，又嘗到了跌落雲端的驚恐，現在忽然又到了生死攸關的時刻，整個人都有些恍惚。

第十五章

胡郎中一下子坐在椅子上，又問道：「梅小穩婆，妳是如何知道這些的？」

梅妍回答得認真。「方才，民女跟著夏喜去看了，七日以前就有這樣的小水泡落下，這幾日有見紅，今日也有水泡落下，比前幾日的略大。」

胡郎中捋著鬍鬚，質問梅妍。「老夫認定莫夫人是有喜，妳卻認定她是生了惡疾，是這個意思嗎？」

梅妍點頭。「是，胡郎中。」

「妳今年多大？十六？十八？」胡郎中的神情肅然，眼神帶著審問的意味。

梅妍答得坦然。「回胡郎中的話，民女年方十八，您憑藉多年懸壺濟世的經驗，我學習各位穩婆前輩們的經驗，並沒有不尊敬您的意思。莫大人，莫夫人，民女知無不言、言無不盡，就此告辭。」

「妳撂下危言聳聽的話後，就此一走了之？」莫石堅怒喝。

「回莫大人的話，民女不敢，實話實說。」梅妍站得恭敬，回得更恭敬。

胡郎中卻忽然開口。「妳既不與我辯解，也不勸夫人和大人，這是為何？」

梅妍無奈。「有一位穩婆發現類似病症，力勸孕婦，被當成妖言惑眾打死了。我與婆婆在秋草巷相依為命，婆婆腿腳不便，需要人照顧，民女不敢力勸。胡郎中是遠近聞名的好郎中，不嫌貧愛富，對病患一視同仁，是難得的好郎中。事實上，民女也希望不是惡疾。」

馬川的眼神有了些許柔和，這不卑不亢的梅妍，確實與眾不同，有膽量還進退有度。只是這樣重要的事情，他一個外人也不適合插嘴。

莫夫人到底是大家閨秀，也相信自己識人的能力，天人交戰了好些時間，才問：「若真是那樣，按胡郎中開的藥方安胎，又會怎樣？」

梅妍擅於察言觀色，沈默片刻才回答。「回夫人的話，會長得更快更多。莫夫人，身體是您自己的，如何選擇以及選擇的後果，都只能由您一人承擔。」

莫夫人又問：「胡郎中，您的意思？」

胡郎中捋了一下鬍鬚。「草民堅持方才所說。」

莫石堅後背冒出一層細密的冷汗，像細細密密的針一樣扎著。究竟該信誰？

莫夫人異常焦灼，迫切需要找人商量，可是摯親好友都不在身邊，頗有些六神無主。

梅妍想了想，又問道：「莫夫人，您有沒有自家信得過的穩婆或是女科郎中？如果您實在拿不定主意，可以問他們，或者直接走一趟。」

莫石堅濃眉緊鎖，好不容易盼來夫人有喜的消息，卻是這樣煎熬的情形，胡郎中和梅妍已經比絕大多數的郎中和穩婆都可靠，現在一時半刻也趕不到國都城。

正在這時，馬川忽然開口。「梅小穩婆，如果莫夫人既不服安胎藥，也不按妳的建議做，放任不管會怎樣？」

梅妍認真思考後才回答。「會出血，量由少到多，會不斷流出小水泡。在我這裡，最多也只能等三日，三日之後我也不能保證夫人的性命無虞。」

胡郎中直直地站起來。「怎會如此凶險？」

梅妍看向夏喜。「姑娘，麻煩妳取一塊生的麵餅來，對，現在和麵也可以。」

夏喜得了莫夫人的眼神應允，立刻去廚房和麵，很快就取來一塊中盤大小的生麵餅。

梅妍托著麵餅左右一看，沒找到合適的東西，直奔馬川身邊。「馬仵作，麻煩你伸出右手握拳。」

馬川立刻握拳，梅妍用生麵餅把拳頭包裹起來，一邊解釋。「平日子宮就是這樣的圓形，胡郎中是這樣吧？」

胡郎中點頭，表示沒錯。

梅妍又問：「馬仵作，人體是這樣的吧？」

馬川點頭。「平日沒有這樣大，如雞蛋大小。」

梅妍把麵餅從馬川的手上剝下來。「為了看得清楚，我把它重新攤成一塊餅，平日沒有懷孕時，子宮壁就是薄薄一層。

「一旦有了身孕，為了給胎兒提供足夠的空間和養分，子宮壁會增厚，子宮也會變大，就像這樣。」梅妍邊解釋，邊折騰麵餅。「很快，胎盤就生成，血管與內壁相連，持續不斷地保護胎兒，直至足月分娩。這是正常情形。」

莫石堅和莫夫人點頭表示明白。

「但現在沒有胚胎，子宮腔內全是成團的小水泡，每時每刻都在生長。現在把這些小水泡理乾淨，輔以止血藥，經過一段時間調養，身體就能恢復如常。如果放任不管，小水泡越來越多，越長越大，子宮會迅速變大，然後，小水泡還會長進麵餅裡，像這樣……」梅妍把房外廊下用做裝飾的鵝卵石當餡，用麵餅包裹起來。

梅妍捧著包滿鵝卵石的麵餅球。「所以，一定要趁水泡還沒長進去，子宮沒有受損太多的時候趕緊清理乾淨。現在偶有出血，內服止血藥可以止住，但如果出血到一定程度，止血藥是沒用的。民女這樣解釋清楚了嗎？」

莫石堅和莫夫人的臉都白了。

胡郎中的眼球微微顫動。梅妍對女科怎麼會如此了解？

梅妍在心底嘆了一口氣，能做的都做了，接下來就只能看莫夫人的選擇。

「莫夫人，葡萄胎雖然少見，但並不是沒有。從現在起，您和莫大人只需正常三餐飲食即可，不要再額外吃補藥或其他東西。」

馬川忽然變臉，盯著梅妍。「出血會伴有疼痛嗎？非常劇烈的疼痛？」

梅妍搖頭。「葡萄胎引發的出血一般不疼，懷孕三、四個月左右伴有劇烈疼痛的出血多半是宮外孕……」

「什麼？」馬川不明白。

梅妍把麵餅揪一塊下來，捏出輸卵管和卵巢結構。「胚胎沒在子宮著床，而是在這裡，這些部位薄而脆弱，出血時便會伴有劇烈疼痛……」

馬川整個人搖晃一下，下意識扶住梁柱才站穩。「莫夫人，如果您一時找不到更可靠的郎中或穩婆，不如讓梅妍一探究竟，過程與查驗差不多。」

莫夫人閉著眼睛跌坐在床沿上，胸膛劇烈起伏，額頭沁出顆顆冷汗，怎麼辦？

屋子裡靜得可怕，每分每秒都格外漫長。

胡郎中也堅持著，並不放棄。

梅妍想了想。「莫夫人，這樣吧，現在天色也不算早了，不論是趕路還是請人，都不太安全。您看今晚，請留心觀察是不是還有小水泡掉出來，可能是一個，也可能是幾個連在一起。如果還有掉出來的，請您盡快決定，如果有更信任的人選，可以不找我做清理。」

梅妍自認仁至義盡，再聽不進去也沒辦法了。

莫夫人揮了揮手，彷彿揹著千斤重擔。「夏喜，送梅小穩婆出去。」

梅妍行禮後，頭也不回地離開了。

胡郎中也順勢起身。「莫大人，莫夫人，安胎之事不急於這兩日，有需要就派人到醫館就行。」

莫石堅囑咐。「來人，派人送胡郎中回醫館。」

馬川則毫無聲息地離開。胡郎中在小廝的護送下也離開了。臥房裡，莫石堅手忙腳亂地扶妻子躺好。「夫人……」

莫夫人的眼淚從緊閉的眼角滑落，一滴又一滴。

梅妍已經解釋得那麼清楚了，她不得不信，可是為什麼啊？她自認沒做過壞事，為什麼會遇上這樣的事情？

莫石堅趕緊拿出帕子替妻子拭淚，眼淚卻越擦越多，自己的視線也模糊了，胡亂擦掉，卻止不住，啞著嗓子勸。「夫人，想哭就大聲哭出來吧，還有今晚呢……」

莫夫人一下子拽過被子把自己整個蒙住，窩在裡面放聲大哭。

莫石堅隔著被子抱緊了顫抖的妻子，視線徹底模糊了，無力又無措地一下又一下輕輕地拍，只覺得天都黑了。

不知過了多久，莫夫人哭累了睡著了。莫石堅把被子重新替夫人掖好，走到門外，望著夜空裡的上弦月和黑漆漆的烏雲輪廓，一聲接一聲地嘆氣。

正在這時，夏喜捧著補藥湯來問：「老爺，這藥早就熬好了。」

莫石堅擺了擺手。「都倒了吧，以後不要再熬了，今晚我在房中陪夫人，妳到隔間候著就是。」

「是，老爺。」夏喜捧著藥湯走遠了，回到廚房把藥都倒了，把沒用完的藥材都收進小庫房裡，清點入帳放好。

出了廚房，夏喜去了小佛堂虔誠跪拜，夫人和老爺都是好人，佛祖請保佑他們。

夜深人靜，莫夫人睡得迷迷糊糊，忽然覺得又有什麼淌下，嚇得直直坐起，連帶守夜的莫石堅也驚醒了。

「夫人，怎麼了？不舒服？又出血嗎？」

莫夫人來不及解釋，慌亂穿鞋，邊喊著。「夏喜，夏喜……」

夏喜應聲而入。「夫人，夏喜在。」應完就扶著莫夫人走向與臥房相連的更衣之所。

片刻之後，莫夫人臉色發白、腳步踉蹌，在夏喜的攙扶下，勉強走回床榻旁，淚水在眼眶中打轉。「夫君……」

莫石堅心裡咯噔一下，還要強裝淡然。「夫人，怎麼樣？」

莫夫人失魂落魄地跌坐在床沿上，淚水止不住地落下，剛才又流下小水泡，不止一個，是一團。她無限淒楚地問：「夫君，我們趕回國都城找娘家穩婆要多久？」

「日夜兼程，按信使的速度，也要半個月。」莫石堅太清楚了。

天剛矇矇亮，梅妍因為記掛莫夫人所以醒得很早，悄悄起床為清宮做準備，清點棉布塊，給檢查器具消毒。

沒想到，劉蓮和梅婆婆先後起來了。

梅妍傻眼。「我吵到妳們了？」

劉蓮搖頭不語。

梅婆婆收拾自己的包袱。「若來通知，老婆子陪妳一起去。」

「我也去。」劉蓮開口。「總能幫到些什麼。」

梅妍笑得輕輕淺淺。「謝啦！」

人多好辦事，三人一起很快準備妥當，剛吃完早飯，就聽到了敲門聲。「梅姑娘，請盡快準備東西去縣衙。」

梅妍開門一看，是馬川和夏喜兩個人，向他們點頭示意。「人命關天，早準備好了。」

夏喜看著梅妍揹上包袱騎上小紅馬的瞬間，整個人都呆住了，人命關天所以要快馬加鞭？再看到梅家婆婆和劉蓮上了牛車，車上還裝了不少東西，心裡就只剩敬佩了。

很快，一行人就被夏喜帶到了縣衙的側門，梅妍拴好小紅馬，就從牛車上揹了一個怪模怪樣的竹製品走了進去，劉蓮也揹了兩個，梅家婆婆則揹著一個包袱。

臥房裡，莫夫人右手拿筷子戳著小菜，左手拿勺一下一下地舀著白粥，就是沒往嘴裡塞一口。

莫石堅第三次問家丁，夏喜有沒有帶人回來，家丁回說來了。

「這麼快？」莫石堅知道梅妍騎馬，還是覺得來得太快，趕緊勸妻子。「夫人，早飯還是要用的，不然哪來力氣？」

只一個晚上，莫夫人像蒼老了五歲。

夏喜走得很快，走到臥房外面。「老爺，夫人，梅小穩婆來了，還帶了幫手。」

莫石堅和夫人對視一眼，不約而同地嘆了口氣，認了，不認不行。

夏喜又接著說：「梅小穩婆需要打掃乾淨的屋子，要擺不少東西，還需要乾淨的布巾、燒開的熟水。」

莫石堅問：「要擺什麼東西？要如何準備？」

夏喜立刻回答。「回老爺的話，梅小穩婆都準備好了，奴婢現在就去收拾屋子。」

「去吧。」莫石堅說完這些，就不能再為妻子做其他事情了，卻又不甘心。「夫人，要不，為夫今日休沐陪妳一起？」

莫夫人心裡感動，眼眶又濕了，故作堅強。「夫君你身為清遠縣令，放著許多事情不做，整日陪著我，會被人說三道四的。」

兩刻鐘後，夏喜站在門邊請夫人去準備好的屋子。

莫石堅將夫人送到屋裡，再三囑咐。「有事叫我，一定要叫我……」

「行啦，知道了，你快走吧。」莫夫人把莫石堅推走了，然後在夏喜的攙扶下，走進屋裡。

梅妍安裝好檢查床裡，回頭一看。「莫夫人，早安。」

莫夫人點了點頭，看著從未見過的竹製物品，心裡沒來由地慌亂。

梅妍從包袱裡取出一疊粗草紙，捧到莫夫人面前，向她講解清宮的詳細過程，以及注意事項。「夫人，大概就是如此，到時會給您看清出來的東西。」

梅家婆婆恭敬行禮。「莫夫人，早安，老婦是梅妍的婆婆，當了二十一年的穩婆，接生過許多孩子，今日給妍兒當助手。您有什麼不舒服，儘管說。」

梅妍怕莫夫人不放心。「讓夏喜姑娘握著夫人的手，陪坐在一旁吧。」

夏喜先替夫人脫去一邊褲腿，然後扶上檢查床，最後坐在小邊椅上，握著夫人的手靜靜陪著。

莫夫人躺在檢查床上，心中釋然許多，安慰自己這大概是命中的劫數。

「現在開始了，會有一點疼，深呼吸，儘量放鬆。」梅妍把檢查器捂熱，塗油潤滑，慢慢塞進陰道撐開，又取出消毒好的刮匙。

「好。」莫夫人忍著不適，努力放鬆。

半個時辰後，梅妍收工，向莫夫人展示清理出來的大大小小的水泡。「夫人配合得很好，已經清理乾淨了。」

莫夫人下了檢查床，整理衣裝，望著大大小小的水泡，不由地悲從中來。「梅小穩婆，我和夫君沒有做過陰損之事，從未德行有虧，為何會發生這樣的事？」

梅妍收拾完所有物品，耐心解釋。「夫人，人吃五穀雜糧，哪有不生病的道理？生病不是罪過呀！」

梅婆婆慈祥地開口。「夫人，人生無常，好人也會遇到壞事，不要自責。」

莫夫人所有的憤怒、歉疚和難過，就這樣被這一老一少消解了大半。

梅妍想了想，還是開口。「莫夫人還要請胡郎中出診一次，請他開內服的止血藥方，不要加任何補藥。之後，民女會來複診。」

莫夫人一怔。「複診？」

梅妍點頭。「清理乾淨只是第一步，過幾日還要用雄青蛙測一次，才能分辨是良性還是惡性的。」

莫夫人閉上眼睛，在梅妍和夏喜小心攙扶下，回到臥房躺好靜養。

梅妍取出一張粗草紙，交給夏喜。「夫人在完全康復前要忌口，都寫在上面了。」

夏喜小心收好，又問：「梅小穩婆，還有其他要注意的嗎？」

梅妍湊到莫夫人耳畔小聲說：「在完全康復前不能同房。」

莫夫人蒼白的臉頰浮出一抹極淺的緋色。「曉得。」

梅妍望著唇色發白的莫夫人，能忍著強烈不適配合清理，屬實不易，想了想又補充道：「莫夫人，可能還會有一些出血，量不會多，有任何不舒服，民女隨叫隨到。傍晚時分，民女會再來探望。不只補氣、補血的藥物，易引發活血的木耳之類食物，也要暫停。」

莫夫人點了點頭。

梅妍又看向夏喜。「夏喜姑娘，夫人這幾日體虛多汗，請及時更換貼身衣物，墊下的布巾也要勤洗勤換。」

「梅小穩婆，放心吧。」夏喜應下。

收拾好所有東西，梅妍一行人這才離開。

正午時分，莫石堅趁著午休時間回臥房探望妻子，卻被夏喜擋在門外。「這是為何？」

夏喜回答。「夫人囑咐的，在梅小穩婆確定夫人完全康復以前，請老爺睡書房。」

「只看一眼不行嗎？」莫石堅覺得自己很冤。

「不行！」夏喜特別嚴肅認真。「夫人請老爺去瞧一下清出來的東西，梅小穩婆沒說錯，確實駭人得很。」

莫石堅看過以後，面沈如水地離開。

莫夫人側躺在床榻上，淚水從眼角溢出直接滲入枕巾裡，即使閉上眼睛也止不住，但想到梅妍囑咐的，只能強迫自己回憶愉快的事情。

第十六章

小紅馬和牛車一起回到梅家，梅妍歸置好所有的東西，眼角餘光瞥見馬川靜靜地站在門外，與梅樹的影子相融。

梅妍倒了一盞晾涼的白水，對著門外開口。「目前為止還算順利，接下來幾日還需仔細觀察，我會定時上門複診。」

說完馬川又像影子一樣消失了。

梅妍連喝了三盞白水，忽然有些想笑。馬川明明是個熱情又溫暖的人，是怎麼做到兩年不與旁人說話、成天過得像個幽靈的？高高在上的大司馬家嫡長孫，竟然是這樣的，估計憋得慌。

「婆婆，今兒吃鯽魚野菜豆腐湯怎麼樣？」梅妍踮起腳尖，伸手在儲錢陶罐裡摸了一把空氣，驚呆五秒，忽然反應過來。「啊！」

「怎麼了？」梅婆婆和劉蓮異口同聲地問。

「沒收錢……」梅妍無語地望著修整一新的屋頂，陶家用料紮實、做工認真，她給錢也非常痛快，再加上十幾人份的暖屋菜花銷，陶罐裡有錢才怪！

梅婆婆又和劉蓮不約而同地嘆氣。

梅妍認為新屋應該充滿歡聲笑語，清了清嗓子開始耍寶。「莫夫人又疼又累又難受，躺在床上眼裡都沒有光了，我也不能直接把手伸到莫夫人眼前，診費一百，清宮費三百，請付一下是吧？」

啊……三人面面相覷又忽然笑出聲，確實不合適。可是，到堂堂清遠縣令家出診，還是葡萄胎這樣的凶險病人，他們怎麼沒人想起來要付診費呢？

甚至，如果莫縣令是個貪官，讓梅妍去治療已經是天大的面子，再明示暗示，她不僅不能收錢，還要額外奉上探病銀。這種情形，梅妍和婆婆又不是沒遇上過，還遇到不只一次、兩次呢。這也是她們總搬家的另一個原因。

「米麵還有，野菜也可以吃了，」梅婆婆笑著搖頭。「不會餓著的。」

劉蓮走到裡間，從竹製床榻的一根竹筒裡掏出所有銅錢，特別豪氣地攬住梅妍的肩膀。「婆婆，您在家等著，我和梅姑娘現在就去買菜。」

「妳哪來的錢？」梅妍怔住，又立刻明白，陶家親戚來了這麼多，肯定不用劉蓮再幫傭了。「妳的錢自己收好，以後要用錢的地方多了去了。」

「妳們照顧我這麼久，我去買個菜怎麼了？」劉蓮直接把梅妍拽了出去。「我靠雙手賺的錢！想怎麼花就怎麼花！」

梅妍生怕劉蓮倔勁上來直接翻臉，立刻順著她。「行，蓮姊，我要吃豆腐野菜鯽魚湯，最好裡面有魚籽。」

「走！」劉蓮揹上竹簍，和梅妍手拉手出了梅家。

「蓮姊姊最好了。」梅妍故意的，這樣眼中有光的劉蓮才是她應有的樣子。

忽然從旁打橫伸出一條長胳膊，緊接著馬川突然整個人攔住她倆的去路，捏著一個紙團塞到梅妍手中，然後又不見了。

劉蓮嚇了一跳。

梅妍打開紙團一看，裡麵包了一兩散碎銀子，紙上是個採購清單，包括文房四寶、蠟燭、臘肉、菜乾等等，最後一行是「跑腿費一百文」。

就……行吧，反正順路嘛。靠雙手雙腳賺踏實的錢，這不丟人呀！

梅妍與高采烈拉著劉蓮的手。「走，買菜去！」

劉蓮決定，從今以後，梅妍讓她往東，她絕不往西。

「蓮姊，今天妳看到馬川，沒有臉紅呢？」梅妍仔細觀察劉蓮的表情。

劉蓮笑得極為苦澀。「那時候只覺得天地那麼大，卻沒有我容身之處，連續餓了好幾日，就想著馬仵作也許會收留我，所以就死皮賴臉地跑去他家門前，說了那些不要臉的話。那日我想好了，如果他不接納我，我就離開清遠找個沒人的地方，上吊也好，投河也罷，死了乾淨，總比每日受人白眼、奚落和謾罵要好。沒想到……」

梅妍拍了拍劉蓮的手背。「沒想到一位美麗善良的小仙女，把妳揹回了家，給妳吃的，給妳衣服穿。」

劉蓮一指戳向梅妍的額頭。「妳！真是……哪有人自稱仙女的？」不過，梅妍在她心裡，比仙女更美、更善良！

「就是這麼一說嘛！」梅妍無所謂地聳聳肩。「玩笑話，不用這樣認真。」

進了集市沒走多遠，就見許多人圍在一處，隱約能聽到激烈的爭吵聲。「錢收得貴就算了，做出來的都是什麼玩意兒？」

「你到底會不會做東西啊？瞧瞧你打的馬蹄鐵，看看這破爛鐵犁！」

「我就做這樣，就收這麼多錢，怎麼著？嫌不好啊？嫌不好別來啊！」

吵得一聲更比一聲高。

梅妍看到劉蓮臉上的喜色全無，變得陰沈又憤怒，忙問道：「蓮姊，妳怎麼了？」

「那原本是我家鋪子，因為阿爹手藝好，用料好，價錢公道，鄰縣的人都趕來請他打造東西，劉記鐵匠鋪的名聲越來越好。現在的掌櫃是個陰險小人，起初求著阿爹合營，阿爹覺得他手藝不好還偷工減料，就拒了。他就不斷使壞，因為阿爹每日打烊後都會盤庫、檢修，每次都能及時發現。阿爹出事以後，他是罵我罵得最厲害的幾個人之一，後來我急需要錢，他找上門來，用五折收了我家的鋪子。」劉蓮實在嚥不下這口氣。

「他不姓劉，卻還用著我家的鋪名，打的就是掛羊頭、賣狗肉的主意。」劉蓮氣得說不下去。

梅妍擠進人群去看個究竟，周圍有人認出她來也沒關係，樂呵呵招呼一下，想問什麼都有人回答，很快就明白怎麼回事，再擠出人群來找劉蓮。

「蓮姊，我打聽清楚了，自從鋪子換人以後，真是哪件東西都打不好，勉強能用的都不頂用，不是這裡斷，就是那裡裂。以前鋪子客人很多，現在一天比一天少，還總有人上門來罵。」

劉蓮點了點頭，仍然沒說話。

梅妍忽然有了主意。「蓮姊，妳會打鐵吧？手藝怎麼樣？」

劉蓮一舉胳膊，眼冒凶光。「雖然只到阿爹的八成，也比現在的掌櫃厲害得多。」

「當初他收妳家鋪子給了多少錢？」梅妍忽閃著大眼睛問。

「五十兩。」劉蓮再次閉上眼睛。「這是阿爹一輩子的心血，我對不起阿爹。」

「那我去問問，買回這間鋪子要多少錢。」梅妍再次擠進人群，去找看熱鬧的房牙。

劉蓮簡直不敢相信。

清遠的房牙是個中年漢子姓錢，年輕時臉上受了大傷，臉上膚色很不均勻，人稱「錢花臉」，留山羊鬍，正隱在人群裡觀察這一溜鋪子，判斷哪家有買賣的空間。

「錢叔，」梅妍眼角一彎。「有事情麻煩您。」

「哎，哎，哎。」錢花臉轉頭見是梅妍，立刻滿臉堆笑，沒人願意被叫花臉，這還是第一次有人叫他錢叔，聽得就舒服。「梅小穩婆?妳找我什麼事啊?那邊說話，那邊清靜。」

梅妍把想法說完。「能不能請錢叔去打聽一下，現在掌櫃有沒有出手的打算，有的話願意給什麼價？」

錢花臉捋著山羊鬍鬚，望著笑盈盈的梅妍，很不明白。「梅小穩婆，買商鋪的花銷可不小，妳問鐵匠鋪做什麼？」

梅妍還是眼角彎彎。「就是打聽一下，心裡有個底。」

錢花臉是個厲害的牙人，很快就看到了一臉怒意、又眼巴巴地看向這裡的劉蓮，立刻明白是怎麼回事，還是捋著山羊鬍鬚，嘆氣。「行，錢叔替妳去問問，現在的這個掌櫃再過幾日就要喝西北風了。」

俗話說得好，沒有金剛鑽別攬瓷器活，鐵匠鋪也是一樣，最看重的都是手藝和原料。

錢花臉想了想。「但現下不是打聽的好時候，要不等兩日？」

「麻煩錢叔了，」梅妍自己沒錢，只是有這個打算。「多等幾日也無妨。」再一想，這麼熱的天去鐵匠鋪周旋，也是很累的。

錢花臉目送梅妍離開，沒多久，卻吃驚地看到她捧著一竹筒又走過來，走得還挺小心。

梅妍把竹筒遞到錢花臉的手上。「錢叔說得沒錯，我們現在確實沒有這個錢，只是問個價、存個念想，天氣熱，您喝杯梅子湯。」

錢花臉呆住半晌才反應過來，急忙接住。「哎喲喂，梅小穩婆妳太客氣了。」

梅妍拉著劉蓮到錢花臉面前行了個禮。「麻煩錢叔了。」

「包在錢叔身上！」錢花臉端著竹筒，現在還不明白是怎麼回事，他就白當半輩子房牙了，一口接一口喝著梅子湯，繼續看熱鬧。
偏偏正在這時，一位五大三粗的漢子走來，用力一拍錢花臉的肩膀。「喲，花臉，還端著梅子湯呢？我上次讓你打聽的事情怎麼樣了？」
錢花臉還是堆著假笑。「啊，房東回說再加三成。」
「就他那個破房子、破鋪子，還想再加三成，嘿，我這暴脾氣！不買了！他來求我也不買！」粗壯漢子繃著臉，氣得拿起梅子湯一飲而盡，還隨手把竹筒扔得老遠，頭也不回地走了。
錢花臉盯著壯漢的背影，又看向滾出老遠的竹筒，低罵了句髒話。這人比梅小穩婆有錢得多，但做事做人遠不及她！
錢花臉家有田有地，農用鐵具用得不少，確實像罵街的漢子所說，這鐵匠鋪做出來的東西越來越差，價錢越來越貴，可每次趕去鄰縣修補或訂做，不單要花錢還耗時間。
劉家鐵匠鋪的布幡在風中獵獵，尾端絲絲縷縷，髒污又破敗。只要還是那個價錢公道、手藝紮實的劉記鐵匠鋪，他就是個鑽在錢眼裡的大花臉，才不在乎打鐵匠是男是女呢。
另一邊，劉蓮陪著梅妍買這買那，實在想不通。
梅妍忽閃著大眼睛，問：「妳那時候被逼入絕境，好好的家業就這樣打骨折一樣地出手，妳不氣不恨？」

「怎麼可能不氣不恨？」劉蓮咬牙切齒地回答。

梅妍說得輕描淡寫。「生在清遠、長在清遠的妳，要臉有臉，要技能有技能，要人品有人品，偏偏委屈求全寄在我家籬下，沒有這樣的道理。」

劉蓮深藏內心的渴望，隱隱有復燃的跡象。

梅妍拉著劉蓮的手。「我的好姊姊，他趁人之危奪走妳的家業，如果用心經營也就算了，可他沒有。那就憑自己的能力奪回來！」

劉蓮驚得捂住嘴，頭皮一陣陣地發麻，為什麼梅妍能知道她深藏心底的願望。「妳怎麼知道？」

梅妍靈動的眼睛有光。「我是小仙女嘛！當然什麼都知道。」

「妳又來？」劉蓮一時間哭笑不得。

梅妍一攤雙手，實話實說。「嗯，喜歡一個人或者一個物件，捂住嘴巴可以不說話，但會從眼睛裡表露出來。從見到劉記鐵匠鋪的布幡時，妳的視線就沒有移開過。那是妳的家呀！珍藏著與妳阿爹相依為命的所有時光，妳怎麼會不喜歡？怎麼可能藏得住？」

劉蓮一瞬間很想放聲大哭，堪堪忍住。

「蓮姊姊，什麼都別想，現在開始努力賺錢！」梅妍拉著劉蓮又進了賣文房四寶的林寶齋。

「嗯！」劉蓮眼睛裡又有了光。

採買完畢經過綠柳居的時候，梅妍停住腳步走了進去，美麗的掌櫃像往常一樣在算帳，身上已經換了更美麗的夏長裙。

「掌櫃的，今日有魚膾嗎？」梅妍問。

掌櫃看著梅妍，用扇子遮嘴笑個不停。

梅妍一臉莫名其妙，急忙檢查自己的衣裝，卻沒發現什麼異常，轉向劉蓮。「蓮姊姊，我臉上有花嗎？」

劉蓮仔仔細細檢查了一遍，搖頭。

掌櫃笑得更厲害了。

梅妍眨巴眨巴眼睛裝無辜。「笑一笑十年少，雖然不知道掌櫃為什麼笑，但是欣賞美人笑也是很開心的。」

掌櫃總算停了笑。

只見通往後廚的布簾被掀開，暴怒的胖大廚從裡面舉著大勺衝出來。「梅小穩婆！」

劉蓮想都沒想，就把梅妍護在身後。

梅妍從劉蓮身後探出半個腦袋，小心翼翼地問：「大廚，怎麼了？」

「妳還問怎麼了?!」胖大廚更生氣了。「為什麼傳我去當人證？現在好了，整個清遠縣都在說我是肚子裡懷了孩子的陰陽人！」

梅妍傻眼。這……真是離離原上譜，哪兒和哪兒啊？

胖大廚舉著大勺，氣得跳腳。「妳出來！躲人身後是什麼意思？」

梅妍掙脫劉蓮的保護，舉手發誓。「大廚，當時我在公堂之上，請差役找一個特別肥胖的男子，一名最近拔高許多的少年郎，此話絕無虛假，不信你可以問差大哥。至於為什麼會有這樣離譜的傳言，我是萬萬沒有想到的，也是剛聽你說的。」

胖大廚怎麼也沒想到會是這樣。

掌櫃搖頭，又順便取笑。「廚子，你看你，我就說吧？被人隨便一激，像牛見了紅布似的。」

梅妍正色道：「大廚，流言這種事情，每個人都逃不過也避不開，就不能太認真。不然，怒傷肝，氣病的是自己，樂的全是別人。」

胖大廚瞬間收了高舉的大勺子，臉上尷尬極了。

梅妍恭恭敬敬地向胖大廚行了禮。「但因為你的人證，讓一位不堪受辱的姑娘恢復清白，卻是無量的功德，謝謝。」

劉蓮也跟著認真行禮。

胖大廚臉脹得通紅，連連擺手。「不能……不行，就……哎呀……」一句話都沒能擠出來，就跑回後廚去了。

掌櫃又樂了不少時間，走出櫃檯。「梅小穩婆，人心也是肉長的，以後查驗時多費心了！」

梅妍猛地想起來，那位受妖邪流言影響的刀廚娘就是綠柳居的，現在連工作都丟了，太讓人憤怒了。「掌櫃的，我不會瀆職。」

俏麗的掌櫃又坐回櫃檯裡，瞥見布簾後的大影子。「胖大廚，別丟綠柳居的臉！」

胖大廚嗷一聲又衝出來，更氣憤了。「我明明吃得不多，每天還累得半死，為什麼還長這麼胖啊?!」

梅妍無辜，但又覺得胖大廚更無辜，明明做了好事，還被人傳成那樣。

胖大廚大喊完了，忽然自覺太丟人，又飄回布簾後面，蹲成一大坨。

掌櫃輕搖團扇，先插一刀。「天地良心，你那叫吃得也不多？要不是你燒菜好吃，客人們都認你，誰家請得起你這種飯桶廚子！」

梅妍原本還覺得吃得少卻這樣胖，是不是得了什麼病，聽完掌櫃的話，頓時覺得自己想多了。

胖大廚像受氣包一樣小聲啜泣，又像大坨怨靈碎碎唸。「我減過的，每頓吃半飽……每日在廚房八個時辰，每天劈那麼多柴，剁那麼多肉，一個人頂三個人用！就是不瘦啊……」

梅妍和劉蓮互看一眼，既然這裡沒有魚膾，還是就此開溜吧。「掌櫃的，沒有魚膾，我們就走了，婆婆還在家等著呢。」

掌櫃的眼睛一轉，吩咐站在旁邊看戲的店小二。「梅小穩婆來兩次了，都沒買到魚膾，是綠柳居的不是，去後廚把各種餡的大包子，每種一個，包好送給梅小穩婆。」

店小二很快就提著兩個大荷葉包出來，送到梅妍手邊。

梅妍連連擺手。「掌櫃，妳家包子這麼貴，我不能白收。」

掌櫃美目一瞪。「妳能謝我家廚子當人證還人清白，我就不能謝妳公正查驗還人清白？沒有這樣的道理！拿好！」

「這……」梅妍拗不過，只得收下，說了謝謝。

還沒跨出門，掌櫃又說：「梅小穩婆，以後有了錢，記得多照顧我家生意啊。」

梅妍笑著回頭揮手。「借掌櫃吉言，有錢以後一定來，點最貴的！」

「那是必須的。」掌櫃搖著扇子，笑而不語，眼神滿是感慨，這兩個孩子都不容易。已經很不容易，卻還保持著這樣好的心性，實在太難得了。

邊上店小二差點笑出聲來，掌櫃今兒不是中邪就是魔怔了，等這兩個姑娘發財不得等到下輩子去啊？

第十七章

回到梅家，梅妍先把東西拿給馬川，然後才和梅婆婆、劉蓮三人圍坐一起，吃綠柳居香噴噴的大包子。一個下肚她就覺得飽了，自認有體力可以接生兩個！

吃完中飯，梅妍想拔院子裡的野草，卻被梅婆婆拍了手。「婆婆？您幹麼？」

梅婆婆把梅妍拉到一旁。「妍兒，雙胞胎隨時可能生，傍晚還要趕去縣衙複診，現在去睡個午覺，不然哪撐得住？」

劉蓮直接把梅妍推進裡屋。「趕緊睡！」

梅妍躺在竹榻上，在腦子裡複習清宮操作，確認沒有疏漏之處才稍稍放心，緊繃了許久的神經鬆弛下來，很快入睡。

劉蓮躡手躡腳地做家事，生怕吵到梅妍。

事實證明，梅婆婆趕梅妍去睡覺是完全正確的，她睡了半個時辰不到，醫館的學徒就找到秋草巷梅家門前。「梅小穩婆在家嗎？」

梅婆婆問：「有什麼事嗎？」

醫館學徒很客氣。「我家郎中有事請教，想請梅小穩婆撥冗去醫館走一趟。」

劉蓮知道梅妍昨晚熬到半夜，但拒絕的話被梅婆婆打斷。

梅婆婆拍了拍劉蓮的手背，囑咐。「去叫妍兒起來。」

梅妍被叫醒直接就懵了。昨天還和胡郎中據理力爭，怎麼今天就有事請教？這是一覺醒來，世界都變了嗎？但胡郎中是難得的好郎中，意見相左也不意味著成敵人。

梅妍很快漱洗完畢，跟著醫徒向醫館走去。

醫徒是位極年輕的少年郎，生得眉清目秀，唇紅齒白，放眼清遠也算得上俊俏，專心在前面帶路，態度很恭敬。

梅妍覺得兩人只這樣走路有些悶，不如先了解一下對方，也好有些準備。「請問少年貴姓？」

醫徒的臉瞬間紅了。「免貴姓柴，向梅小穩婆預約接生的是我堂姊。」

「難怪，明明第一次見，我卻覺得有些眼熟，原來如此，你倆長得有些相像。」梅妍很自然地接話，雖然不太明白醫徒為什麼臉紅。

「是，堂姊按梅小穩婆說的，在家靜養。」柴醫徒又不說話了。

梅妍和醫徒閒聊了一會兒，才問：「不知道胡郎中找我有什麼事？」

「梅小穩婆，本來胡郎中是要自己登門的，可這幾日實在太累，早起時磕了腿，現在行走不便。具體什麼事，我也不知道。」柴醫徒實話實說。

梅妍到醫館一看，左手候診區沒有病人，右手邊的診區是一個簡易櫃檯，胡郎中正坐在裡面給一位病患把脈，額頭和臉頰上還有劃痕和瘀青，看來磕得不輕。

病人最大，梅妍站在診檯旁的角落，靜靜等候。

胡郎中心無旁騖地把脈、望聞問切、寫完方子，把病患安排妥當，這才抬頭，看到梅妍已經到了，趕緊起身，卻沒起得來。

梅妍立刻上前。「胡郎中，有事您說話，別動了。」

「徒兒，把閉館牌掛上，今日不看診了。」胡郎中略微活動一下肩頸，骨頭摩擦聲不停。

梅妍只覺得胡郎中的金魚泡大眼袋比昨日更重，也許因為疼痛，臉上的皺紋也更深了。

胡郎中坐在櫃檯裡面嘆氣。「老啦，這身體不中用了，才熬了三個夜就不行了。」

梅妍傻眼。這麼大年紀熬三個夜，要不要這樣拚命？不行，壓力好大！

「胡郎中，我熬兩夜都累得不行了，您竟然能熬三個夜？慚愧，慚愧。」

胡郎中聽完就笑了。「梅小穩婆，正午前，老夫去縣衙出診，夏喜姑娘說已經清宮完畢，請老夫開止血調養的藥方，不要補藥，連吃食都有禁忌。這是為何？」

梅妍想了想。「著涼會感染風寒，刀切了手就是外傷，原因簡單又直接。但葡萄胎發生原因不明，性情又像野草，若這時候給補藥，可能會讓它死灰復燃。所以，在完全康復以前，連吃食都要注意。」

胡郎中點了點頭，捋著花白鬍鬚不說話，好半晌才開口。「今日出診時，老夫看到了清理出來的東西，確實從未見過，醫書上也沒記載。若非梅小穩婆昨日再三堅持，又解說清楚，莫大人夫妻偏聽老夫之言，怕是會釀成大錯。梅小穩婆用野草來打比方，老夫就知道如何開藥方了。」

很快，胡郎中拿起毛筆，一揮而就遞給醫徒，囑咐道：「按這個方子抓三日藥，送到縣衙去。」

梅妍望著疲態明顯的胡郎中，覺得他是「慢郎中」的典型，望聞問切非常仔細，開方子深思熟慮又再三思量。

上午去縣衙出診，到現在才開出藥方來，不問得清楚明白，只怕還能再拖幾日。

莫石堅本來就為了夫人乾著急，一晚而已，嘴邊就起了許多疱，早晨見到時嗓子都啞了。遇上胡郎中這樣的，現在肯定在書房團團轉地等藥。

胡郎中又盯著醫徒抓藥配藥，看著徒兒出門以後，才長舒一口氣。「行醫大半輩子還這樣孤陋寡聞，讓梅小穩婆見笑了。」

梅妍急忙站起來。「胡郎中，您虛懷若谷，我真心敬佩。」

望著胡郎中，不知怎麼就想到前世婦產科雷厲風行的蘇主任，兩人的脾氣性格截然相反，但對新病症的旺盛求知慾和實事求是的態度卻完全相同。

胡郎中擺了擺手。「梅小穩婆，聽說妳每日都會去縣衙複診？」

「是。」梅妍實話實說。「莫夫人是我經手的第一位葡萄胎病人，跑勤一些，多加觀察，如果病情有什麼新的變化，也能及時發現。」

「若她不是縣令夫人呢？」胡郎中的眼神轉冷。

梅妍不假思索地回答。「我替陶家接生，也是按時複診的，看病情的嚴重程度。」

胡郎中有長而下垂的壽眉，眼皮也有些腫，捋著鬍鬚沈默了。

梅妍起初能感受到打量的視線，漸漸的發現他一動不動，正在想找什麼藉口開溜的時候，忽然聽到胡郎中開口。「聽徒兒說，柴氏孕婦找妳接生，妳帶了許多東西去做檢查？」

「是。」

「妳還告訴她是雙胞胎？」

「是。」

「怎麼發現的？」

梅妍扳著手指開始細述。「第一，她的肚子太大，腳踝腫得厲害；第二，她的胃口消減得太厲害；第三，她的羊水量適中；第四個，也是最重要的，我摸到了兩個胎頭。」

胡郎中長嘆一聲。「只怕會難產。」

梅妍很想跳起來吼一聲「你能不能說點好的」，但面對好郎中，也只是腹誹而已。

胡郎中慢悠悠地問：「妳檢查完是如何囑咐的？」

梅妍把大篇囑咐重複了一遍，只覺得口乾舌燥。

「有心了。」胡郎中點點頭，以極緩慢的速度走出櫃檯。「醫不自醫，梅小穩婆，妳瞧瞧老夫的腿？」

梅妍這才看到，胡郎中的左邊褲腿高高捲起，左膝下青紫一片，紅腫熱痛都占全了，剛想說什麼又嚥回去，一臉假笑。「胡郎中，我只是穩婆，不是郎中呀！不會。」

正在這時，柴醫徒從縣衙趕回來，推門就見到胡郎中更加厲害的腿傷，不由驚呼出聲。「您還是休息幾日吧，這腿都腫成這樣了。」

胡郎中不緊不慢地吩咐。「徒兒，去倒些熱水來，老夫熱敷幾次就能消腫了。」

梅妍差點被口水嗆到，磕碰扭傷一天之內只能冷敷啊！老人家弄啥咧？

柴醫徒先是一愣，卻還是到裡間端了盆熱水來。

梅妍默默翻了個白眼，胡郎中這年紀，各類血細胞功能都變差了，尤其是血小板數量下降，很多老人家稍微磕破一下，就會青紫一大片，看著非常嚇人。胡郎中這樣熱敷，不僅會加重皮下出血，還可能造成組織液滲出，增加關節囊水腫的可能。

「來，替為師熱敷十分鐘。」胡郎中吩咐。

「是。」柴醫徒將帕子泡進熱水裡，確定熱透了才提起來，稍微絞乾水，就要往胡郎中的膝蓋上放。

梅妍一個沒忍住，搶走了熱騰騰的帕子。「磕碰外傷首先確認有沒有骨折，如果沒有，十二個時辰內冷敷，之後才能熱敷。」

柴醫徒怔怔地看著梅妍。

「哈，哈，哈！」胡郎中笑得像「動物方城市」裡的樹懶快俠，下垂的壽眉看起來更像了。「徒兒，你跟著老夫學了整整兩年，怎麼就不記得呢？」
柴醫徒不好意思地撓了撓頭。「梅小穩婆，師父以前也是這樣教我的，但是不知道今日怎麼改了主意，我覺得師父肯定沒錯，所以就……」
梅妍沒好氣地看著胡郎中。搞半天逗人玩啊？
胡郎中捋著鬍鬚，慢悠悠地語不驚人死不休。「梅小穩婆，與老夫聯合開醫館吧。」
梅妍更傻眼。升級版逗人玩啊？
胡郎中的語速加快了一些。「老夫會付妳工錢。
「男女有別，比起老夫，妳看女科會更加合適，而且妳所學所用絕不僅只有穩婆這一項。沒有穩婆接到預約，立刻上門做檢查，就算做也不會這樣仔細，更不會囑咐這麼多事情。對柴氏如此，莫夫人更是如此。」
梅妍一時不知道該怎麼回答，她當然知道自己做得有多好，但這位老郎中的葫蘆裡賣什麼藥還真不好說。
胡郎中笑咪咪地捋著鬍鬚。「梅小穩婆，妳有許多時間可以考慮，老夫的耐心向來很好。妳想通了，隨時可以到醫館來，盈收五五分。」
梅妍有這麼一瞬間，懷疑老人家是不是還磕到了腦子，但也沒表現出來半分。
「梅小穩婆，」胡郎中還是樂呵呵的。「時候不早了，妳該去縣衙了，莫大人可是個急性子。」

梅妍起身行禮。「多謝胡郎中美意，容我回去好好考慮，告辭。」

「梅小穩婆，走好。」柴醫徒送她到門外。

「多謝。」梅妍回以微笑，卻見柴醫徒的臉又紅透了。真奇怪。

柴醫徒回到醫館，倒掉熱水，重新打了盆冷水，替胡郎中冷敷了十分鐘，又仔細地將整個左膝摸了一遍，這才開口提問。「師父，您方才是故意試探吧？」

胡郎中點點頭。「做郎中要行正方圓，既不能固執己見，也不能人云亦云，此話說起來容易，做起來可太難了。

「徒兒，你認真聽話，既勤奮刻苦，又聰慧過人，唯獨一樁不足，你把為師當作神醫，從來沒有半點違逆。病症千奇百怪，病人心思莫測，就算是為師也會犯錯，而且錯得不少。」

柴醫徒低著頭心裡不服，學徒學徒，不遵師命如何學醫？

梅妍匆匆趕到縣衙，馬川已經等在側門了，不由地加快腳步，邊走邊問：「莫夫人哪裡不舒服啊？還是有其他狀況？」

「莫夫人不見莫大人，莫大人著急上火，讓我在這兒等著。」馬川也很無奈，雖然他是大司馬家的，但他現在只是仵作。

梅妍抿緊嘴巴，努力讓笑意不太明顯，也不知道莫大人冷靜下來會不會後悔？居然讓大司馬家的未來掌門人杵在側門當門神！

「妳偷笑。」馬川直接戳穿。

「你沒看見，沒看見，沒看見。」梅妍加快腳步，以最快的速度走進內院。

馬川望著空空的迴廊，無奈搖頭，完全不知道自己的嘴角也上揚著。

梅妍整理好衣裳，敲響莫夫人的臥房門。「莫夫人，梅氏來複診。」

「進。」莫夫人的聲音低而無力。

幾乎同時，臥房門打開了，夏喜把梅妍迎進屋子裡。

梅妍從門邊走到床榻的十步裡，聽到莫夫人十七次嘆氣，心情也跟著低落下來。「莫夫人，可有哪裡不舒服？」

莫夫人搖頭，臉色發黃，鬢髮散亂，支撐著慢慢起身，整個人像枯萎的花朵。

梅妍先跟著夏喜去更衣所看了分泌物的布巾，很明顯的出血在變少。

夏喜很愁。「夫人喝過一次湯藥，可是藥太苦，實在嚥不下去。」

「吃食進了多少？」

夏喜更愁了。「小半碗薄粥，就再也吃不下了，梅小穩婆，妳能不能想想法子？」

「容我想想。」梅妍點頭。「現在去看夫人吧。」

回到臥房，梅妍摁了莫夫人的下腹，血量並沒有增加，除了精神過度萎靡以外，其他都挺好的。

莫夫人勉強擠出一個笑容。「梅小穩婆，有勞了。」

梅妍知道經歷過流產的女性，但凡真心喜歡孩子的，都會有不同程度的抑鬱狀態，持續時間因人而異。只不過現代女性生活工作節奏非常快，上班下班，追劇逛街，生活圈子和眼界比莫夫人寬廣，最關鍵的是要為生活奔忙。

相反的，莫夫人這樣不用為生活奔波的，身體恢復容易，精神恢復卻非常難。歸根結底，有錢有閒沒壓力，內心敏感又脆弱的，就會像黛玉一樣去葬花。

梅妍總算想到一個突破口，走到床榻旁輕聲細語。「莫夫人，您的身體已經受了損傷，再三餐不濟的話，只怕恢復起來會很難。」

莫夫人愁眉不展。「我已經二十五了，恢不恢復的，也沒多大差別。」

梅妍當然不同意。「二十五是身體最強壯的年紀，現在恢復得又快又好，年紀大了身體也硬朗。」

「那我為何總是不孕？」莫夫人更愁了。「再有今日一事，我這輩子都不會有孩子吧？」

原來癥結在這裡。梅妍明白了。「莫夫人，您……」

莫夫人的臉色更差了。「妳別勸了，我都知道，夫君寬宏又大度，待我始終如一，我不該怨天尤人，但凡為夫君著想，就該為他納妾或者另娶，這樣才顯得明理……」

梅妍立刻明白，這就是梅婆婆所說的大戶人家女子的煩惱，現在最好的自然是順著莫夫人往下說，但越是這樣勸，只會讓她的心情越壞。

「莫夫人，願意回答民女一些問題嗎？」

「問什麼？」莫夫人望著梅妍美麗的臉龐，滿是真誠的大眼睛，覺得她很是天真爛漫。

梅妍勸人的經驗，從來不是順著說，而是轉換話題把人拽出來。「您什麼時候月事初潮，一般多少日，有沒有規律……」說完，向夏喜使了個眼色。

夏喜心領神會。「夫人，奴扶您坐起來，與梅小穩婆閒聊一番如何？」

莫夫人點頭，任由夏喜往自己的腰背處塞了一個軟枕。

梅妍轉了轉眼睛，語氣裡帶著一絲撒嬌。「夫人，能賞杯水喝嗎？」

夏喜立刻去烹茶，還拿來三碟小點心。

等莫夫人回答了梅妍所有的問題，就開始發揮她的勸解能力。「莫夫人，既有不孕，自然也有不育，兩人占其一，就不能生育。您有沒有想過，也許是莫大人的問題呢？」

夏喜的肩膀一顫，差點被口水嗆到。

莫夫人結結實實地怔住了。「這……」

來都來了，能勸就勸唄。

梅妍從背包裡取出一張粗草紙，拿起炭筆又開始畫。「莫夫人，您看，月事規律且正常，您不孕的可能性不大。」

「真的？」莫夫人以前看過許多郎中，吃過更多冤枉藥，所以現在一看到湯藥、聞到味就開始反胃。「怎麼以前的郎中從來不問這些？」

梅妍笑得眼睛彎彎。「女子之事，自然是女子最了解嘛，我的梅婆婆還有她的穩婆好友們，真的很努力鑽研了，所以我才能知道這麼多呢。夫人您看，月事來潮不能同房，那一個月就要劃掉七日，對吧？月事乾淨的前七日，並不容易受孕，那一個月就只剩半個月了。」

梅妍在紙上將剩下的幾日圈起。「這樣算下來，適合受孕的，一個月也只有這麼幾日。您想想，結婚這五年，您和莫大人有多少時間是在這些日子裡同房的？」

莫夫人難得傻眼，默默回憶了許久。「新婚那日我來月事，月事乾淨了，夫君被調出國都城賑災，一去就是九個月……」

莫夫人每說一項，梅妍就記錄一項，記滿了整整兩頁粗草紙，然後哭笑不得地遞到莫夫人手上。「夫人，您看，莫大人出公差，您家有喪事，又兩地分離兩年九個月。」

梅妍向莫夫人擠了擠眼睛。「您和莫大人說起來已婚五年，其實聚少離多，能朝夕相處的日子只有一年三個月，再加上這些不易懷孕的日子。莫夫人您要是有了身孕，莫大人反而應該擔心吧？」

莫夫人望著密密麻麻的字，還有字上面劃的一道道橫線，以及可憐兮兮、所剩無幾的「好日子」，一時間哭笑不得。

她看了又看，最後捂臉笑出聲來。「還真的是！」

「啊，夫人，您喝點茶吧，這糕點也很好吃。」梅妍見縫插針地勸吃勸喝。

夏喜驚呆了。整整兩天啊！莫大人和自己絞盡腦汁、使盡法子，都沒能讓夫人笑一下，梅妍寫兩張紙的工夫就做到了。梅小穩婆真是太厲害了！

第十八章

莫石堅背著手在書房裡走來走去，繞了不知道多少個圈子。

這種事情，馬川也無法勸解什麼，只能陪著。

「梅小穩婆出來了嗎？」莫石堅把管家抓來問話。

管家快被山雨欲來的莫石堅嚇死了，答得小心翼翼。「回老爺的話，梅小穩婆還在臥房裡。」

「夫人那邊如何？」

「回老爺的話，小的不知道。」管家後背的汗一層層地冒。

夫人臥房裡的事情只有夏喜知道，他哪兒能知道啊？

「哼！」莫石堅憤怒出聲。「下去吧。」

「是。」管家逃也似地退出去了，差點被門檻絆倒。

正在這時，夏喜從小花園迴廊處經過，被莫石堅遠遠瞧見，立刻出聲。「夏喜！妳過來！」

夏喜左手提著糕點盒，右手提著略沈的食盒，飛快走來，向莫石堅行禮。「老爺，您叫奴婢？」

「夫人怎麼樣了?」莫石堅盯著兩個盒子，眼神越發陰沈。

夏喜暗暗用力提了一下食盒。「回老爺的話，夫人正和梅小穩婆閒聊，說是腹中饑餓，讓奴婢到廚房拿些吃食，奴婢正要送去。」

「夫人願意吃東西了?」莫石堅大吃一驚。

「回老爺的話，梅小穩婆說夫人正在恢復，現在正陪著夫人閒話家常，把夫人逗樂了。」夏喜實話實說。

「夫人笑了?」莫石堅緊抿了整整兩天的嘴唇，終於放鬆了。「還要了吃食?」

夏喜點頭。「夫人喝了茶，吃了糕點。」

莫石堅從震驚中回神，忙揮手說:「快去，快去!」

夏喜行了禮，快步向臥房走去。

莫石堅轉回書房，問馬川。「梅妍和夫人有什麼家常可以話?她倆能說到一起去?」

「不知道。」馬川又是平日沒有情緒波動的樣子，內心卻不以為然。

梅妍似乎天生有種讓人放下防備的能力，上到八十歲的老人家，下到八歲的孩子，不論男女老幼，她都能聊上幾句。更重要的是，梅妍不是諂媚討巧的人，在莫夫人面前，一定言之有物，能讓人信服。

三刻鐘後，梅妍走到莫石堅的書房外。「莫大人，梅氏求見。」

話音未落，書房就打開了，迎面就是莫石堅緊繃的臉色和身體姿態。

「民女梅氏見過莫大人。」梅妍覺得沒必要進去，打算在門邊報告完就走人。「莫夫人正在恢復中，三餐定時定量，注意靜養即可。」

「進來。」莫石堅沒好氣地開口。

「是，大人。」梅妍只能走進書房，不出所料，馬川也杵在裡面當梁柱。「見過馬仵作。」

莫石堅盯著梅妍，腦子裡不斷冒出妻子被她拐偏的念頭。「妳在臥房與夫人說了什麼？」畢竟，三婆不入內院。

梅妍很認真地望著莫石堅。「回大人的話，夫人不讓說，讓民女轉告大人，她很好，不用掛念。」

莫石堅怎麼也沒想到，自己像熱鍋上的螞蟻轉了這麼久，就等到這麼敷衍的一句話，這還是他熟悉的好妻子、好夫人嗎？

梅妍等著莫石堅打發走人，可他就是不說話，真是急人。

「梅小穩婆，夫人的三餐妳可打理好了？」馬川打破僵持。

梅妍趕緊回答。「菜色和數量，都已經交給夏喜姑娘打理，宜忌也都注明了。」還有什麼嗎？一起問完得了。

莫石堅再三打量梅妍，眼神嚴厲又苛刻。「七日後，也就是五月十七，會在縣衙外公審妖邪案，妳好好準備。」

「是，大人。」梅妍認真回答，打算回去把妖邪案的筆記都背下來，到時候可以靈活運用。

又一陣沈默，書房的氣氛沈悶得掉渣。

梅妍實在不得已，悄悄看向馬川，只見他面無表情、目不斜視，繼續扮演高大的梁柱。

這位莫大人莫縣令，清遠父母官，到底打算幹麼？

「梅氏，夫人以後還能……」莫石堅終於開口，可話到嘴邊又覺得不合適。

「莫大人，還能什麼？」梅妍不太確定地問。

莫石堅擺了擺手。「沒事了，下去吧。」

「是，大人。」梅妍退到書房外，一路快走，生怕莫石堅反悔。

急急出了縣衙，梅妍才慢慢想起來。

莫縣令隻字不提錢的事情，這是打算讓她做白工嗎？哎呀！剛才和莫夫人閒聊那麼好的氣氛，怎麼忘記提了呢？算了，反正綠柳居的大包子還能當一頓晚飯，明日複查時再找機會試探吧。

忽然，梅妍聽到不遠處有幾名結實的壯漢大喊著。「讓一讓！快點讓開！」由東向西穿過人群，每個人都滿頭大汗，有一個男子還很眼熟。

壯漢們跑近了，梅妍才發現，他們用粗壯的竹竿和大幅布料做了個擔架，上面側躺著一個人，頭髮散亂地看不清楚，身形看著像孕婦，有鮮血不斷從布料滴下，落在青石板路面上。

被嚇著的路人們三三兩兩地聚在一起，議論紛紛。「哎呀，這是誰家的呀？造孽啊，傷得這麼重？」

「血流了一路，人不知道能不能救回來。」

「我們都讓開，讓他們趕緊過去，胡郎中的醫館已經不遠了！」

梅妍頭皮一陣陣地發麻，太慘了，也不知道哪家孕婦受了這麼重的傷。

偏偏正在這時，有名男子邊跑邊喊：「梅小穩婆，救命啊，救救我家娘子吧！我是柴氏的丈夫！」

「哎呀，梅小穩婆在呢，太好了！」路人也發現了。

梅妍一個激靈，雙腿已經快過大腦衝到擔架前面。「都站住！」

四名壯漢因為慣性還往前衝了幾步，差點撞到梅妍。「梅小穩婆，我們趕時間送醫館啊！妳攔我們做什麼？」

「先止血，流這麼多血，你們還沒跑到醫館，人就不行了！」梅妍耐心解釋。「現在，你們小心把柴氏放在地上，轉過身去，把衣服脫下來遮擋！」

「啊？」柴氏的丈夫傻眼。「我們沒有止血藥，也不知道怎麼止血啊！」

「照做就行！」梅妍一個頭三個大，不得不扯高嗓門。「鄉親們，我在救人，請你們都轉身迴避！謝謝啦！」

圍觀的百姓們紛紛轉身，壯漢們脫衣遮擋，很快就形成了一個相對封閉的小隔間。

梅妍握住柴氏形狀完好的左手，大聲說道：「柴氏，我是梅小穩婆，別怕，睜開眼睛。」

柴氏努力睜開眼睛。「梅小穩婆……我好疼啊……我害怕，孩子會不會有事？」

「別怕，我在呢。」梅妍邊安慰，邊用最快的速度脫掉柴氏的外衣，總算找到了出血最嚴重的部位，右膝上一掌寬的部位正汩汩地冒著鮮血。

「你，過來握著她的左手，和她說說話，讓她別害怕。」梅妍囑咐柴氏的丈夫。「保持這個姿勢，千萬不能平躺。」

「哎！」柴氏丈夫緊緊握著妻子的手。

梅妍放下背包，從裡面取出止血帶，用快速壓迫止血法判斷了出血的是靜脈，立刻用止血帶綁住了出血處的下端。效果立竿見影，大腿部位的血立刻就止住了。

梅妍又發現了兩處小出血，同樣先判斷出血點，然後用止血帶紮住，但是更讓人焦慮的事情發生了，柴氏的右側上臂骨折，右側腳踝也腫脹非常嚴重。

「給我找四根手掌寬的木條！」真是要命了！梅妍大聲要求。

清遠的百姓們大多都熱心，很快就送來了木條。

梅妍拿到木條，立刻將柴氏骨折和腫脹部位捆綁固定，同時要求。「找輛平穩的牛車過來，快！她這樣的情形不能用擔架，很可能會再次骨折。」

一位駕牛車賣竹編製品的攤主，直接把竹編都推下車，大喊道：「我有牛車，用我家的！」

梅妍從容指揮著一切。「各位好漢，麻煩轉身，把柴氏移到牛車上。」

「聽妳的！一！二！三！」壯漢們一起用力，把柴氏平穩托起，送到牛車上。

攤主一甩鞭子。「駕！去胡郎中的醫館。」

「梅小穩婆，妳也跟著一起去吧。」柴氏的丈夫像抓著救命稻草。

「行，我送你們到醫館。」梅妍見怪不怪，很多時候，最擔心害怕的是病患家屬。

正在這時，柴氏的婆婆趕來了，邊走邊喘。「梅小穩婆，這可怎麼辦啊？」

梅妍邊走邊問：「我不是說讓她小心靜養的嗎？怎麼回事？」

「梅小穩婆。」柴氏的婆婆邊抹眼淚、邊扒著牛車。「最近幾日天氣熱了，這孩子坐著不動都一身汗的，我說那就在門口陰涼的地方坐著吧，還給她準備了茶水，不知道誰家的牛發瘋衝到我家裡去了……

「我們聽到慘叫聲，放下手裡的活兒就往家跑，那麼大一頭牛啊，我可憐的孩子啊！」

這真是飛來橫禍啊！梅妍無語望蒼天，她邊走邊祈禱。千萬不要這時生，一定要外傷處理穩定以後再生！

就這樣，牛車平穩地將孕婦柴氏送到醫館門前，聽到消息的胡郎中也早就在門口等候了。

梅妍掏出粗草紙和炭筆，迅速地將柴氏的身體狀況寫清楚，塞給震驚又難過的柴醫徒。「小心處理，這些止血帶不能綁超過一個時辰，不然會肢體壞死。」

「嗯。」柴醫徒小心地把粗草紙交給胡郎中，立刻和眾人一起將柴氏送進醫館。

偏偏在這時，柴氏進醫館的瞬間喊道：「梅小穩婆，我羊水破了！」

梅妍頭都大了。真是越怕什麼、越來什麼！

柴氏婆婆雙腿一軟，差點跪在地上。「胡郎中，梅小穩婆，怎麼辦啊？」

胡郎中沈吟片刻。「那就一起吧，反正是頭胎。」

梅妍沒好氣地問：「臨盆的東西都預備好了嗎？」

柴氏婆婆連連點頭。「預備好了，都在家裡呢！」

「行，我回家拿接生包，妳回家去取。」梅妍又看向胡郎中。「胡郎中，能否在醫館內接生？」

萬萬沒想到，醫館裡等候的病人們卻不同意。「醫館裡怎麼能接生呢？」

「對啊，又髒又穢氣！」

「胡郎中，我們下海、行船的最怕穢氣了……」

「就是啊，我們都是把腦袋別在褲腰上謀生活的……」

柴氏的丈夫怒火驟起。「我妻子傷得這麼重，要生孩子了，不在醫館，你們讓她去哪兒生啊？你們沒有娘親、姊妹的嗎？」

胡郎中立時發作。「若你們嫌穢氣，就另找醫館吧，以後也不用來了。」

梅妍知道大鄴對女子臨盆是什麼態度，事實就是這樣殘酷，風俗就是這樣，一時半刻也改不了，但也不願讓醫館為難。「胡郎中，稍等，我回去取東西，您先替柴氏處理外傷。」

「我會在醫館附近找塊無主的空地接生，保證不讓大夥沾染了穢氣。

「但是，你們這些人家裡若有孕婦要接生，上門來找我也不理。」梅妍把話撂下，轉身就走。

吵翻天的醫館頓時安靜下來，一眾人大眼瞪小眼，胡郎中立刻準備針線，替柴氏處理外傷。

梅妍離開醫館後，想到跑回秋草巷那麼長一段路，整個人都不好了，只能轉身跑到縣衙門口，剛好遇到雷捕頭。「捕頭，您的馬能借我嗎？」

雷捕頭一看梅妍的嬌小個子，連連擺手。「梅小穩婆，我的馬性子太烈會摔到妳的。」

正在這時，在縣衙聽得清楚明白的馬川走出來。「雷捕頭，馬借我，我帶梅小穩婆回秋草巷。」

雷捕頭當然知道馬川身分不一般，隨手把韁繩、馬鞭都扔給他。「馬仵作，小心些。」

馬川翻身上馬，伸手把梅妍拽上去，一揮馬鞭喊：「駕！」

「快點，再快點！」梅妍滿心都是傷勢不明的孕婦柴氏，完全沒有和異性同乘的女兒嬌態。

「駕！讓開！」馬川難得大聲。

路人們紛紛避讓，也有人交頭接耳地猜測著什麼。

很快，梅妍就回到梅家草屋，拿上早就準備的接生背包，跑進馬廄邊解韁繩、邊招呼。「婆婆，蓮姊，危重急診，妳們把檢查床和臨時接生竹棚都裝上牛車送到醫館去，我騎馬先走。」

「知道了！」梅婆婆答應著，指點劉蓮，把放在小庫房裡的竹製家具往牛車上搬。

梅妍騎著小紅馬趕到醫館時，百姓們把醫館外面圍了個水洩不通，還能聽到許多議論聲。

「說是不知道誰家孩子捅了蜂窩，蜂螫了在樹下吃草的牛，牛受了驚就到處亂跑，攔都攔不住。」

「誰家孩子幹的？柴氏要有三長兩短的，非扒了他的皮不可！」

梅妍趁著胡郎中處理外傷的時候，在醫館附近轉悠一圈，終於找到一塊可以作為臨時接生的空地，就在這時，梅婆婆和劉蓮已經駕著牛車趕來了。

梅妍迎著陽光向她們招手。「婆婆，設在這裡！」

牛車停下，梅妍和劉蓮合作，只用了一刻鐘的時間，就搭起了竹子為骨架、油布為牆的臨時接生棚，擋得嚴嚴實實，物品準備得一應俱全。

醫館外圍觀的百姓，見一時半刻沒有結果，很快就各自散去。原本在醫館裡不依不饒的病人們，第一次見到胡郎中發威，又吃了梅妍的下馬威，個個覺得顏面全無，紛紛找藉口走了。

一輪明月高掛夜空，遠近都傳來陣陣蛙鳴時，醫館總算清靜了。

胡郎中和柴醫徒兩人，總算趕在使用止血帶的極限時間內，處理好柴氏的骨折和外傷，又因為她的羊水已破，把她送到接生棚裡最合適。

柴氏的婆婆待兒媳很好，一直守在旁邊安慰。「珠兒，好孩子，別怕，胡郎中在，梅小穩婆在外面等妳，餓嗎？阿娘回家給妳做吃食送過來。」

珠兒是孕婦的小名，家裡人都這麼叫。孕婦臉色比紙還白，被方才的骨折復位折騰掉半條命，眼巴巴地望著梅妍。「梅小穩婆，我能吃東西嗎？」

梅妍不假思索地回答。「能啊，想吃什麼都行！」

「珠兒，妳說，想吃什麼，阿娘給妳做，現在去買也行！」柴氏婆婆也豁出去了。孩子傷得這麼重，也不知道能不能熬過去。

「我……想吃綠柳居的燒雞。」柴氏還是眼巴巴的，嘴唇發白。

「梅小穩婆，什麼都能吃？」柴氏婆婆不太確定。

「可以，她皮肉傷嚴重，臟腑卻並未受損，想來她在生死關頭拚命護住了肚子。」梅妍雖然知道這幾乎是孕婦刻在骨子裡的本能，但也覺得唏噓和佩服。「想吃什麼都可以！」

柴氏婆婆用力一拍兒子。「還愣著做什麼？去買啊！」

「哦，我現在就去。」柴氏的丈夫大步跑出去。

沒想到他再跑回來的時候，不僅買了燒雞，把綠柳居的熟食都買了，把醫館的桌子上放得滿滿當當，邊擺邊說：「綠柳居掌櫃的聽說臨盆，還特意送了兩罐粥湯。」

柴氏婆婆顧不上自己，趕緊拿了燒雞和粥湯，站在病床邊餵兒媳吃。

累掉半條命的胡郎中和柴醫徒兩人坐在櫃檯邊上，悶不吭聲。

「胡郎中，謝謝您的救命之恩！」柴氏的丈夫平日雖然木訥，但為人很不錯，待媳婦也很好。

第十九章

胡郎中有氣無力地擺手。「去謝梅小穩婆，若不是她先給孕婦止血、綁紮固定，你們現在都在掛白了。也不知道你們是怎麼想的，看到出血好歹拿乾淨的布巾或是帕子用力包緊。」

梅妍冷不防被點名，下一秒又被珠兒丈夫真誠道謝，也只是搖頭。「先不用謝，今晚漫長得很，誰也不知道後面會發生什麼，我也只能盡力而為。」

柴氏現在臉龐、唇色和指甲的甲床色都是蒼白的，明顯是貧血貌，目前為止，梅妍還沒有設備和藥劑可以做人工輸血這樣高難度的操作。

孕婦貧血，腹中的胎兒供血肯定會受影響，今晚注定是個不眠之夜。

梅妍看到柴氏婆婆一邊餵柴氏，一邊使勁抬頭眨眼睛，就知道她既擔心兒媳，也擔心腹中未出生的孩子。

好在，柴氏吃了燒雞和牛肉，又喝了溫熱的粥湯，臉色緩和了一些，說話也有了些力氣。「梅小穩婆，我的肚子又疼了。」

梅妍耐心地告訴柴氏。「這叫宮縮，羊水破了，就是臨盆的時候到了，子宮會一陣陣地用力，把孩子推出來，現在間隔的時間長，之後間隔的時間會縮短，宮縮的時間會延長。」

「會越來越疼嗎？」柴氏嚇得嘴唇發抖。

梅妍教了柴氏握拳放鬆法。「生孩子是體力活，妳不要大喊大叫，攢著力氣，在宮縮的同時用力，這樣孩子出來會更容易一些。宮縮的間隙，我會給妳一邊喝水，一邊檢查，別怕，大家都陪著妳呢。」

柴氏點了點頭。「嗯，我不怕！」

梅妍向柴氏的丈夫和其他親戚比了手勢。「行，趁現在不疼的時候，我們把妳運到接生棚裡去，胡郎中也忙活一整天，該打烊回家了。」

胡郎中也確實累了。「徒兒，你留在這裡，若梅小穩婆需要什麼藥材，你來準備。」

「是，師父。」柴醫徒正色道。從小到大，阿姊對他最好，現在阿姊臨盆，他一定要守著她。

很快，柴氏被小心翼翼地轉移到了接生棚內，上了產床。

柴氏的婆婆望著接生棚裡面的東西，不由得感慨。「梅小穩婆，只憑妳這一大堆東西，我老婆子就覺得妳是最厲害的穩婆！」

梅妍拿起木聽筒，放在柴氏的肚皮上聽胎心，找到了熟悉又快速的胎心，自己也放心了許多，聽完一側又聽另一側。「柴氏，妳的寶寶很厲害呢，被這麼折騰，現在還很有活力。」

「真的嗎？」柴氏的眼淚都快出來了。「梅小穩婆，我可以活著見到他們吧？我好希望能活得久一些，能看著他們長大！」

梅妍安慰道：「妳拚命保住了他們，當然要看他們長大，不僅如此，還要看他們的孩子長大呢！省點力氣，不要哭。」

「嗯！」她用力點頭。

柴氏婆婆和丈夫，都對梅妍發自內心地敬佩和感激。「梅小穩婆，趁著這時候，妳也吃些東西吧，大家一起吃，來來來。」

不只梅妍，梅婆婆和劉蓮也被柴家人拉到一起，分吃綠柳居的熟食。

梅妍介紹道：「柴氏婆婆，我身邊這位才是最厲害的穩婆，我所學的東西都是她教的。」

柴氏婆婆特別真誠稱讚。「名師出高徒嘛！還沒接生，就先救了珠兒的命！一想到如果妳們沒搬到清遠來，我現在就後怕得很。不怕不識貨，就怕貨比貨。梅小穩婆比俞婆厲害了不知道多少！」

梅妍從不把讚美當回事，一貫實事求是。「柴氏婆婆，妳過獎了。」

一刻鐘沒到，柴氏的宮縮頻律變快、持續時間變長了，梅妍再一次檢查了她的身體狀況，轉身向柴醫徒要求。「請問，失血的病患要提精神，醫館一般給哪些藥？最好是能舌下含服的。」

醫徒姓柴名謹，想了想。「這時候只能含參片了，就是……不便宜……」山參難得，野山參更難得，價格實在太貴。

「高麗參有嗎？」梅妍當然知道柴謹支吾的原因。「野山參效力太強，我怕引發出血。」

「有！」柴謹很快準備好了高麗參片，放在阿姊的舌頭下，小聲囑咐。「阿姊，含住，不要嚥下去。」

沒想到柴氏像受了莫大驚嚇，怎麼也不肯張嘴。

柴氏婆婆安慰道：「珠兒，妳個傻孩子，咱家平日節儉就是為了應對難熬的時候，現在妳最重要，含著，不要怕費錢。」

柴氏的眼淚又一次落下來，哽咽著張嘴含住參片，握緊了雙拳。

「你家胞衣樹坑挖好了嗎？」梅妍因為難以預料的未知，內心異常焦灼，表面波瀾不驚。「沒挖的話，趕緊去預備。」

柴氏的丈夫一拍腦門。「我現在就回去挖！很快的啊！」邊說著邊衝進產棚外的黑暗中。

梅妍再次檢查胎位以後，保險起見悄悄用了一次「透視」，簡直難以相信，雙胞胎位置很好，還沒有臍帶繞頸這些問題，堪稱奇跡。

「梅小穩婆，怎麼樣啊？胎位行嗎？」柴氏婆婆焦急地問。

「胎位正，位置剛好。」梅妍洗淨雙手，開始戴口罩、穿圍裙。「現在開始，妳在棚外候著就行，這裡有我家婆婆和劉蓮做幫手，不能太多人。」

「這是為何呀？」柴氏婆婆不放心。

「為了減少七日風的可能性！」梅妍話音剛落，劉蓮就把柴氏婆婆和柴謹請了出去，拴上了臨時產棚的竹門。

「珠兒，別怕，阿娘在外面守著妳。」柴氏婆婆在外面等著。

「阿姊，別怕，萬一有什麼事，哎喲！」柴謹的話被柴氏婆婆強行打斷。

「呸！呸！呸！呸！大風吹去！」

梅婆婆站在柴氏身旁，在每次宮縮的時候用力推腹部，加快進程。

劉蓮替柴氏擦汗，餵水，也忙個不停。

柴氏聽著外面的動靜，看著圍著自己轉的三個人，眼神由慌亂變得堅定，雖然含著參片說話卻不算含糊。「梅小穩婆，我可以的！」

梅妍掀開柴氏的裙襬，驚喜地發現胎頭正在撥露，隨著宮縮時隱時現。「柴氏，孩子下來了，妳加把勁兒！」

柴氏立刻憋住氣，緊握產床的把手，用力得手指能戳破床單，一下子胎頭就推出了陰道口了。

「出來了！」梅妍高高舉起右手，向柴氏豎起大拇指。「柴氏，好樣的！」

宮縮過去，柴氏忍著疼痛的餘波，大口呼吸再調成深呼吸，此時此刻，四肢上的疼痛已經不算什麼了，只覺得全身的骨頭都被什麼拉扯著，除了疼還是疼。

「來，喝些糖鹽水。」劉蓮拿起插了麥稈的竹筒。「多喝一些，妳出了很多汗。」

柴氏幾乎一口氣將糖鹽水吸乾了，眉毛和睫毛上都凝著汗水，只覺得之前被頂得非常難受的胃，舒服了一些。

就這樣通力合作，三刻鐘後，梅妍托著第一個孩子，清理口鼻分泌物，用包布包好，將臍帶兩端繫緊，預留出剪斷的部位。「蓮姊，剪刀燒好了嗎？」

劉蓮立刻把準備好的剪刀遞過來。「好了！」

一剪刀下去，啼哭聲在產棚裡響起，守在外面的柴氏婆婆和柴謹都長舒一口氣。

兩刻鐘後，產棚裡又響起啼哭聲。

劉蓮和梅婆婆一人抱一個孩子，打開產棚的門。「恭喜恭喜，這是哥哥，這是妹妹。」

柴氏婆婆望著兩個咂著小嘴的軟乎乎的孩子，喜極而泣，一句話都說不出來，好半晌才開口。「謹兒，去告訴你姊夫，兒女雙全，快去。」

「哎！」柴謹像個孩子一樣又蹦又跳，撒腿狂奔。「我當舅舅啦，我當舅舅啦！」

梅婆婆按壓著柴氏的肚子，很快，胎盤也完整地娩出。

梅妍托著胎盤給柴氏婆婆看。「妳看，胞衣是完整的，裝在哪裡？」

柴氏婆婆先是一怔，然後懊惱連連。「看我這腦子，真是昏頭了，忘記胞衣這事情了。」

梅妍往柴氏的肚子上放了很沈的砂袋，又用腹帶纏住。「會有些難受，這是防止妳暈眩的，畢竟肚子被撐得這麼大，恢復得會比較慢。」

柴氏汗涔涔的，像剛從水裡撈起來，但一個冷字還沒來得及說出口，劉蓮和梅婆婆已經在替她擦汗更衣了，柴氏含著眼淚萬分感激。

柴氏婆婆一手抱一個都不嫌手痠，渾身有使不完的力氣，被梅妍勸住。「寶寶餓了，要喝奶的。」

「哎呀，看我這腦子，今兒個完全糊塗了！」柴氏婆婆趕緊把孩子放下來。

梅妍讓新生兒趴在母親的胸口，介紹。「這位就是你們的阿娘了，她為了保護你們受了很重的傷，很疼很難地把你們生下來了，來，熟悉一下。」

柴氏連哭的力氣都沒了。「梅小穩婆，我以為自己過不了今晚的，謝謝妳。」

梅妍長舒一口氣。「妳真是我見過的最聽話的孕婦了，謝謝妳撐下來。現在只是第一關，我會在這裡守夜，等妳情況平穩以後，再把妳送回家坐月子。」

柴氏婆婆的眼淚就沒停過，不停地說謝謝，最後忽然大哭起來。「兩年前我女兒臨盆的時候，要是能遇上梅小穩婆，她也許還能活著吧……梅小穩婆，我看珠兒母子平安特別高興，可是想到我女兒就好難過啊！」

梅妍因為這次特別危急的分娩，前後用了三次「透視」，體力透支得非常嚴重，整個人都有些搖晃，還是安慰道：「妳今日全力保住了柴氏啊，她也是妳的女兒啦。」

柴氏婆婆哭得更大聲了，好不容易平靜下來，後知後覺地發現，柴謹還沒回來。

事實上，狂奔了一路去報信的柴謹，面對欣喜若狂的姊夫伸出的雙手以及熱切地提問。

「我家孩子的胞衣呢？要先埋才能種樹啊！」

柴謹眨巴眨巴眼睛，捂著臉轉身就跑。「忘記了，我現在就去拿！」阿姊母子平安，大難不死，再跑一趟有什麼關係？

柴氏的丈夫哈哈大笑。「這也能忘啊？你跑快些！」

行吧，都開心壞了，沒什麼！

柴謹太高興，以至於跑回臨時接生棚取了胞衣以後，又狂奔了一趟，完全不覺得累。

柴家門前挖了兩個很深的坑，兩棵樹苗各擺一邊，柴氏的丈夫樂呵呵地搓著手等著。媳婦和孩子都沒事，真是太好了。

柴謹把胞衣送到，兩人就趕緊埋好、種樹、澆水，最後把土踩實，確定栽得很好，這才換了乾淨的衣服，駕著牛車向醫館趕去。

柴謹有些納悶。「姊夫，下午送阿姊去醫館的，不是你家的牛車？」

「別提了，早晨出門時發現牛車的轂轆壞了，送到木匠鋪子去修，天快黑的時候才修好送回來。」柴氏丈夫無奈搖頭。

也不知道是運氣好、還是不好，媳婦出事的時候，偏偏沒車可用。但如果一開始就用牛車的話，可能就遇不到梅小穩婆了，沒有她及時止血和固定，媳婦和孩子的命……真的不好說。誰知道呢？誰也不知道啊！

臨時產棚裡，梅妍解開腹帶、拿走砂袋，用力摁壓柴氏的下腹部，掌心能觸及硬硬的宮底，表示子宮收縮有力，發生產後出血的概率大大降低，這才長長地舒了一口氣。

柴氏被按得直皺眉頭。好疼啊，但又清楚地知道，梅小穩婆是為了自己好，所以咬緊牙關忍著。

梅妍放下心來，重新壓上砂袋、綁好腹帶，發現龍鳳胎寶寶咂著嘴竟然喝了些乳汁，感嘆生命力真的很頑強。

柴氏婆婆急著要把兩個寶寶放平，被梅婆婆制止了。「怎麼了？」

梅妍笑著解釋。「剛出生的寶寶，胃基本是水平的，剛喝完奶，要拍出奶嗝，不然平放後會溢奶，輕的會嗆到，重的嗆到氣管裡會引發氣管炎，後果很嚴重。」

在大鄴這個沒有抗生素的地方，新生兒氣管炎和肺炎是必死的，她也沒有辦法。

柴氏婆婆聽得一怔，似是想到了什麼。「什麼那個炎，是不是會咳嗽？」

梅妍點頭。「是的，會不停地咳嗽。」

「梅小穩婆，妳教我，我一定能學會。」柴氏婆婆非常認真，虛心又好學。

小奶嗝順利拍出以後，龍鳳胎靠著柴氏睡著了，小手緊緊握著娘親的一節手指，不管誰看了都覺得溫馨又美好，很快，柴氏也睡了。

柴氏婆婆怕吵到母子，把梅妍請到棚外。「梅小穩婆，還有什麼要注意的？」

梅妍答得很直接。「準備請乳娘吧，柴氏的傷很重，母子平安只是第一步，最遲明日下午，胡郎中就會開湯藥給她治療身體，吃了那些湯藥，就不能再餵母乳。不過好在，初乳已經喝過一次，一個時辰後他們會餓，趁今明兩日多喝一些，過後就只能強行斷奶，交給乳娘餵養。」

柴氏婆婆先是一怔，隨後又問：「珠兒有奶水呀，為何要斷奶？」

梅妍耐心解釋。「柴氏受了很重的傷，身體恢復得有起色至少要三個月，完全康復的時間可能很久。今日能撐下來，一是柴氏的身體底子好，二是用了參片的關係。不過這樣一來，身體的虧損就更厲害了。如果這時候不斷母乳，柴氏的身體底子會被掏空乾淨，人很可能保不住。而且，龍鳳胎正是需要足量母乳的時候，否則身體會變虛弱。」

柴氏婆婆恍然大悟。「梅小穩婆，妳放心，不能讓孩子沒有親娘，也不能讓孩子揹上掏空親娘的惡名，更不能餓著孩子，我明兒一早就去安排。梅小穩婆，謝謝妳，真的，妳是我們家的大恩人！」說著，掏出預備的五百錢，硬塞到梅妍手裡，又猶豫著道：「梅小穩婆，今日這麼操勞奔波，妳不要我們再添點嗎？」

「不用了，今日是順產。」梅妍暗暗感慨。要是每位婆婆都像柴氏婆婆一樣，拎得清又說得通，把媳婦當親閨女看，該多好啊？

「梅小穩婆，還有什麼事嗎？」

「暫時沒有，今晚我會守著，妳顧好兩個寶寶就行。」梅妍莞爾。「妳先進去，我在外面透透氣。」

「哎。」柴氏婆婆立刻進了產棚。

梅妍找了個石墩坐下，反正外面漆黑一片沒人看到，坐得非常隨意，其實她更想有個地方能躺下來大睡特睡。好累啊……

正在這時，隱約聽到腳步聲，抬頭一看不是別人，正是已經回家的胡郎中，與白天不同的是，手中拄了根枴杖。

「母子平安？」胡郎中樂呵呵、慢悠悠地問。

「嗯。」梅妍點頭。

「妳這樣接生，收多少一次？」

「五百錢。」梅妍累得惜字如金，心想這麼晚了，您老趕緊回去歇著吧。

「若有人家付不出五百錢，卻還是想請妳接生呢？」

「胡郎中，有很多人找我接生，一共只有三種人。一，願意付五百錢，也願意好好照顧產婦的；二，出不起五百錢，卻願意以工代錢的，一心為家人好的；三，出了五百錢後反悔的。」

梅妍開這個價錢是有原因的，五百錢對於尋常百姓家來說，是筆不大不小的開銷，相當於一道門檻。

「什麼以工代錢？」胡郎中拄著枴杖也不耽誤習慣性地捋鬍鬚。

梅妍硬撐著越來越沈的眼皮，介紹以工代錢。

「有一位竹匠，他家老人纏綿病榻，媳婦分娩，實在拿不出錢，卻還是想要母子平安。這樣全心全意照顧家人的男子，我不忍心拒絕，沒收他的錢。他說不行，知道我們經常搬家以後，就砍了自家的竹子，做了拆裝方便的竹製家具，還有這間臨時產棚，裡面的產床，做得精巧又耐用。」

梅妍指指產棚，又指了自己身上。「我身上的圍裙、帽子、口罩、套袖，是一位小姑娘做的，她的父親、叔伯們都戰死沙場，與阿娘相依為命，她阿娘難產，穩婆跑了，我半路接手總算轉危為安。她熬了好幾個晚上，用家裡的布料做了很多給我，並且告訴我，那些布料是用阿爹的撫恤買的，阿爹會在天上保佑我們。」

梅妍說著說著，眼睛都快睜不開了。

胡郎中連連點頭，注視著梅妍的眼神裡滿是讚賞。

第二十章

梅妍忽然想到一樁事情，從背包裡抽出一個紙卷，站起身恭敬地遞過去。「胡郎中，這是莫夫人病症的詳細紀錄，再把您探得的脈象逐一記錄後，不論莫夫人最後能不能有孕，都是少見的病例。多一個郎中或者穩婆知道，也許就能救一條人命。退一萬步來說，就算救不到人命，至少也能避免種種流言。」

胡郎中接過紙卷，既輕又沈重，點頭。「明日一早，老夫就把這些記錄在疑難雜症新錄裡，梅小穩婆豁達又無私，老夫絕對不能貪功，必定詳細記錄，並署上梅小穩婆的名諱。老夫告辭，明日一早必定給柴氏把脈開藥方，若梅小穩婆有特別要求，或者沒有現成的藥方，老夫絞盡腦汁也會配出來！告辭！」

「胡郎中，慢走。」梅妍目送完畢，轉頭就打了一個超大的呵欠。

除了葡萄胎，梅妍知道的疑難雜症很多，給胡郎中送資料，只是為了拉近關係而已。她這樣做是有原因的，自己是西醫，現在既沒時間又沒精力再重學中醫，尤其是各種陰陽辯證，還要開方配藥，最快速有效的就是與胡郎中合作，取長補短，達到事半功倍的效果。

梅妍琢磨著，睏意來襲，再怎麼努力睜眼都只能瞇成一條縫，心想著如果這樣睡過去，那就真的要完。可是，現在手邊沒有咖啡也泡不了濃茶，怎麼才能熬到明天早晨啊？

正在這時，黑暗中有什麼動了動，忽然有個紙團向梅姸撲面飛來。

梅姸下意識舉手接住，是個包了紙團的小瓷瓶，將紙團展開，上面寫著「若要提神，含服一粒即可」。飄逸清秀的筆跡正是馬川，想來是大司馬家的秘方。

「多謝。」梅姸說完，拔了小瓷瓶的軟塞，倒了一顆米粒大小的藥丸出來。

嗯……只有一粒？將小瓷瓶整個倒過來，就真的只給一粒？簡直不敢相信！

「一粒哪夠啊？你不能多給點嗎？」梅姸望著重重黑影。

「只剩一粒了。」黑影幽幽地回答。「很貴。」

藥丸應聲停在梅姸的嘴邊，堂堂司馬玉川都說很貴，這一小粒要多少錢？她立刻把藥丸裝回小瓷瓶裡。「還是還給你吧。」

「送妳的，不要錢。」黑影走遠了。

「謝謝啊。」梅姸乾巴巴地道謝，被這麼一嚇，她忽然就不睏了。

盯著掌心裡小小的藥丸，她滿腦子問號，大司馬家提神用的是珍珠？這光澤，這形狀，太像珍珠了！可也沒聽說珍珠有提神醒腦的效果呀。

還是不對，梅姸仔細觀察後發現，這藥丸有珍珠光澤，其實是壓得很結實的粉末。

吃還是不吃呢？梅姸從小就討厭吃藥，對這種漂亮得過分的藥，下意識地就有些牴觸，藥物啊，最講究藥效和實用，整得這麼花俏，有說不出的怪異。

再加上她看過宮鬥、宅鬥劇，總覺得高門大院裡的所有東西都帶著濃濃的陰謀味，就像這粒漂亮得像珍珠一樣的藥，看著賞心悅目，怎麼也看不出裡面是什麼。算了，不吃了。

梅妍猛地想起來，當初為了搬家方便，簡易產棚有三根特別粗壯的竹子還兼具了儲物功能，依稀記得好像哪根竹子裡塞了小茶葉罐。

兩刻鐘後，梅妍坐在柴氏的床榻旁，捧著現泡濃茶一口又一口地喝，也不知道什麼時候能起效。

柴謹從城西到城北連奔了兩個來回，進入產棚時還處在興奮狀態，不是問柴氏的感覺，就是小心翼翼地替她把脈。

梅妍望著沙漏，每兩小時按壓一次宮底，與柴謹兩人各顧各的；柴氏婆婆觀察著柴氏，同時照看兩個新生兒，三個人像不知疲倦的工蜂圍著柴氏轉。

一個時辰後，柴謹最先撐不住睡過去了。

兩個時辰後，柴氏婆婆守著睡得香甜的龍鳳胎直打瞌睡，幾次差點撞到牆。

梅妍的精神在濃茶的作用下觸底反彈，眼神炯炯地守著柴氏，把之前做的所有處置都做了詳細紀錄，擱筆的時候聽到此起彼伏的蛙鳴蟲吟。

真是寂靜又嘈雜的深夜。

沒多久，又傳來奇怪的腳步聲以及很輕的敲門聲，梅妍走到門邊看了一眼沙漏，忽然緊張起來。這麼晚了，還有誰來？開不開門？

很快，門外傳來極低的說話聲。「老身是胡郎中。」

梅妍打開門，就看到拄著枴杖的胡郎中提著燈籠和布袋站在門口，立刻壓低嗓音。「胡郎中，您明兒還要照常出診，這麼晚了還不睡嗎？」

胡郎中慢悠悠地回答。「年紀大了，覺少。這些東西妳用得著，收好。」

梅妍接過布袋一怔。

胡郎中走到柴氏身旁，動作輕巧地把脈，輕輕點頭，之後便頭也不回地轉身離開了，雖然動作還是閃電般地緩慢，但步伐卻比來時輕鬆一些。

「胡郎中小心夜路。」梅妍把胡郎中送到門邊。

胡郎中擺了擺手。

梅妍在黑暗中看了片刻，驚訝地發現胡郎中沒有回家，而是打開了醫館的門。這……老人家這麼拚命，身體真的撐得住嗎？

胡郎中真是刷新了梅妍老穿越人的認知，大鄴的醫療技術水準受時代影響，巫、醫不分家，除了太醫院和惠民藥局的，其他郎中也是不入流，只比穩婆好那麼一點點。既不受人尊重，也沒有不錯的收入，郎中們日常敷衍，沒有滿口胡說包治百病，就算得上有良心的了。更多的是四處行走的江湖郎中，真是心有多大、舞臺就有多大，什麼包生男神藥，什麼女轉男神藥，只有梅妍想不到，沒有他們吹不出的。

對比之下，梅妍在胡郎中身上，看到了老一輩名醫才有的風骨。胡郎中這樣半夜走一趟，病人和家屬都不知道，還奉送藥材，真是淡泊名利到了極點。

除了佩服，梅妍實在沒什麼詞可以形容自己的感受。努力平復自己的情緒以後，她打開布袋開始琢磨胡郎中送的大大小小的藥瓶。

第二日一大早，臨時醫棚外圍滿了人，幾十步以外的醫館門前也聚集了不少人，誰都想知道柴氏到底怎麼樣了？

因為梅妍囑咐的，臨時醫棚有乾淨整潔、控制人數的要求，柴氏的丈夫硬是挨到天亮，到集市買了滿滿一大包吃食，邊喊著「讓讓，讓我進去！」才進了醫棚。

醫棚裡瀰漫著濃濃的茶葉味，梅妍、柴謹和柴氏婆婆，還有躺在床榻上休息的柴珠兒，四個人忙活了大半夜，都沒睡多久，梅妍根本就沒睡。

柴氏婆婆和兒子一人抱一個孩子，都笑得合不攏嘴，爭著說話。「阿娘，昨兒個的胞衣洞，我挖得可深了，種的是香樟樹苗，澆透了水，我沒用河水，澆的是井水。」

「是嗎？哎，真好。火兒啊，珠兒昨兒受了很多苦，你說話小聲些，別吵她。還有梅小穩婆是我們家的貴人，以後要格外敬重。」

柴氏的丈夫，出生時算命的說五行缺火，所以姓柴名火，長輩都叫他火兒，性格木訥，幹活卻風風火火，十分俐落。

「梅小穩婆，多謝妳的救命之恩，我們這兒受了重傷的足月孕婦沒有一個能母子平安的。」柴火望著臉色蒼白、呼吸輕淺的珠兒，聲音有些哽咽。

「應該的。」梅妍又一次按壓柴氏的宮底，順便摸了一下乳房，奶水很少，沒有特別腫脹，臉色也稍微好轉，沒有昨晚看起來那樣虛弱。

「梅小穩婆，我有點餓。」柴氏昏昏沈沈的，乏得很。

「珠兒，我買了很多吃食，妳想吃哪個？」柴火興奮地提著兩個荷葉包獻寶。

「想喝米粥，紅糖發糕……」珠兒說話聲音很低，眼睛還算有神。

梅妍從荷葉包裡挑撿出適合柴氏吃的東西，遞到她手裡，又讓柴火把柴氏扶著靠坐在床頭。「吃吧，一會兒胡郎中會來把脈，記著，不論何時，喝湯藥前都要吃些東西墊墊肚子。」

珠兒認真點頭，拿起紅糖發糕往嘴裡塞，總算有精神打量四周，陽光透過竹棚的縫隙，把內部的黑暗分割成無數塊，又在床榻和牆上映出很好看的圖案，也第一次看清了自己的雙胞胎孩子，忍不住潸然淚下。

「珠兒，月子裡不能哭，忍一下，眼睛會哭壞的。」柴氏婆婆勸慰道：「妳好好的，寶寶們也好好的，都是高興的事情，不哭。」

「珠兒，妳昨日受苦了，我以後一定對妳好，比以前還要好。」柴火是行動派，語言表達能力實在不太行，只會笨拙地替媳婦擦眼淚。

這樣溫馨的時刻，梅妍覺得自己有當電燈泡的嫌疑，找了個理由溜出臨時產棚，出門就看到了裡三層、外三層的人，只覺得眼前一黑，感覺自己像動物園的猴子。

正在這時，胡郎中拄著枴杖從人群裡一步步地走來。「梅小穩婆。」

梅妍用力轉了轉痠脹乾澀的眼睛。「胡郎中，裡面請。」

胡郎中清了清嗓子。「柴家的，老夫進來了。」

臨時產棚裡立刻傳出一陣腳步聲，很快地柴氏婆婆打開門。「胡郎中，裡面請。」

胡郎中走進產棚，見產婦和新生兒都打理得很乾淨，微微點頭。「梅小穩婆接生的產婦，果然不同，容老夫把個脈。」

柴氏有些坐不住，柴火立刻小心翼翼地把她扶著躺下，動作笨拙也還算體貼。她伸出右手，擱在軟枕上，剛坐了一會兒就頭暈眼花，也不知道這身體還能不能好？萬一就此成了一個病癆婦如何才好？

胡郎中閉著眼睛，感受著指尖傳來的搏動，與半夜的脈象有不小的差別，良久才睜開眼睛。「儘管梅小穩婆悉心照料，但臨盆還是令氣血虧損得厲害。容老夫出去，與梅小穩婆商量一下用藥。」

柴氏婆婆、柴火和珠兒眼巴巴地望著胡郎中，柴火著急地說：「胡郎中，您儘管開方子，銀錢不夠，我們可以賣田地。」

胡郎中擺了擺手。「用藥需要恰當，恰到好處，並不是越貴越好，容老夫細細琢磨。」

柴氏婆婆趕緊把診費塞給胡郎中。

「柴家的，珠兒是老夫徒兒的阿姊，診費就免了。」胡郎中拄著枴杖走出去。「謹兒，隨老夫去醫館。」

「是！」柴謹趕緊跟上。

柴氏婆婆趕緊安慰珠兒。「胡郎中是這兒方圓多少里的好郎中，梅小穩婆更是我們家的貴人，他倆去琢磨藥方，不怕的。」

珠兒和柴火兩人一起點頭。

下一秒，柴火突然跳起來。「哎呀，娘，尿了！」

柴氏婆婆笑著直戳傻兒子腦門。「剛出生的娃娃，除了吃喝睡，就是拉，尿了就換，叫什麼叫？」

柴火捂著腦門，不好意思地傻樂。

梅妍跟著胡郎中走進醫館，柴謹很有眼力見地將候診牌掛在門外。

「梅小穩婆，柴氏的脈象有變化，妳今早可有發現其他不妥？」胡郎中捋著鬍鬚，金魚眼袋正在向水泡大眼袋發展。

梅妍皺緊眉頭。「柴氏外傷不輕，今早有些低燒，宮縮沒有昨夜那樣有力，身體狀況極可能急轉直下。您半夜送來的藥，已經服下，改善不明顯。」

胡郎中慢悠悠地回答。「梅小穩婆，柴氏身體實在太虛弱，這種情形要大量服用滋補藥物和傷藥，但這些藥物會誘發出血。但如果不用滋補藥物讓她的身體快速好轉，傷口會延滯不癒，惡露也會滴瀝不盡。」

梅妍微微嘆了口氣，別說是大鄴，就算是醫療水平高速發展的現代社會，孕產婦用藥也會有許多禁忌，大把大把的藥都不能用。

「胡郎中，我的計劃是，今日下午給柴氏斷乳，讓柴家另請乳娘哺育龍鳳胎，這樣，您用藥就能寬鬆一些。滋補之藥，有像野山參那樣效力強勁如同山風湖海的，也有如涓涓細流那樣的，儘量選溫和的藥物，多加觀察，及時調整，會不會好一些？」

胡郎中的視線落在柴謹身上。「徒兒，你說呢？」

柴謹突然被點名，整個人都僵住了。「師父，徒兒才疏學淺，不知道。」

胡郎中一臉恨鐵不成鋼，還只能安慰自己來日方長，急不得。

梅妍思來想去還是開口。「胡郎中，我會擬出食單給柴家，將每日六餐安排清楚，希望能與藥方互補互助，盡快將柴氏的身體虧空補回來。」

胡郎中一怔，又問：「梅小穩婆，莫非妳連食單都擬好了？」

梅妍點頭。「昨晚實在太睏了，生怕自己閉眼就睡過去，所以找了點事情做。」說完，從背包裡取出七日食單，遞到胡郎中面前。

胡郎中簡直不敢相信，原本以為柴謹已經算得上勤奮聰慧，和梅妍相比，竟差得有些遠。「梅小穩婆，這食單裡為何有許多下水？」

梅妍笑得眼睛彎彎。「因為便宜啊，柴家算得上殷實之家，但現在柴氏臥床不起，還有兩個嗷嗷待哺的孩子，能省則省。下水有許多食療效果，有效就行，管它是不是下水？」

胡郎中捋著鬍鬚，哈哈大笑。「好一個有效就行！一個時辰內，老夫會把藥方開出來。」

梅妍趁熱打鐵。「胡郎中，柴氏斷乳，您有沒有什麼迅速有效的方子？必須斷得很乾淨，不然容易發炎。」

「難得梅小穩婆思量得如此周全。」胡郎中又一次點頭。「放心，老夫會盡快把藥方寫出來，煎藥的事情就交給老夫的徒兒。」

「多謝胡郎中，告辭。」梅妍行禮後走了。

柴謹像被雷劈了一樣。這麼熱的天，他竟然要熬藥？

胡郎中坐回櫃檯，取了紙筆，細細研究起藥方來，一邊分神想：柴謹在醫館兩年的進步仍然不夠，玉不琢、不成器，不能再這樣下去。

「徒兒，今日起，為師會不定時抽查你所學的藥性，以及開藥方的宜忌。」

柴謹只覺得自己被雷劈了第二次。如果他記得沒錯，這是學徒五年才會被抽查的事情，蒼天啊！打理醫館、熬藥和抽查藥性，他就算每晚睡三個時辰都不夠用。

胡郎中看穿了柴謹的想法。「梅小穩婆今年才十八，在女科造詣上已經超過老夫了，你不奮起直追，何日才能獨當一面？」

柴謹只覺得天都要黑了，默默腹誹，可以不開女科的……不對，梅小穩婆為什麼這樣厲害啊?!

一上午的時間，柴謹接待病人問診、抄方子、照方子取藥過秤，忙得連口水都沒喝不算，還被胡郎中差到產棚裡替阿姊把脈，短短半天過得像抽繩陀螺一樣。

好不容易到了中午，柴謹窩在醫館後面的柴房裡，很想找個什麼地方躺會兒，哪知阿爹和阿娘特意趕到醫館，囑咐他一定要照顧好珠兒阿姊，一天去產棚看六次，少一次回家就要挨板子。

柴謹好不容易把爹娘送出醫館，一臉生無可戀，眼淚都快掉下來了。

不對，男兒有淚不輕彈，忍！

梅妍怎麼也沒想到走到醫館門前時，柴謹正四十五度仰望天空默默流淚。

啊……是什麼情況？一時間她進也不是，退也不是。

柴謹眼角餘光瞥到有人，迅速擦掉眼淚，看到梅妍時瞬間滿臉通紅。

太丟人了！他怎麼能這樣丟人?!

第二十一章

梅妍化解尷尬的能力還沒來得及施展，就聽到胡郎中隔著醫館的窗戶招呼。「梅小穩婆，裡面請。」

「胡郎中，您不午休？」梅妍頗有些納悶，劉蓮說過醫館中午是不開的。

「柴氏傷得這麼厲害，哪裡睡得著？」胡郎中轉動頸項，骨頭摩擦作響，又補上一句。「老夫都這把年紀了，還怕以後沒有時間睡覺？」

梅妍一怔，望著胡郎中極為簡樸的衣物，磨破又打了補丁的領口和袖口，一時有些感慨，這是她見過的最有名、穿著卻最寒酸的郎中了。

「梅小穩婆，妳似乎有許多困惑？」胡郎中饒有興致地問，慢悠悠地開始吃午飯，兩個鬆軟的花捲和一碗菜粥。

梅妍一臉無辜。「沒有。」各人有各人的生活方式，賺了錢想怎麼花就怎麼花，不花也沒問題。

「聽聞梅小穩婆見多識廣，不知老夫的醫術比其他地方的如何？」胡郎中卻打開了話匣子。

「一等醫術，一等人品。」梅妍確實這樣想。

胡郎中忽然哈哈大笑，笑得眼淚都出來了。

柴謹剛進屋就被嚇到了，梅妍也一臉懵。

胡郎中笑了很久，直到呼吸不暢才停下，默默把花捲和菜粥吃完。「這話不要再說了，老夫不是好郎中，真的不是。」

梅妍心中的第一想法，這位胡郎中是個有許多故事的人。

柴謹小心翼翼地勸。「師父，您已經熬了好幾晚了，還是去午休一下，不然下午撐不住，您還有腿傷呢。」

胡郎中慢悠悠地說著誅心話。「放心，好人不長久，禍害遺千年，老夫的時日還長得呢。」

梅妍一時不知道該怎麼接話，思來想去只能勸。「胡郎中，您呼吸急促，頸動脈搏動清晰，雙手都有些顫抖，還是去休息一下。診治病人需要全神貫注，以免出錯。」

最重要的是，莫夫人和柴氏還等著他每日複診、調整藥方呢，如果胡郎中倒了，所有的壓力就都落在她一個人身上了。

「知道了。」胡郎中慢慢起身，小心踱到午休隔間裡，躺平休息去了。

梅妍和柴謹面面相覷。剛才胡郎中話裡有話的，到底想說什麼？

柴謹一對上梅妍的視線，立刻回答。「我什麼都不知道，師父從來沒說過。」

梅妍雖然是善交際，但也很注意社交距離，點了點頭，什麼也沒說。

柴謹忽然想到一樁事情。「但是我知道，師父開醫館的收入，絕大多數都送到育幼堂和扶老院去了，除了看診以外，偶有閒暇也只是下棋，沒有任何花錢的地方。還有，一年四季，每季三套衣服輪換，每套衣服都是縫補過的，粗茶淡飯，不餓就行。」

梅妍立刻想到了存在於各種電影和故事裡的「贖罪人」這種角色，因為犯下了什麼過錯，過著苦行僧的生活，用這種方式懺悔。這樣慈眉善目、慢吞吞的胡郎中，以前犯了什麼樣的過錯，要自我懲罰到這種地步？

「其他的，我就不知道了。」柴謹能說的、不能說的都說了，只希望自己在梅小穩婆心裡不是個沒用的哭包。

「多謝，我去縣衙一趟。」梅妍行禮後告辭，還有些納悶。

柴謹怎麼動不動就臉紅？是副交感神經調節功能不太好嗎？也不知道莫夫人怎麼樣了？

清遠縣衙外，巡邏的差役們正在交接班，男人們更愛聊八卦，主題必定和美女有關，比如又一次讓人母子平安的梅小穩婆。

「你們說，她怎麼看都不像穩婆，偏偏這麼厲害，柴氏母子平安啊，還是龍鳳胎啊！」

「柴氏昨兒送到醫館的時候，我就在那裡親眼見到，她那樣子怎麼看都見不到今早的太陽，嘖嘖嘖……厲害，實在厲害！」

「你是在醫館看到，我剛好在半路，親眼看到梅小穩婆攔住柴家擔架，掏出不知道是什麼東西就把血給止住了，不然那血真的流一路啊。」

「還有，我今日聽說，胡郎中親口說的，如果不是梅小穩婆處置及時，柴氏昨兒個就涼了。嘖嘖嘖……」

「穩婆能這麼厲害啊？老天爺啊！」

「別說了，人來了！」

差役們的反應堪稱神速，梅妍走近時，只聽到他們嚴肅認真交班的匯報聲。「各位差役好，我去見莫夫人。」

「梅小穩婆，請。」雷捕頭從廊柱的陰影裡冒出來，一臉嚴肅。

「雷捕頭，謝謝你的馬。」梅妍眼睛彎彎，打過招呼走入側門。

「客氣了。」雷捕頭是個滿臉絡腮鬍的漢子，又高又壯，笑起來有點像熊。

差役們和雷捕頭一起望著她，直到看不見人影，彼此互看一眼，各自彆扭地轉開頭。梅小穩婆這樣的美人，誰還不能多看兩眼？

梅妍走在通向莫夫人臥房的廊下，遠遠看到莫大人又在團團轉，還有木雕似的馬川旁觀莫大人團團轉……心裡咯噔一下，莫夫人出什麼狀況了嗎？

她立刻加快腳步，先問好再行禮。「莫大人。」

「梅小穩婆來了。」莫大人難得提高嗓音。「夫人，為夫可以一起進去嗎？」

莫大人這十足的懼內模樣真逗，梅妍立刻掏出口罩戴上，努力維持住面部表情，沒想到從馬川身邊經過時，又聽到他極小聲道：「看到了。」

「馬仵作，借過。」梅妍笑咪咪地招呼，順便不著痕跡地把裝珍珠藥的小瓷瓶塞到他手裡。

於是，梅妍走在最前面，莫大人跟在後面，馬川在最後面，三個人一起向臥房走去。

事實是，莫夫人鐵了心決定的事，不管誰來都沒法改變，開門的夏喜只讓梅妍進了臥房，另外兩人，不好意思，夫人囑咐不讓進。

莫石堅沒好氣地瞪了馬川一眼，轉身就走，邊走邊絮叨。「你和梅小穩婆是鄰居，不能美言幾句嗎？你讓梅小穩婆打聽一下啊！」

馬川很無辜。他家的家事，自己憑什麼和梅妍說？

莫石堅還在生氣。「馬川，女人心海底針，這話一點沒錯！我好話說了一籮筐，沒有半點用！」

馬川臉上無動於衷，實則握緊了小瓷瓶，覺得莫石堅這話說得有道理。

梅妍先跟著夏喜去了更衣房，仔細察看了分泌物，看見莫夫人的出血量在進一步減少，又安心了一些。

回到臥房，莫夫人半靠在床頭，仍然很愁。「梅小穩婆，我真做不到妳說的，一想到將來的事就愁得不行。」

梅妍想了想。「莫夫人，您平日除了種花還做些什麼？」

「寫字，烹茶，看書……」莫夫人喜靜，清遠縣偏遠，與國都城完全沒法比。「這裡人生地不熟的，出去一、兩次，有些人說話都聽不懂。」

「莫夫人……」梅妍裝作靈光一閃的樣子。「今兒告訴您一個穩婆裡的說法怎麼樣？」

「說來聽聽？」莫夫人問得也敷衍。

「越小的小孩子越喜歡追著大孩子，常去孩子多的地方，稱為引。」梅妍純屬胡扯。

「時間久了，也許就有了。」

莫夫人搖頭。「孩子多的地方太吵，鬧騰得很，不用一日，半日下來我的頭都炸了。」

梅妍想了想。「反正您身體康復還要一段時日，我看看有沒有乖巧懂事又可愛的孩子們。」其實這是消除莫夫人焦慮的法子，具體有沒有效果，試了才知道。

「也行。」莫夫人嘆了一口氣。

梅妍向夏喜投去一個詢問的神色。

莫夫人昨日好不容易才哄好的，怎麼又這樣了呢？

夏喜知曉梅妍的意思，笑得尷尬，昨兒收到了莫大人和夫人娘家的家信，夫人看完就再也沒笑過，裡面什麼內容也能猜個七七八八，但又不方便說。

「莫夫人，您還在持續恢復中，也不用每日靜養，可以在屋子裡走走。」梅妍連續熬了兩天，實在有些吃不消，先顧好自己，才有力氣治療病患。「梅妍先告退。」

莫夫人一怔。「這麼快就要走？」

梅妍眨著泛疲的眼睛，努力嚥下欲打的呵欠。「回夫人的話，昨日有位孕婦臨盆，情形凶險，熬了一宿。」

「是城北柴家的嗎？我記得妳前日說熬了夜準備治療物品的，妳幾日未睡了？」莫夫人大吃一驚，又細細打量。「黑眼圈這麼重！」

「兩天兩夜，睡了半個時辰……」梅妍笑得勉強。

夏喜日常出門採買，聽了半真半假的各種說法，急於確認。「梅小穩婆，真的母子平安嗎？真的是龍鳳胎嗎？」

梅妍有些麻木地點頭。「母子暫時平安，還有許多棘手的生死關要闖。」

莫夫人倒抽了一口氣。「那快回去吧，我這兒有事再找妳，不找妳也別來了，反正胡郎中也要來。」

「謝夫人。」梅妍行禮後告辭，走路時有些輕飄飄。

莫夫人望著梅妍離去的背影，長嘆一聲。「那樣重的外傷，還能母子平安，就算是國都城最有經驗的穩婆都不見得能做到這樣，她是如何做到的？」

夏喜對梅妍的敬佩又增加了三分，她人美又和善，有膽識又有能力，她真的好厲害。

梅妍走在縣衙內院的迴廊下，捂著嘴打了個巨大的呵欠，靠濃茶維持的精神力所剩無幾，尤其是莫夫人沒事，緊繃的神經又鬆懈了一些，累積的疲勞幾乎讓她瞬間睏得能原地睡著。

一步又一步，梅妍的眼睛越睜越小，最後完全靠殘餘的意志力在撐，萬萬沒想到，好不容易走到迴廊盡頭的轉角處，一頭撞在竹枝上，卻奇跡般地沒倒下去。「哎喲。」

「妳家人已經等在縣衙外了。」馬川語氣平直地開口，確認梅妍站得住，才鬆開了她的後領。

「真的？」梅妍用手指強行分開沈重的眼皮，總算看清是馬川。「多謝。」然後左看右看，徹底罷工的大腦竟是分不清該往哪兒走。

馬川被梅妍這鬼臉似的表情逗得失笑，小心翼翼地拉起梅妍的袖口。「這邊！」

「我知道啊。」梅妍走得跌跌撞撞，還好，每次都撞在比較柔軟的地方，真奇怪，縣衙明明到處都是硬邦邦、冷冰冰的。

馬川一邊領路，一邊護著東倒西歪的梅妍，好不容易走到縣衙側門，將人交到劉蓮手裡。

劉蓮直接把梅妍扶上牛車，就聽到輕微的呼吸聲，立刻傻眼。「婆婆，梅姑娘這是睡著了嗎？」

駕車的梅婆婆向馬川點頭道謝後，一抖轠繩。「能熬到現在才睡，不容易。」

馬川望著牛車漸行漸遠，梅妍用手指強撐眼皮的瞬間卻定格在腦海裡，這怪異又調皮的舉動似乎在哪裡見過，細想之下，猛地怔住。

是那個美得像人偶的小女孩！挨家法罰跪那次以後，他們又見過？可又是何時何地，小女孩擺出這樣的手勢？

以他過目不忘的記憶力，時間再久遠，見過兩次絕對不會忘記。無數困惑縈繞在腦海裡翻騰隱現，卻怎麼也想不起來。

縣衙側門外沒有遮擋，熾熱的陽光照在馬川身上，讓他流出細密的汗水，奇怪的是，他並不覺得熱，反而有些許寒意從內心深處透出來。

這不對勁！

「牛車都見不到了，還看啊？」莫石堅很不爽，連帶閒聊都話裡有話。

「不是。」馬川的回憶被打斷，只能答得敷衍。

「可惜啊！」莫石堅順著馬川的視線望去，不免感嘆。「也許是家中出了什麼變故，她哪裡都不像賤籍之人。」

「變故？」馬川難得皺起眉頭。

那個小女孩家也發生了變故嗎？他為何沒有更多的記憶？

莫石堅也是實在慌張，卻又沒法解決夫人的心病。「那是當然，賤籍中自然也有面容姣好的人，可眼神總是隱藏了太多東西，梅小穩婆的眼神卻極為清澈，隨便走在哪裡都像自帶陽光。」

隨便走到哪裡都像自帶陽光？

馬川一心二用，像在混亂庫房中尋找物品的雜役，有一絲想法都要奔過去瞧個究竟，忽然……他腦海裡靈光一閃，想起來了。

第二次相見也是在祠堂，有層層分明的牌位，小女孩跪得很端正，看到他走進去，先是燦爛一笑，眼角還帶著淚光，然後問：「大哥哥，你怎麼進來的？」

當時的司馬玉川好像是被居心不良的人灌了酒，為了不失儀溜到了僻靜的地方，聽到有人啜泣，藉著酒勁看個究竟，所以他們又見面了。

當時他說了什麼，好像是問：「妳犯了什麼錯，被罰跪祠堂？」

小女孩笑得眼睛彎彎，大眼睛很亮。「我要當穩婆！」

司馬玉川不由得失笑。

「你笑什麼？你想當仵作，我就不能想當穩婆嗎？」小女孩氣勢不弱，只可惜飢腸轆轆，肚子咕嚕的聲響比說話聲還要明顯。

「餓了？」司馬玉川立刻想到了上次她硬塞給自己的粽子糖，可是自己沒有隨身帶零嘴的習慣，兩手空空很是尷尬。

「嗯……」小女孩扭著頭還要費力往上抬。「你吃了什麼長這麼高啊？」

司馬玉川無言以對。「我去尋些吃的來。」

「不用。」小女孩笑得狡黠，下一秒筆直地摔倒。

司馬玉川根本沒多想，立刻奔過去，手剛搭到她的肩頭，就看到她突然睜開一隻大眼睛，眨了一下。「我裝的，你走吧。」

司馬玉川立刻走出祠堂，隱在花窗的樹蔭下，沒多久就看到兩名丫鬟和兩名婆子走進祠堂，緊接著就聽到裡面一陣嘈雜，婆子抱著小女孩奔出祠堂大喊：「太老爺，太夫人，老爺，夫人，不好啦，小姐暈過去了。」

莫石堅望著馬川先皺眉、再微笑，眼神沒有焦點，急忙大力拍了他一下。「喂，你還好嗎？」

回憶被打斷的馬川，難得冷著臉看了一下莫石堅。「莫大人，師爺還等著您核對帳冊呢。」

莫石堅簡直不敢相信，平時三棍子敲不出個表情來的馬川，今日竟然也有表情生動的時候，第一感覺是他是不是中邪了？第二，他是不是對梅小穩婆心有所屬？

思來想去，莫石堅還是語重心長地拍了拍馬川的肩膀。「門第之高，高於五岳，她再好也是賤籍。」

馬川覺得莫石堅這兩天太反常了，大概是被豬油蒙了心。「莫大人，師爺之後，雷捕頭也有事找您，雷捕頭之後還有……」

「走了！」莫石堅一甩衣袖，掉頭就走，真是好心當作驢肝肺。

馬川去了與莫石堅方向相反的刑亭。

縣衙內分布各處的差役們自然不會放過這樣八卦的消息，紛紛議論。

莫大人竟然和馬川聊梅小穩婆，還有，平日從不理人的馬川對梅小穩婆如此細心……這可是了不得的事情！

第二十二章

與此同時，躺在梅家睡得天昏地暗的梅妍，完全不知道自己又一次成了清遠的討論話題。集市、茶肆和綠柳居，不論是在地裡幹活的農民，還是手工匠人，甚至於在路邊擺小攤的商販，都在討論梅妍又一次讓人「母子平安」的不可思議。

畢竟昨兒柴氏緊急送醫館，幾乎全城的人都看到了，別說即將臨盆，就算沒有身孕，傷得那麼重活下來已是不易。更重要的是，柴火在街上大喊：「梅小穩婆，救命啊，救救我家娘子吧！」喊得那麼大聲，小半個清遠縣人都聽清楚了。

有心人細問之下才知道，柴氏臨盆前預約了梅小穩婆，昨晚梅小穩婆在臨時產棚裡守夜的事情也有許多人知道，這種時候，但凡家人、親友裡有身孕的人，都不會覺得「沒一兩」要價太高了。

於是，清遠縣另外兩個穩婆的周圍，總有交頭接耳的議論聲。

「哎喲，你們別說了，我家娘子還有小姨子，都說臨盆時要找梅小穩婆！要是不捨得一兩銀子，就跟我急！」

「一兩銀子，三條人命，值啊，太值了！」

「有些人就算收了一兩銀子，昨日那樣的情形，只怕跑得比兔子還快呢！」

「就是，想想俞婆那副嘴臉和德行，更別說另外兩個了。」

百姓們只是這樣當面議論，自然是過不了嘴癮的，有好事的就更直接、更大聲。「本來俞婆子重傷，我還有些著急，現在看來，根本不用急啊，有梅小穩婆。」

「就是，梅小穩婆做縣衙查驗穩婆，我們心服口服。」

「梅小穩婆長得俊，人又和氣，聽她說話都覺得舒服，是不是？」

「就是，我女兒還有兩個月就要臨盆了，明兒一早我就去約她。」

「哎喲，妳家還有兩個月呢，我家只剩一個月了，我要趕緊去！」

不知道怎麼的，也不知誰先邁出腳步，一群人就打算去秋草巷。

想裝聽不見的楊穩婆臉上實在掛不住了，在菜攤一擲菜梆子。「我們只收三百錢，又不是個個都難產，也不是誰都會突然受傷的。你們去啊，一兩銀子呢，錢多了沒處花是嗎？」

一群人停住腳步，好像有點道理。

正在這時，陶桂兒在肉攤提高音量。「梅小穩婆只收五百錢，哪個不要臉的說她收一兩銀子？還更加不要臉地叫她沒一兩？」

一群人的視線陡然聚集在楊穩婆身上。「她說的！」

楊穩婆有點齙牙，說話有點漏風。「陶桂兒，妳收了她多少好處，那日在秋草巷裡，她清清楚楚地要妳家出一兩銀子，妳忘了？」

陶桂兒提著小竹籃，眼神不善。「那日是深夜，除了秋草巷的人，沒人知道她說一兩銀子，怎麼？楊穩婆，那日妳尾隨我們去秋草巷了？」

楊穩婆的下巴一動，毫無防備地被戳穿，只覺得盯在身上的視線更熾烈了。

「梅小穩婆最後只收了我家五百錢，剩下的五百錢是給我阿娘買吃喝、補身子用的。」陶桂兒接過荷葉包肥瘦相間的肉臊，放進籃子裡。「當日，我們不只求俞婆，也去求了妳楊穩婆！妳不去！無論我們如何相求，加錢，妳都不去！已經技不如人了，還處處使絆子、放陰招，人要臉，樹要皮，楊穩婆妳還不如一棵楊樹呢！」

楊穩婆被陶桂兒一陣搶白，齙牙突得更厲害了，怒氣衝衝地指著她。「妳說什麼？再胡說八道，小心我撕了妳的嘴！」

陶桂兒笑了。「我桂兒從來不扯謊，我們陶家人做事都講究個實在，在清遠的名聲，陶家比妳楊穩婆好得多！撕我的嘴？妳敢動一下手，我姥姥、舅舅、舅媽們會放過妳？」

陶桂兒掃一眼周遭的人。「梅小穩婆不僅救了我阿娘和弟弟，守了一晚，還囑咐了許多事情，阿弟四十二天的時候還有最後一次複診，比妳們用心得多！人比人得死，貨比貨得扔。妳倆再怎麼造謠，但凡有心的人眼睛都不瞎，不然柴家的也沒法母子平安。還有，梅小穩婆從不在背後說人壞話！」

洋洋灑灑一席話，說動了許多人的心，更多的人一起往秋草巷走去。

熾烈的陽光照在集市的每個角落，楊穩婆只覺得臉上火辣辣的，比挨了巴掌還要疼。望著去秋草巷的人群背影，輕蔑地笑著，五百文呢，不是每家都出得起，更不是每家都願意出的。

想當年她也是滿心熱忱地要人「母子平安」，別說守一晚，守兩、三晚也不稀奇，最後得到了什麼？好心當成驢肝肺罷了！一次、兩次不算什麼，三次、五次、七次、九次的，她就不信，梅小穩婆能。讓妳梅小穩婆有能耐，越有能耐找上門的越多，人多了嘛，那就什麼都會發生。

五百文呢！出不起五百文不給接生，會怎麼樣？當然是嫌貧愛富、死認錢的惡名聲！五百文呢，說好給，事後反悔了會怎麼樣？那她梅小穩婆當然硬著頭皮也要保「母子平安」，只要有一個得逞，就會有第二個、第三個。

到時候，任妳梅小穩婆名聲再好、再用心負責又怎麼樣？還不是嘴巴兩層皮，想怎麼罵就怎麼罵，想怎麼損就怎麼損？走著瞧吧，梅小穩婆，祝妳一直這樣好運……是不可能的，常在河邊走，哪能不濕鞋？

這樣一想，楊穩婆也不買菜了，步伐輕快地往家裡走。

梅妍一覺醒來，身子直挺挺地坐著發愣，肚子餓得咕嚕直叫。她望著透窗的天色，估計已經是傍晚了，滿打滿算，睡了三個時辰。奇怪的是，屋子裡靜悄悄的，梅婆婆不在，劉蓮也不在。

她們去哪兒了？

梅妍漱洗完進了廚房，竹桌上放著一大碗過水涼麵，麵上擺著滿滿一層肉片、水煮蛋和野菜，立刻撲過去大吃特吃。

一碗涼麵下肚，把梅妍撫慰得身心舒暢，覺得又可以再熬兩個通宵。

幹勁滿滿的梅妍牽著小紅馬，走出梅家大門，她就被眼前的景象震驚了。劉蓮和梅婆婆在秋草巷口擺了桌椅，像道關卡一樣攔住了許多人。

「梅小穩婆醒了！」人群裡不知道誰大喊一聲。

瞬間，人群像炸開了鍋一樣。「梅小穩婆替俺閨女接生吧……」

「梅小穩婆，我家兩個兒媳都快足月了！」

「梅小穩婆，來我家！」

「我家！我家！」

梅妍傻眼了。接生這麼多人會累死的！還有，清遠百姓們怎麼忽然這麼大方，之前嫌貴的五百文像五十文一樣？

如果換成俞穩婆或是其他人，要麼坐地起價，要麼一概全收。可梅妍不是這樣的，於是她騎馬上前，高高舉起左手，提高嗓音。「清遠的鄉親們，謝謝你們願意相信我，把家人、孩子託付給我。你們是見陶家和柴家母子平安，才趕來的吧？」

人群立刻安靜下來，猛點頭。

「那好，實話告訴大家，陶家的正在康復，但是柴氏的情況仍然很危險，我昨晚求助於胡郎中，能不能真正的母子平安，要看之後的七日。正因為如此，我這七日沒有時間和精力接生，所以，大家請回吧。如果七日後，柴氏順利脫離危險，我會繼續接生的。」梅妍說得誠懇。

有位粗壯的大娘嗓門很大，一個頂仨。「梅小穩婆，聽說妳連陶家媳婦的吃喝都要管？必須按妳要求的準備東西？」

梅妍失笑。「正好大夥兒都在，我說明一下。如果我接受預約，會上門做檢查，根據檢查結果，會要求孕婦靜養或者多加運動，產褥用品也要準備得足夠多。分娩後，我會上門複診，也會根據複查結果，對吃喝種種有許多要求。鄉親們，趁現在把話說開為好，如果不願聽或者不願照做，那就不用找我接生。大家回去好好考慮吧。」

清遠百姓們交頭接耳一陣，就各自散去。

劉蓮和梅婆婆看著梅妍，又看了看散去的人群，估算著以後能找到秋草巷來的人，有今天的三成就很不錯了。

梅妍一攤手。「這下清靜多了，我去產棚瞧瞧。」

與此同時，柴謹揮汗如雨地把剛熬好的湯藥送入產棚，柴氏婆婆立刻把柴氏扶起來，兩人配合著餵湯藥。

柴珠兒先被藥味熏得直皺眉頭，捏著鼻子喝了兩口就頻頻反胃，苦著臉弱弱地說：「阿娘，阿弟，這湯藥太難喝了……」

柴謹不假思索地回答。「良藥苦口利於病，梅小穩婆、胡郎中和我三個人圍著妳轉，這方子來得不易。」

柴珠兒含著眼淚，又喝了一口，卻吐了個稀里嘩啦。

柴氏婆婆和柴謹兩人手忙腳亂地收拾，柴珠兒折騰出了一身虛汗。

所以，等梅妍走進產棚時，就看到三個人的臉色都相當難看，問：「柴氏，妳怎麼了？哪裡不舒服嗎？」

看到梅妍，強忍的眼淚簌簌落下。「梅小穩婆，我知道大家為了救我勞心勞力，可是這藥太苦了，我實在喝不下……我真不是故意的……」

柴謹表情氣呼呼的，熬藥前把每樣藥材都細挑了一遍，費了不知道多少眼力，熬了半個時辰，流了不知道多少汗。

梅妍接過柴謹手中幾乎沒動的一大碗湯藥，還沒靠得很近，就一臉嫌棄地還給了柴謹，嘀下滿腹吐槽。

柴珠兒忍不住輕笑一聲，真的很小聲。

柴謹臉都氣紅了。「藥都是這樣的，誰家的藥能好喝啊？」這麼用心熬的藥被這樣嫌棄，不能忍！

梅妍嘆氣，這麼好看的少年郎本質是塊木頭，真可惜，隨後轉身出了產棚。

「妳去哪兒啊？」柴謹想擱下藥追出去，還是忍住了。

梅妍很快地回到產棚，左手糖包，右手麥稈，微笑著看向柴珠兒。「我從小到大都特別討厭喝藥，老是趁沒人的時候倒了，不要學我。但是呢，用這兩招，再難喝的藥都能喝得下去。」

產棚裡其他三人面面相覷，總覺得特別厲害的梅小穩婆，形象有點點崩塌。

說完，梅妍將麥稈用熟白水反覆燙過，插到藥碗裡，用棉花搓了兩個小球塞住柴氏的鼻子。「聞不到了吧？」

柴珠兒連連點頭。

梅妍耐心講解。「妳把麥稈放到嘴裡，放得儘量靠後，吸湯藥喝，那樣可以避開舌頭嚐苦味的地方，妳試試。」

柴珠兒就著麥稈一下子喝了半碗，覺得這法子好極了，只是打嗝的時候，差點被溢出來的藥味嗆到，正在這時，她嘴裡被梅妍塞進一粒梅子糖，瞬間緩解了不適。

很快，一碗藥喝得乾乾淨淨，柴珠兒含著梅子糖，把空碗遞給柴謹，眼睛裡閃著光。

「這樣是不是好很多？」梅妍微笑著問：「麥稈不要錢，每次使用前後燙一下，梅子糖是我送妳的。」

柴氏婆婆悄悄地抹了一下眼淚，哄著珠兒。「不能哭，別哭啊。」

「柴氏，我必須告訴妳，妳現在仍然有危險，我和胡郎中會根據妳每日的情況，用湯藥和金針交替使用。如果妳發高燒了，會用溫水擦浴降溫，其他的，就看妳了。先訂一個小目標，明兒一早睜眼就能看到陽光如何？」

柴珠兒握緊雙拳，用力點頭，眼神是前所未有的堅定。「嗯！」

梅妍又轉向柴氏婆婆。「我和胡郎中商量過，這裡離醫館和秋草巷都很近，照看柴氏更快、更方便，等她脫離危險再送回家裡。」

柴氏婆婆點頭。「梅小穩婆，有勞了。」

梅妍笑著看向柴謹。「胡郎中找醫徒有事。」

柴謹抱著空藥碗走得飛快，背影看起來很像是溜之大吉。

梅妍看著疲態明顯的柴氏婆婆。「這裡交給我，吃過晚食再來替我。還有，龍鳳胎生得危急，要讓乳娘多多上心。」

「哎，我回家去看看孫子、孫女。」柴氏婆婆現在是操心兩頭，媳婦要緊，孫子、孫女也要緊，恨不把自己拆成兩人使。

柴氏婆婆走了以後，梅妍又在產棚各處掛了驅蟲香囊，守在柴珠兒身旁。

柴珠兒含著梅子糖，按照梅妍囑咐的，每隔一段時間就在床上稍微活動一下，只可惜手傷、腳傷的，活動程度很有限。

但是，梅小穩婆的話一定要聽，柴珠兒這樣想著，也默默努力，思緒卻飄得很遠。「梅小穩婆，其實我之前很怕婆婆的，她很凶又很摳門，我偷偷在心裡埋怨過很多次。我有身孕以後，一直求阿娘在我生的時候來，可阿娘說，嫁出去的女兒、潑出去的水，不能讓人瞧笑話。」

梅妍笑了。「日久見人心嘛，這次見到了？」

柴珠兒無比認真。「我祖母常說，別聽人說什麼，要看人做了什麼，我一直不明白。」

「現在明白了？」

「明白了一點。」柴珠兒又點頭。

梅妍失笑，雖然已經是兩個孩子的阿娘了，到底還是二十歲的孩子。

柴氏婆婆回到臨時產棚時，珠兒已經喝過三次湯藥，經過三次溫水擦浴降溫，胡郎中也來施針過兩次，柴謹醫館和產棚兩頭跑不知出了多少汗。

疲憊不堪的一群人，為了保住柴珠兒，竭盡所能。

「梅小穩婆，謝謝妳。」柴家婆婆已經記不清說了多少次謝謝，把自家做的煙燻肉硬塞給梅妍。「這個妳必須拿著，一定要收！」

梅妍望著柴氏婆婆真誠又急切的眼神，只能收下，想了想還是開口。「妳這樣兩頭趕吃不消，而且龍鳳胎也需要好好照料，我擔心乳娘們會不會隨便上土法子。」

柴氏婆婆的心思被梅妍戳中，眼淚都快出來了。「我也不放心啊，可是……我兒子和丈夫要忙田裡，親戚都不在清遠。」

梅妍脫口而出。「柴氏婆婆，妳覺得劉蓮怎麼樣？她照看產婦和龍鳳胎都是我親教的。」

「這……」柴氏婆婆當然知道劉蓮是照顧兒媳的好人選，只是……

梅妍還記著劉家鐵匠鋪的事情。「陶桂兒忙不過來的時候，就是請劉蓮幫傭，妳可以去陶家打聽一下，當然因為她做事麻利又細心，所以工錢不少。如果妳介意她打過官司的話，就當我沒說，妳就另外找可靠的幫傭。」

梅妍素來秉持「雙向選擇」的原則，會推薦，也是替劉蓮多尋一些出路，但選擇權在產婦和家屬手中，大家互惠互利。

柴氏婆婆怔住，劉蓮當然是能幹的，尤其還被梅小穩婆指導過，可是……

梅妍笑著告辭。「我回去啦，謝謝妳的燻肉。」

柴氏婆婆送到產棚外，目送梅妍上馬消失在黑暗之中，內心百感交集。她回家看的時候，乳娘只管餵奶、不管拍奶嗝，哥哥吐了一地，妹妹也吐了，還好，只是吐了並沒有嗆到，可是……每每想起就心疼得不行。

柴珠兒幽幽轉醒的時候，就看到婆婆走神。「阿娘，寶寶們都好嗎？」好想看一眼。

柴氏婆婆望著孱弱的珠兒，眼神一下子堅定起來。已經花銷這麼多，還在乎多請一個劉蓮嗎？到時候，劉蓮和梅小穩婆在產棚照看，自己就能在家照看，不求別的，那是真放心啊！

第二十三章

夜深人靜，縣衙內院裡的燈籠還亮著，本就為夫人的身體著急上火的莫石堅，忽然收到了兩份加急密函，看完以後睡意全無，一個人坐在小院裡轉圈子。

「雷捕頭，去把馬仵作叫來。」

「現在？」雷捕頭毫不掩飾巨大的呵欠，現在是丑時啊。

「快去！」

「是，莫大人。」雷捕頭提著燈籠去馬廄，立刻出發。

兩刻鐘後，面無表情的馬川來到小院，眼神有些嚇人。「莫大人，有什麼事嗎？」任誰從好眠中被叫起來，眼神都不可能溫和。

「你看看！這叫什麼事啊？他怎麼是清遠縣人？」莫石堅把密函扔給馬川。

馬川看完密函不動聲色裝好。「只是迎接大將軍衣錦還鄉罷了，莫大人何必如此煩惱？」

「可他是鄔桑！」莫石堅頭疼欲裂。「我現在辭官還來得及嗎？」

馬川這幾日的耐心被磨沒了，一針見血地回答。「辭呈上報到巴嶺郡，太守立刻批允，上呈府尹，再呈報至國都城，再順利也要三個月，當然如果莫大人犯下滔天大罪可就地免職。」

莫石堅不假思索地問：「哪些滔天大罪？」

「大人何必明知故問呢？」馬川的臉拉得更長了。

雷捕頭手中的燈籠差點掉在地上。

莫大人是不是中邪了？迎接大將軍衣錦還鄉而已，需要這樣自毀前程嗎？知道的是將軍，不知道的還以為是瘟神呢！

「鄔桑是從腥風血雨裡殺出來的，那是為了活命。」馬川沒好氣地開解。「此前一役他受傷頗重，足以證明天降殺神只是流言，返鄉養傷又不是回來屠城。」

莫石堅看著冷漠的馬川，心情更糟了。「可他要求住秋草巷，那樣破舊的一條巷子，本官難道連夜召集工匠把巷子裡所有的破舊屋子都修葺一新？你在那兒住兩年了，秋草巷什麼樣子你最清楚！他那樣喜怒無常，根本沒人能猜到他的喜好，本官費盡心機把整條巷子翻修一新，誰知道是不是如他的意啊？」

莫石堅的頭疼越來越厲害。「到時天天到衙門來鬧，讓本官日日被罰跪在縣衙門前處理公務？本官顏面盡失怎能服眾？裡外是個笑話！」莫石堅不只頭疼，連心口都疼起來。「言官參他的摺子都能塞滿三個御書房了，偏偏陛下就是不批。」

馬川沈默片刻。「這樣，明日派工匠徹查秋草巷，把不能住人的全拆了，還能住的修葺堅固，拆掉的部分按荒廢前的重造，把他的宅子修在我家附近。」

莫石堅考慮這個建議的可行性。「他說要重振秋草巷，不是要住在秋草巷？」

馬川寬慰道：「鄔桑確實行事乖張，但從諸多奏本看，他並不殃及無辜百姓，凱旋回大鄴時，驛館住得，客棧住得，衣食住行並不講究。」

沒人知道，鄔桑總是和地方官吏過不去是為了什麼，以至於每個地方官聽到鄔桑凱旋路線不經過轄地都會有劫後餘生的狂喜。

「陛下數次賜宅、賜僕傭、賜婚，他都拒了。秋草巷大約有他什麼念想，宅子建得舒適寬敞些，等他回來，如果不滿意再修便是。」

「就這樣？」莫石堅快噴火了。「反正他也不會鬧你一介仵作是吧？」

「遠親不如近鄰。」馬川正色道：「到時，草民會盡力周旋。」

莫石堅氣極反笑。「司馬玉川公子，鄔桑會不認得你？」

馬川比平日更加沒有表情，在燈籠和樹影的映襯下，活脫脫就是尊木雕。「莫大人，沒什麼事的話，草民回去了。」說完，頭也不回地走了。

雷捕頭頂著半臉鬍渣，默默在心裡給馬川豎起了大拇指。

司馬家的人就是厲害！可以直接向縣令甩臉子。

馬川提著燈籠，獨自行走在黑漆漆的官道上，遠處的蛙鳴、草叢裡的蟲吟、風聲和鈴鐺聲……鈴鐺？

「馬仵作？」梅妍簡直不敢相信。「你大半夜的不睡覺……」要不是他走路姿勢仍然很端莊，再加上聽到聲音忽然回頭，眼神還算清澈，她都要以為他有夢遊症了。

馬川睏得不想回答，燈籠的亮度有限，他不小心撞到樹，被一棵半熟的青梅砸了頭。

梅妍悶笑一聲，念在平日互相幫助，翻身下馬，提著燈籠和馬川一起走，但她自己也睏，難得不太想說話。

兩人一路沈默走到了秋草巷的巷口，馬川忽然開口。「明日起，妳最好另尋一個安靜的地方休息，不然會從早吵到晚。」

梅妍不太明白。「秋草巷偏僻人又少，不吵呀！」

「明日妳就知道了，別怨我沒提醒妳。」馬川難得話多。

「哦，不管，先睡到明日再說。」梅妍發現馬川的臉很臭，倒不是他平日的臉色有多好看，而是能清楚感覺到他很不高興。

「啊，對了，我這兒有一塊很大的燻肉，分你一半？」

果然，隱藏吃貨屬性的馬川，眼睛裡有了一點光。

梅妍一看有戲，又開始聊。「我對燻肉不了解，但這肉聞著有股果木香氣，挺少見的，估計味道不錯。切成薄片，捲野菜吃，或者做麵片湯，應該都挺好吃的。」

萬萬沒想到，梅妍話音未落，就聽到飢腸轆轆的抗議聲，而且不是一個，是兩個，這……好吧，這個時間不餓也挺奇怪的。

馬川的嘴角不易察覺地抿緊，可再怎麼忍耐也控制不了肚子叫餓。

「哈哈哈……」梅妍從背包裡取出一個花捲，掰成兩瓣，遞了一個過去。「夾著燻肉吃，可能更香、更好吃。」

「咕嚕……」馬川有那麼一瞬間覺得梅妍是故意的。

「我聽到了。」梅妍就是故意的，嘴角上揚得特別明顯，也不知道是不是笑得太開心，突然就被低垂的樹枝打了臉。「哎喲！」

馬川臉都要黑了，沒好氣地瞥了她一眼。「看著點路。」

終於，兩人深一腳、淺一腳地走到家門口，梅妍溜進廚房，把燻肉一切二，很大方地分了一塊給馬川。

「明日別忘了去縣衙複診。」馬川冷冰冰地接過燻肉。「早些睡。」

「哦。」梅妍望著馬川走進家門，小聲嘟囔。「都不說謝謝的嗎？」

馬川剛好走到與梅妍只隔一道牆的位置，聽得很清楚，掂著手中的燻肉，清晰地聞到了梅妍所說的果木香。

真沒想到，清遠這樣的小地方，怎麼會有貢品級的燻肉？就像誰也想不到，清遠這樣的小地方，竟然會出鄔桑這樣令人生畏的驃騎大將軍。

鄔桑，巴嶺郡清遠縣人，孤兒，十六歲被募兵至大陰山，從一名手無寸鐵的兵丁成為驃騎大將軍只用了六年，今年二十二歲。

大鄴最年輕的驃騎大將軍衣錦還鄉，不得不說，馬川頗有些期待。

「砰！砰！砰！」

「一！二！三！撞啊！」

「嘩啦啦……」

梅妍被突如其來的聲音驚醒，一陣陣巨響直衝耳膜。

「蓮姊，外面在幹麼？」蒼天啊，大地啊，她才睡了兩個時辰！

「梅姑娘，我向陶大伯打聽過了，他說秋草巷要重新修葺，先拆無人的廢草屋，加固有人住的，空地上還要建大宅子。」劉蓮可愁了，這樣算下來，一年都不見得能有安穩日子。

梅妍的大腦不情不願地清醒，立刻想到昨夜或今早，不對，馬川半夜說的，讓她找個可以安靜休息的地方，自己當時還說什麼「秋草巷偏僻人又少，不吵呀」。

梅妍一頭栽回竹榻上。她萬萬沒想到，在大鄴竟然也會碰上「裝修擾民」，理性上她覺得秋草巷確實該整頓整頓，但……累了，毀滅吧。不過秋草巷荒了這麼久，怎麼會突然要整修呢？

劉蓮既心疼也無奈，誰能想到秋草巷也有修整的時候，只能勸道：「梅姑娘，起吧，我做了好吃的早飯。」

梅妍先沏了一大壺濃茶，漱洗完就把早飯吃得一乾二淨，帶上濃茶騎著小紅馬趕到臨時產棚，拴馬的時候就聽到周圍的人群議論紛紛。

「哎喲，柴家請了梅小穩婆和胡郎中，還請了兩個乳母，現在柴氏婆婆每天兩頭跑斷腿……」

「我家要有大難不死的產婦和龍鳳胎，跑斷腿也樂意！」

「倒是可能腿還沒跑斷，人已經吃不消了。」

「她要是病倒了根本不敢想……」

梅妍默默嘆氣，也不知道柴氏婆婆考慮得怎麼樣了，如果她介意劉蓮的名聲，那就勸她另請靠得過的幫傭，不然真熬不了幾日。

沒承想她剛進去，就被柴氏婆婆拉住。「梅小穩婆，我想好了，請劉蓮姑娘在產棚幫傭。」

「行，我去接她。」梅妍走出產棚。

一刻鐘以後，梅妍拉著劉蓮進了產棚，也不客套。「柴氏婆婆，如果妳不放心的話，可以先試用一日。」

柴氏婆婆連連擺手。「那日珠兒臨盆，劉蓮姑娘幫了不少忙，細心又認真，我都沒顧得上給錢。既然誠心請幫傭，劉蓮姑娘開個價吧！」

劉蓮一怔。「這……」

還是梅妍先開口。「劉蓮在陶家時，每日替桂兒洗衣縫補，按數量結算，兩件衣服一文錢，五塊尿布一文錢，兩個補丁一文錢；如果洗不乾淨或者縫補不好，就不算工錢。陶桂兒做飯時，劉蓮幫忙燒火，午飯以後陶桂兒午睡半個時辰，劉蓮幫忙照看桂兒娘母子二人。如果陶桂兒招待道喜的人抽不開身，劉蓮就代做吃食，照顧桂兒娘母子倆。我負責劉蓮的一日三餐，不占陶家的吃食。」

柴氏婆婆很爽快地回答。「照顧珠兒吃喝、翻身、發燒時擦浴退熱，很難像陶家一樣細算。這樣，劉蓮姑娘全天照顧珠兒，每天六十文，珠兒的吃食我們來送，劉姑娘的吃食還是梅小穩婆家供給，如何？」

梅妍看向劉蓮。「怎麼樣？」這個價錢也算公道了。

「好！」劉蓮點頭。「謝謝柴氏婆婆，我有不懂的地方會問梅小穩婆，一定能照顧好柴氏。」

「這樣我就放心多了！」柴氏婆婆取出六十文錢放到劉蓮手裡。「劉蓮姑娘，這是今日的工錢，我每日早晨來取換洗衣物的時候付錢，如何？」

劉蓮仍然點頭。「好！」

柴氏婆婆高高興興地走了，總算放心了，肩上的重擔彷彿卸了一大半。

聚在產棚外的百姓們議論得更厲害。

「劉蓮怎麼和梅小穩婆一起進產棚？難道柴家也要請劉蓮幫傭嗎？」

「柴氏婆婆走了，肯定是請了劉蓮，老天爺啊！這要多少花銷啊？」

「哎呀，這樣下去，柴家怕是要賣地了！」

「人家臨盆三百錢，他們花了五百錢……柴家媳婦可好，五兩銀子都不夠吧？攤上這樣的，唉……」

不知道為何，前幾日的議論都是關心產婦，今日卻開始攻擊柴珠兒，嫌她花銷太多會拖累婆家，人心實在難測。柴珠兒本就因為傷痛患得患失，聽得眼淚都快下來了。

梅妍對旁人的評價，向來左耳進、右耳出，但柴珠兒明顯不是，眼神越來越委屈。

劉蓮聽得憋了一肚子火，剛想衝出去吼人，被梅妍一把拽住。「梅姑娘，別攔著我，這群碎嘴子整日說三道四！」

梅妍用手指比了個安靜的手勢，拉著劉蓮到門邊，提高嗓音。「蓮姊姊，門外每日都有好多人呀！他們都有很多家產吧？」

劉蓮不假思索地回答。「梅小穩婆，妳怎麼會覺得他們有許多家產？」

梅妍故作天真發出靈魂連環拷問。「開門七件事柴米油鹽醬醋茶，他們都買了嗎？今兒的稅錢賺到了嗎？午飯桌上能有點肉嗎？」

棚外瞬間安靜。

劉蓮立刻會意，聲音拔高。「哪能啊？整個清遠都能做到的沒幾個呀！」

梅妍繼續扮天真。「那他們整日湊熱鬧說閒話能抵稅錢嗎？」

忽然外面傳來一陣腳步聲，劉蓮透過產棚的小縫隙看到空空的棚外，向梅妍豎起大拇指，深刻體會了「罵人不帶髒字」殺傷力更強。

柴珠兒的眼淚在眼睛裡打轉。「梅小穩婆，我以前不愛哭的，現在不知道怎麼的？而且我今早掉了好多頭髮，我好害怕……」

梅妍立刻感覺到了柴珠兒產後抑鬱的傾向，微笑著開解。「臨盆後都會這樣的，每個人程度不同而已。」

「真的嗎？不只我這樣呀？」珠兒不敢相信。

梅妍邊替柴珠兒檢查惡露情況，邊回答。「每個分娩過後的人，大多數都會情緒低落，掉頭髮，容易害怕，容易傷心，尤其現在寶寶還不在身邊，妳會很想看他們，都會的。」

珠兒聽說不是只有自己這樣，情緒漸漸平靜下來。

劉蓮和柴珠兒從小認識，勸道：「妳想啊，妳婆婆是刀子嘴、豆腐心，對妳好是真的，那妳就別辜負她的心意，趕緊好起來。先把自己身體養好了，再把孩子們養好了，婆婆才高興呢！是不是？」

「嗯！」柴珠兒再次點頭。

正在這時，門外傳來胡郎中的聲音。「梅小穩婆，現在方便進嗎？」

「胡郎中，請稍等。」梅妍和劉蓮以最快的速度替柴珠兒更衣完畢，才打開產棚門。

「裡面請。」

胡郎中拄著枴杖走進來，後面跟著捧著湯藥的柴謹。

「胡郎中，早呀！」梅妍趕緊打開摺疊竹椅，看到他更加僵硬的坐姿，不由得皺眉。

「您的腿傷還沒好嗎？」

「到底年紀大了。」胡郎中打量著精神好轉的柴氏，覺得這幾日的費心費力值得。

劉蓮扶柴珠兒起身，將軟枕墊在她腰後，頸下墊了布巾，熟練地將麥稈放進藥碗裡。

柴謹在一旁看著珠兒阿姊順利喝完湯藥，悄悄舒了一口氣。

為了阿姊，他現在一日只睡兩個時辰了！

梅妍把剛才的檢查結果寫在粗草紙上，遞到胡郎中手裡。「昨晚柴氏只發了一次燒，虛汗出了三次，好在胃口一直不錯，所以，我想增加她進餐的次數。」

胡郎中先把了雙手脈，望聞問切一套流程下來，轉向柴謹。「徒兒，你來！」

柴謹整個人都不好了。看診是六年醫徒才做的事情啊！為什麼啊？

梅妍望著柴謹白皙臉龐上很明顯的黑眼圈，就知道胡郎中的內心是「魔鬼教練」，再看他震驚過度的表情，就知道又超綱了。

柴謹硬著頭皮上前把脈，望聞問切，只能安慰自己，病人是珠兒阿姊，可是尷尬程度比陌生人還要高上許多，結果又一次面紅耳赤。

「醫者父母心！」胡郎中敲了一下枴杖。「徒兒，你心思不純。」

「是！」柴謹正色道，不能在梅小穩婆面前丟人。

「今日的藥方該如何調整？」胡郎中慢悠悠地提問。

柴謹差點一頭栽過去。他當醫徒才兩年啊！為什麼連調整藥方的事情都要管？遇上這樣不按套路出牌的胡郎中，自求多福吧！梅妍再次在心裡默默同情柴謹，又因為這場面太慘烈，找了個理由開溜。「胡郎中，我去縣衙一趟。」

胡郎中點頭示意，繼續使用綿綿攻勢。「徒兒，你比梅小穩婆大幾歲？差距怎麼會如此之大？」

柴謹無語望竹棚頂。「徒兒知錯，徒兒必定努力追趕。」以他和梅小穩婆的天壤之別，要追趕到猴年馬月去啊？

「知錯能改，善莫大焉！」胡郎中捋著花白鬍鬚。「明日起，你開始看方書。」

柴謹簡直不敢相信自己的耳朵，不能忍，堅定不忍。「師父，徒兒每日打理醫館內外，抄方取藥，現在還要篩藥煎藥，每日往返醫館和竹棚，實在撐不住。」

胡郎中微微一笑。「梅小穩婆日日熬夜，今日到產棚比我們還要早，徒兒啊，人外有人、天外有天，不能安於清遠一隅。」

柴謹苦著臉，無言以對。

劉蓮明白，胡郎中對病人宛如春風，對徒兒絕對是北風呼嘯，而且他指點時和梅小穩婆很像，罵人不帶髒字，卻字字戳心。

柴珠兒心疼柴謹辛苦，悄悄拉了一下劉蓮。

劉蓮立刻會意，清了清嗓子。「胡郎中，其實今日梅小穩婆是被吵醒的，秋草巷一大早就開始拆房了。」不然按梅姸的睡功，沒法這麼早醒。

胡郎中半閉的眼睛忽然睜開。「修葺秋草巷？」

劉蓮點頭。

柴謹在一旁汗涔涔的，以為自己在劫難逃。

「是該回來了……」胡郎中一嘆，閉著眼睛坐了良久，拄起枴杖獨自出門，留下一句話。「柴氏的身體在恢復，今日的藥方暫不調整，醫館掛閉館牌。」

最怕空氣忽然安靜。柴珠兒看向劉蓮，劉蓮又看向柴謹，柴謹一臉懵。

雖不知發生了什麼，但柴謹有種「劫後餘生」的感覺，急忙趕到醫館，勸走病患後掛了閉館牌，又顛顛地去挑選下午煎製的藥材，去庫房時才發現，胡郎中獨自坐在醫館後門外的銀杏樹下發呆。

最近每日都被胡郎中唸，柴謹實在是怕了，他不敢打擾，悄悄去煎藥。

第二十四章

梅妍剛在縣衙側門處下馬，就看到馬川和雷捕頭兩人在院門內側說著什麼。

「梅小穩婆來了！」雷捕頭像歡樂大熊一樣迎出來。「太好了！」

「雷捕頭，早呀！」梅妍大大方方地打招呼，不太理解雷捕頭的歡迎。「昨夜沒睡好嗎？眼睛這麼紅。」

雷捕頭不能說自己被莫縣令折騰了一整夜，只是用力點頭。

馬川在梅妍經過時微一點頭，意思很隱晦，讓她自己小心。

梅妍連腳步都沒停頓，打過招呼就直奔內院，奇怪的是，平日隨處可見的差役們忽然消失了一般，院子裡安靜極了，事出反常必有妖。

「這麼薄的帳本竟然有三處漏錯，你眼睛是用來嘆氣的？」莫石堅的聲音從帳房裡傳出來，帶著前所未有的威壓。

「小的現在就改！」

梅妍立刻明白，打算以最快的速度從帳房前經過，然而還是不夠快。

「梅小穩婆！」莫石堅的人和聲音幾乎同時出現在梅妍面前。

是福不是禍，是禍躲不過，梅妍立刻行禮。「莫大人，民女正要去看望莫夫人。」

「昨日傍晚為何沒來？」莫石堅不只嘴上起了一大圈疱，因為修葺秋草巷的花銷不小，更是著急上火，昨夜還被馬川給噎到了，整個人就是一座移動的活火山。

梅妍應答自如。「莫夫人囑咐的。」

「那今日妳怎麼就來了？」莫石堅川字眉頭，眼神凶狠。

梅妍努力無視大臭臉。「莫夫人好不容易被民女逗樂了，但是一晚之後就變得病懨懨的，身體在好轉，精神卻在變差，長此下去，心病會顯出病症來。民女不放心，所以來瞧瞧。」

「心病？」莫石堅立刻想到了什麼，打量梅妍片刻，翻來覆去地糾結許久，語氣緩和了一些。「愣著做什麼？還不快去？」

「是，大人。」梅妍行禮後溜得飛快。

剛到迴廊下，夏喜已經等在廊口，熱情招呼道：「梅小穩婆來了。」

梅妍先和夏喜一起看了分泌物，然後才去臥房見莫夫人。

夏喜跟了一路，欲言又止。梅妍與各式各樣的人打交道，察言觀色是保命技能，看夏喜的樣子，哪怕她一言不發，也知道莫夫人的狀態肯定不好。

進了臥房，莫夫人靠坐在床頭，像一朵正在失去生命力的鮮花，肉眼可見地越發憔悴。

梅妍招呼道：「莫夫人，早安。今早進了什麼？可有胃口？您的身子在恢復，精神卻越來越差……」

莫夫人微一頷首，勉強擠出笑容。「有勞了。」

梅妍迅速分析一番，莫夫人是難得真正溫柔的女子，對夏喜和其他下人賞罰分明，從不遷怒，行事有度。與以往遇到的官夫人、富戶夫人很不一樣，是那種教養刻在骨子裡的真正的官家女子。

所以，莫夫人身體有恙，夏喜真心著急煩憂，梅妍完全可以感覺得出來。

思來想去，梅妍斟酌著開口。「莫夫人，有些話不知當不當講？」

莫夫人很勉強地抬起眼。

梅妍瘋狂在邊緣反覆試探。「您的心病很重，長時間這樣下去，身體會出問題。」

莫夫人的眼神很黯淡。「那又如何？」

「心病需要心來醫。」梅妍小心翼翼地說：「您還是見一下莫大人吧？」

莫夫人的嘴角一彎，眼神變冷。「見他做什麼？憑空生更多氣嗎？」

梅妍並不苟同，也不好說話，只轉了一下眼睛。

莫夫人輕輕搖頭。「梅小穩婆，妳的眼睛太大，骨碌碌打轉的樣子，看起來很狡猾。」

梅妍被自己的口水嗆到了，捂著嘴咳了好一會兒才緩過來。「莫夫人，民女很為難呀，您的身體不見好轉，莫大人就著急上火，一嘴的疱，然後呢，縣衙其他人就變成城門外池子裡的魚……真的，民女每次來，莫大人的眼神都嚇人得很。不僅如此，半夜我騎馬回秋草巷，看到馬仵作邊走邊打瞌睡，撞了樹被一顆青梅砸了頭……」

梅妍真心實意地嘆了一口氣。「剛才民女進來的時候，馬仵作和雷捕頭站在縣衙側門那兒，內院空盪盪的……帳房先生被莫大人吼得抱頭鼠竄，魚兒做錯了什麼呢？」

莫夫人實在太喜歡梅妍了，真心誠意勸解的她，每次努力逗樂的她，美而不自知的她，疲態明顯卻認真仔細的她……她走進臥房時像投進陰影裡的一束光，太令人難忘，也太讓人舒服了。

莫夫人也真心實意地嘆氣。「娘家和婆家覺得我無所出，希望我給夫君納妾，早日有後。」

這……梅妍雖然猜到了，但怎麼也沒想到莫夫人會說出來。

「夏喜，妳說我該怎麼辦？」

夏喜嚇得低頭，一個字都不敢說。

「梅小穩婆，妳說呢？」莫夫人似笑非笑地看向梅妍。

梅妍回答得特別直白。「回莫夫人的話，民女不知道，畢竟，民女此生也不會有夫人您這樣的煩惱。」

莫夫人一怔，喃喃自問。「那怎麼辦？」

梅妍實話實說。「當然，如果我有一日嫁人為妻，遇到這些，我就直接問丈夫，把事情丟給他就完了。夫妻同林鳥，風暴雨露一起擔。」

莫夫人搖頭。「妳到底還是孩子心性，夫妻本是同林鳥，大難臨頭各自飛。」

梅妍也搖頭。「確實有許多夫妻是這樣，可他們並沒有真心。如果我真心愛慕自己的丈夫，如果他用同樣的真心回報我，對我們而言什麼難關都能度過。我會問自己，他不在身邊會想念嗎？高興、不高興的事情會急著和他分享嗎？我或他傷痛生病的時候，都會陪在身邊嗎？」

莫夫人的手不自覺地把薄被邊緣捏出了深深的褶。「如果不能呢？」

梅妍不假思索地回答。「至少先試著相信他，把問題扔給他，看他怎麼做再說呀！在我心裡，好男人是不捨得心愛的人哭泣的。」

莫夫人吃驚不小。「梅小穩婆，妳真的只有十八？」

梅妍佯裝不好意思。「莫夫人，民女是老倒楣蛋，不經常開解自己，沒法好好生活。」

莫夫人的心情轉換了許多。「說說，怎麼老倒楣蛋？」

梅妍嘿嘿一笑。「不要。」

「蹬鼻子上臉是嗎？」莫夫人佯裝嚴肅。

梅妍忽然開口。「夏喜，夫人笑了，就是願意見莫大人了。」

夏喜趁莫夫人愣神的時候，一溜煙跑出去。

「妳！」莫夫人整個人繃緊了，臉色驟變。「大膽！」

「莫夫人，長痛不如短痛，更何況，您怎麼知道一定是痛呢？」梅妍話一說完，溜得更快。

莫夫人第一次知道夏喜和夫君的腳步這麼迅速，也是第一次見到夫君左手提官袍、右手扶官帽衝進臥房的樣子，滿嘴的疱鮮紅色的，特別顯眼。

「夫人！」莫石堅欣喜若狂。「妳終於肯見我了！」

人都來了，莫夫人心一橫，從枕頭下取出兩封信，毫不客氣地丟過去。

莫石堅急忙打開看，一目十行地看完，直接把信丟到地上。「我不納妾！胡郎中和梅小穩婆都說了，這就是個劫數，養好身子就過去。我不去煙花巷，妳貌美又溫柔的，怎麼就不孕不育了？沒有這樣的道理！」

莫石堅著急地叨念。「就知道催催催！懷孕、分娩這麼大的事，又不是去鋪子買布！夫人，咱倆青梅竹馬、兩小無猜，妳還不信過我莫石堅？」

莫夫人語氣越發地涼。「若我真的不孕呢？」

莫石堅一甩袖子。「莫家那麼多子嗣，又不是要絕後了，不孕就不孕嘛！」

莫夫人的眼神裡藏著期待。「若你家要休妻另娶呢？」

莫石堅嘆一口氣。「那就……我就說賑災時被流民襲擊受傷，我不行！」

莫夫人呆住了，好半晌沒有說話，腦海裡不斷浮現梅妍說的話，「您怎麼知道一定是痛呢」，胸口發暖。

莫石堅見夫人沒有反應，以為她還是不願意相信。「蒼天在上，我莫石堅今生今世只有一位妻子……唔……」

莫夫人捂住夫君的嘴，眼中滿是溫柔。

而內院入口的廊下，被罵得很慘的差役們、雷捕頭和帳房挨挨蹭蹭地聚在一起，向迴廊遠處張望，不知道誰說了一聲。

「如果莫大人就此心情變好，我們是不是要好好謝謝梅小穩婆？」

「那必須的！」

「拿什麼謝？」

「那要好好想想。」

梅妍悄悄溜出側門，捂著胸口長舒一口氣，默默祈禱這劑心藥會有效，不然，莫夫人就只有鬱鬱而終這一條路了。不管了，好歹也算一種進展，莫夫人趕緊好起來吧！不然，再這樣兩頭跑，梅妍怕自己過勞，到時候誰照顧婆婆？

「哎呀！」梅妍猛地想起來，劉蓮去產棚幫忙，中午家裡就沒人燒飯了呀！不行，趕緊回去，不對，要先去集市買菜。

馬川毫無聲息地出現，攔在馬頭前。「按大鄴律，賤籍之中有品性端正、技藝高超者，經各地所轄長官提批，可脫離賤籍成為良民。按大鄴律令，抓捕問嫌、排查滋事等，良民必須預批，賤籍不論。」

梅妍心領神會，又湊近馬川小聲問：「馬仵作，莫大人會付我診費嗎？」

馬川明顯怔忡一下，又很自然地隨手一拋。

梅妍下意識接住扔來的大紙團，看了馬川一眼，算了，反正也要去集市採買，就當賺跑腿費了。

「別忘了找安靜的休息之所。」

「謝謝啊。」梅妍笑得苦哈哈。

嗚嗚嗚……縣衙、醫館、產棚三頭跑，要做一日三餐，要給萬惡的高門大戶當跑腿，好不容易裝修完的新屋子還沒住幾日，又遇上整條街裝修這樣的事情，累了，毀滅吧！

馬川望著梅妍消失在街口，嘴角微微上揚。

他幾乎可以確定，記憶中的小女孩就是梅妍，因為她倆嫌棄厭惡的小表情一模一樣，可是為何他後續的記憶全失？不知道她姓甚名誰，住在國都城的四方城還是八大巷，為何會到司馬家作客，他又為何會去她家作客？以大司馬家的地位，這樣互通往來的必定是達官顯貴，可他卻半點印象都沒有。

更重要的是，梅妍冰雪聰明，似乎也有過目不忘的本領，可她完全不認識他。她的家族發生了什麼？她又經歷了什麼？

馬川的神色越發深沈，必須查個水落石出。

梅妍把劉蓮的吃食送到產棚時，早過了午餐飯點，灰頭土臉的很不好意思。

「蓮姊姊，我今兒買菜了，可是我燒著菜，突然一陣灰吹進來，全吹鍋裡了。重新涮鍋，再燒菜，又一陣灰進來……」

折騰了好長時間，最後梅妍咬著牙又去綠柳居買了包子當三個人的午飯。「我們午飯就吃包子吧。」

劉蓮打量全身是灰的梅妍，梅家在秋草巷中間偏巷尾的地方，每日來來去去，落一身灰實在太容易了，晾曬衣服可怎麼辦？

剛好在棚裡的胡郎中望著灰頭土臉、一身塵土味的梅妍，拄著枴杖問：「梅小穩婆，可有另外找房租住的打算？」

梅妍一聽租房就更愁了。「不瞞胡郎中說，我家剛修葺好，花費了不少，而且我家有三個人，租住的屋子也不能小，租金花銷很大，暫時負擔不起。」

成為縣衙查驗穩婆的梅妍，以為減稅後就能過得比較寬裕了，怎麼也沒想到，租房的事情就這樣憑空出現在眼前，某種程度來說，她也是城門外的池魚，魚有什麼錯呢？

胡郎中拄著枴杖慢悠悠地站起身。「梅小穩婆，老夫有個屋子閒置著，屋子雖小，五臟俱全，妳們先住下吧。」

梅妍鼓起勇氣問：「胡郎中，租金多少？」

「先住著，不用給錢，反正空著也是空著。」胡郎中說完拄著枴杖離開，過了許久才又走回產棚，將一把鑰匙放在梅妍面前。

梅妍簡直不敢相信。「胡郎中，這怎麼可以？」

胡郎中樂呵呵地反問道：「老夫的屋子，有何不可？去吧，老夫和徒兒守著產棚，妳趕緊回去準備搬家。」

梅妍仍然堅持。「胡郎中，無功不受祿，租金還是要付的。」

胡郎中捋著鬍鬚。「這套屋子在育幼堂附近，那裡有半大不小的孩子，等妳忙完這陣，替幾位少女診治一番就算抵租金了。」

「多謝胡郎中。」梅妍這才收了鑰匙，仔細檢查起柴珠兒，確定她的病情暫時平穩，才匆匆離開騎馬回家，與梅婆婆一起著手搬家事宜。

忙，好忙，非常忙，實在太忙了！

傍晚時分，梅妍和梅婆婆駕著怪模怪樣的牛車，停在了胡郎中提供的位於城南的小屋前，就像他說的，屋子雖小，功能俱全，更重要的是，這是磚木結構的，隔音效果甩了草屋五條街。

梅妍喜憂參半，懷著打掃到深夜才能入住的心情開門進去，卻意外發現，這套小屋從裡到外都乾淨整潔，只要把家具搬進來就能入住，順利得不敢相信。

更重要的是，屋子採光好，通風狀況也很好，私密性更好。有那麼一瞬間，梅妍腦海閃過一個念頭，她想把這個屋子買下來，但憑她老穿越人的經歷也知道，她得省吃儉用三十年才有可能。

梅妍內心山呼海嘯，表面平靜無波，按部就班地在新家和梅婆婆打理好以後，又騎著小紅馬回到臨時產棚。

胡郎中和柴謹都在，見到梅妍，兩人不約而同地有了笑容。

梅妍率先開口。「多謝胡郎中，屋子好極了。」

胡郎中慢悠悠地捋著鬍鬚。「只要妳能醫治育幼堂的少女們，就安心住吧。」

梅妍不認可，但其實是因為之前被坑的經歷太多，內心對陌生人的慷慨贈予總有些戒心，所以還是掏出所有的銅錢。

「等妳忙完了，老夫會帶妳去參觀育幼堂，見到那些孩子們，妳就會知道，老夫還是個精明的生意人。等妳見過以後，不但不會給租金，還會向老夫要診費。」胡郎中又笑得像「動物方城市」的快俠，成了妖精的那種。「放心，到時還是妳提藥材和用法，老夫開方子，給妳付診費，不會讓妳白忙的。」

那裡對郎中也好，對治女科的穩婆也好，都是一場歷練和修行。

那……行吧！

聽到說不定會被坑，梅妍反而安心了，小心收好銅錢。「還是多謝胡郎中。」

胡郎中又繼續。「梅小穩婆，到醫館走一趟？這裡交給徒兒和劉蓮姑娘就是。」

梅妍秉持「吃人嘴軟，拿人手短」的原則，麻溜地跟到醫館去了。

胡郎中坐在問診桌旁，開門見山。「方才老夫診脈兩次，看了妳的紀錄，柴氏發燒的間隔變長、次數變少，身體正在恢復。梅小穩婆的觀察又是如何？」

梅妍沈默片刻才回答。「柴氏的惡露在減少，因為胡郎中的湯藥和金針已經完全斷奶，沒有發炎的樣子，所以我想，您是否可以開除盡惡露的藥方？惡露退盡以後，就可以對症下藥沒有顧忌，以柴氏目前的狀況，一直靜臥，身體反而會變弱。」

「好，就這麼辦！」胡郎中點頭同意，其實兩人想法不謀而合。「纏綿病榻，會使人的陽氣減退，更容易侵染外邪。」

梅妍暗暗舒一口氣。

「梅小穩婆，現在老夫反而擔心莫夫人。」胡郎中行醫多年，總算遇到一個能相輔相成又擅長女科的穩婆，別提多高興了。「妳上午去縣衙時，覺得如何？」

梅妍微微一笑。「莫夫人心病大於身疾，所以上午時我下了一記凶猛心藥，有沒有效果，效果如何，明早就能見分曉。」

胡郎中捋著鬍鬚嘆息。「梅小穩婆，妳身為賤籍卻行事磊落，妳身為穩婆卻能治人心病。過段時日，如果莫夫人身心俱佳，老夫會向莫大人提議，將妳的賤籍改成良民。還有，梅小穩婆，這幾日與老夫合作愉快嗎？」

梅妍不能不點頭。「胡郎中，儘管您說自己不是好郎中，更不是一名良醫，但是，您卻是我最近幾年打交道裡最光明磊落又虛懷若谷的郎中。等柴氏與莫夫人都康復了，我可以來醫館為您看女科時查體。」

胡郎中卻搖頭。「梅小穩婆，老夫不是要妳來這裡查體，而是讓妳來撐起女科的。外行看熱鬧，內行看門道，老夫看得清楚，方圓百里的郎中裡，妳的女科無人能及！」

第二十五章

「胡郎中，我到底只是個穩婆，您不怕影響醫館聲譽嗎？而且，還會有許多流言蜚語。」梅妍傻了。

胡郎中還是搖頭。「老夫都這把年紀了，怕什麼？梅小穩婆，老夫不催妳，妳隨時來，我隨時歡迎。」他都到這把年紀了，好不容易遇到女科妙手，怎能輕易放棄？

「多謝胡郎中，我會好好考慮的。」梅妍嘴上應著，心裡暗暗叫苦。

胡郎中醫術極佳又虛懷若谷，不倚老賣老，不管是現代還是大鄴，能有這樣的同事，都是很幸運的事情。但是……

「胡郎中，告辭。」

胡郎中仍然不放棄。「梅小穩婆，若妳能來醫館開女科，能照顧育幼堂的孩子們，那個屋子五十兩賣妳。」

剛要出門的梅妍，一腳磕在低低的門檻上，心明眼亮，這胡郎中不僅是良醫，而且還是攻心高手，說出口的字字句句都戳人心。

「胡郎中，我會好好考慮的。」梅妍回頭，笑得有些勉強。無功不受祿，胡郎中越是努力說服，越讓她覺得育幼堂裡有什麼麻煩。

梅妍回到臨時產棚，和劉蓮一起守著柴氏，腦子裡亂糟糟的。

劉蓮望著黑眼圈明顯的梅妍，催促道：「湯藥已經進了，柴家送來的月子吃食也餵過了，今日只燒了三次，胡郎中和柴謹也時常來看，人手很夠，妳趕緊回去做晚飯！不要讓梅婆婆擔心，快走，快走。」

梅妍被轟出產棚，才發現天黑透了，趕緊騎上小紅馬往新家趕，沒騎多久就遇上了提著燈籠的馬川，被他伸手攔下。「馬仵作，有事嗎？」

「妳搬新家了？」馬川也沒想到梅妍搬得這麼快。

「嗯，胡郎中借出一套房子給我們暫住。」梅妍如實相告。「你呢？」

「我早出晚歸，修葺不影響生活。」馬川不打算搬家。

梅妍其實很想問馬川，錦衣玉食的司馬玉川是怎麼睡得慣草房子的，但這樣問實在太越界，索性閉嘴。

「莫夫人與莫大人和好了。」馬川說完又面無表情地走開。

梅妍詫異地望著馬川的背影，等人走遠才反應過來，他就是來告訴自己「猛藥」結果的？

以最快的速度回到新家，梅妍驚訝地看到梅婆婆已經把晚飯做好了，又趕緊拿竹盒裝好，騎馬送去給劉蓮，再回去陪梅婆婆。

「婆婆，我……」梅妍想說自己可以準備三餐，但是看著外面的天色，又覺得打臉啪啪響。

「夏天炎熱，我卻很喜歡。」梅婆婆自如活動著腿腳。「能做些事情，覺得自己還有用。倒是妳，日熬夜熬的，還不趕緊去休息？」

「可是……」梅妍想說自己不累也不睏，事實就是只這樣坐著，睡意就一陣陣襲來。

「眼睛都睜不開了，還可是，快去！」梅婆婆笑著戳了一下梅妍的額頭。「明日開始，一日三餐和打掃屋子我來做，洗衣採買都歸妳。」

梅妍的話都被堵了，只能點頭，硬撐著還算清醒的大腦，問：「婆婆，您一直在家嗎？有沒有四處走走？」

清遠縣的育幼堂占地不小，四周全是林地，與這間屋子有一條土路相通。現在，育幼堂成了梅妍心裡的疙瘩。

梅婆婆回答淡淡的。「今日搬家怪累的，先歇著，明日再四處走走，看看能不能開些荒地出來種菜。」

梅妍點頭，反正現在沒空，有空再說。

第二天一大早，梅妍難得睡到自然醒，精神非常好。

梅婆婆已經裝好早飯。「妍兒快吃，吃完給蓮兒送去。」

「好咧。」

兩刻鐘後，梅妍騎著小紅馬來到產棚前。

不早不晚，胡郎中和柴謹也剛到產棚前，與往日不同的是，外面的圍觀者寥寥，一見梅妍都走得乾乾淨淨。梅妍要的就是這個效果，她與胡郎中和柴謹打過招呼，一起走進產棚，意外發現柴氏婆婆和丈夫柴火也在。

柴氏婆婆拉著劉蓮的手，不斷道謝。「劉蓮姑娘能幹又細心，真的，我放心不少。」說完，又給了工錢。

柴火的嘴笨，也不知說什麼，就一直盯著珠兒看，忽然想到了什麼，又硬塞給梅妍和胡郎中各一塊燻肉。

梅妍連連擺手。「燻肉的品質很好，應該很貴吧？前日我剛拿了一塊，真的不能再拿了。」

柴氏婆婆很堅持。「這塊就當是給劉蓮姑娘的！胡郎中，您也不能推辭，梅小穩婆說了，多虧您的藥方和謹兒熬的湯藥。這是我家去年殺的豬，豬是自家養的，就是些調料和工夫，不費錢！」

梅妍手上沈甸甸的，昨日聽說柴家找錢花臉問良田的價錢，想來是花銷太大，有些支撐不住，想了想問：「婆婆，這燻肉還有多嗎？」

「有啊，去年做了不少。」柴氏婆婆不太明白。

「平日都是自己吃嗎？」

「對，親朋好友來清遠會拿出來招待，大家都說挺好吃的。」柴氏婆婆這點自信還是有的，不然也不能拿出來送人。

梅妍又想了想，忽然開口。「胡郎中，我帶柴氏婆婆去一下綠柳居。」

去綠柳居做什麼？產棚裡的人都愣住了。

梅妍眼睛一彎。「我自小走過許多地方，柴家燻肉的品質就算在國都城的樊樓裡，也能賣個好價錢。」

柴氏婆婆連連擺手。「梅小穩婆，妳別拿我尋開心了，這就是家傳的燻肉做法……」

梅妍拉著柴氏婆婆往外走。「婆婆，妳聽我說，兩刻鐘就能見分曉，如果綠柳居不收，對妳也沒有什麼損失，是不是？」

「我……可是……」老天爺啊……

柴氏婆婆不知所措地被拽走了，去綠柳居賣燻肉。

綠柳居掌櫃端坐在櫃檯後，看著梅妍和柴氏婆婆，以及碧綠荷葉上方方正正的燻肉，燻肉肥瘦相間、紋理獨特，散發著淡淡的果木香。

「梅小穩婆，妳這是……帶人到我綠柳居賣燻肉？」掌櫃美眸流轉，豔紅的唇瓣開合，手中團扇輕搖。

梅妍淺淺笑。「千里馬常有，而伯樂不見得有，酒香也怕巷子深嘛。昨兒個我家吃了燻肉麵片湯，那香味和口感真的令人眼睛一亮。」

「掌櫃，您術業有專攻，光看這外觀就知道這是塊很好的燻肉，光有好外觀不夠，味道還要夠好，這塊肉您可以讓大廚試做，不收錢。」

掌櫃的視線在梅妍和柴氏婆婆身上來來回回。

梅妍很坦然地任看，柴氏婆婆捂著心口，腿都軟了。

掌櫃的態度冷淡。「梅小穩婆，妳接生拚命也就算了，還幫主家做買賣，有傭金嗎？」

梅妍毫不在意。「我接生這麼多年，看了許多人間冷暖，冷比暖多，這幾日看到柴家對柴氏和對孩子的用心，很是動容。昨兒聽說柴家都要賣地了，所以想著她家有這樣的好東西，還賣什麼地啊？」

柴氏婆婆當時就愣住了。

掌櫃輕笑出聲。「不巧我家胖大廚出門採買了，沒錯，雖然後廚有幫廚，但他不放心，每日都要趕早採買，為的就是東西新鮮。不知道什麼時候回來，時早時晚，妳們就這樣等著嗎？」

梅妍望了一眼天色，胡郎中還等著她回去查房，柴氏婆婆也等著回家照顧孫子、孫女，大家都很忙，一直這樣乾等不是辦法。「掌櫃的，要不我們明日一大早再來？」

「我家胖廚子怪得很，不做他瞧不上的食材。」掌櫃嘆氣。

柴氏婆婆覺得掌櫃這是刁難人，拽了拽梅妍的袖子。「梅小穩婆，我們還是回去吧。」

正在這時，綠柳居的胖大廚挑著沈重的擔子，兩個筐裡裝滿了各種食材，大口喘氣地往後廚走。

梅妍行動快如閃電，在胖大廚經過的瞬間，高高舉起燻肉，位置剛好在他的口鼻處，滿懷希望地看著他。

可惜，胖大廚大步流星地走過，連腳步都沒放慢。

掌櫃望著梅妍瞬間失望的眼神，發出一陣銀鈴般的笑聲。「梅小穩婆，妳真的是……」

「打擾了。」梅妍將燻肉重新包好，心裡直嘀咕，這肉是馬川都喜歡的，絕對差不到哪裡去，胖大廚不識貨就算了。「婆婆，我們走吧，不好意思，耽擱妳兩刻鐘。」

「梅小穩婆，妳千萬別這樣說。」柴氏婆婆反而有些過意不去。「我這段時間總是想我家女兒，她要是能遇上妳這樣的穩婆該多好。」

「妳這樣誇我，我會驕傲的！」梅妍打趣道，邁出綠柳居門檻，走到外面。

柴氏婆婆被梅妍逗樂了，接著鼻子一酸。「梅小穩婆，妳真的該驕傲，今早有人捎口信到我家，我三姊的女兒一個月前難產走了。唉……那孩子也是我從這麼點兒看著長大的……」

梅妍這下沒法打趣了，在大鄴，難產率高是殘酷的事實。

「站住！妳們倆站住！等等我！」

柴氏婆婆沈浸在悲愁的情緒裡，胡亂擦了眼淚。「讓梅小穩婆見笑了，就是覺得，女人的命怎麼苦啊……」

梅妍用心開解，眨了眨瘦脹的眼睛。「也不是所有的都很苦，珠兒就很幸運啊！」

「把肉留下……肉！燻肉！梅小穩婆，妳給我站住！」胖大廚低頭彎腰，雙手撐著膝蓋，發出震撼整個集市的吼聲。

集市一時安靜極了。

梅妍和柴氏婆婆震驚地循聲轉頭，看到綠柳居的胖大廚在十尺遠的地方，呼吸帶喘地、惡狠狠地盯著她們。

「妳們回來……」胖大廚喘得非常厲害，還一邊招手。「帶著肉……」

柴氏婆婆目瞪口呆。

梅妍笑著問：「婆婆，想好賣什麼價了嗎？」

「老天爺啊……」柴氏婆婆簡直不敢相信，綠柳居的胖大廚為了自家的燻肉追出半條街，這是在作夢吧？還是在作夢吧？

「走吧。」梅妍拽著柴氏婆婆，提著荷葉包，往綠柳居走。

等她們折回來，胖大廚總算緩過來了。

「胖大廚，好眼力，好鼻子！」梅妍向他豎起大拇指。

「那是當然！」胖大廚整個人都亮了（被汗水浸的），邊走邊樂。「不是我吹牛，什麼都逃不過我的鼻子和舌頭！」

臨時產棚裡，珠兒和柴火夫妻倆相望著，胡郎中捋著鬍鬚閉目養神，劉蓮在為下一餐和湯藥做準備，只有柴謹無語望蒼天。

梅小穩婆的腦袋裡到底都裝了些什麼？女科造詣已經甩了胡郎中兩條街了，她這樣基本已經可以在這裡橫著走了，偏偏還想再為柴家謀一條出路。就算不成，他也沒半點譏諷的意思，只是……梅小穩婆越盡心盡力，他以後就越難做。

以胡郎中的性子，對他的鞭策一定變成「梅小穩婆做得，你為何做不得？梅小穩婆能想到，你為何想不到……梅小穩婆……」

柴謹欲哭無淚，他昨晚作惡夢，夢裡全是這些。

老天爺啊，留條活路吧！

正在這時，產棚外傳來柴氏婆婆顫抖的嗓音。「火兒，火兒，快……帶為娘的回家……快些……」

柴火奔過去打開門，看到阿娘腿軟得要梅小穩婆扶著才能站住。「阿娘，您這是怎麼了？摔了還是碰了？」

柴氏婆婆連連擺手。「沒事，阿娘就是高興啊……從沒這樣高興過……」

胡郎中忽然開口。「徒兒，把鼻煙拿去給她聞一下。」說完，從寬袖裡掏出一個小瓶子。

柴謹接過瓶子，跑出去，拔了軟塞在柴氏婆婆鼻下晃了幾晃。「您別激動啊！」

柴氏婆婆被突如其來的衝勁熏得一個激靈，捂著胸口好半晌，總算冷靜下來。「火兒，快帶阿娘回去，綠柳居要買咱家的燻肉！」

產棚裡一雙雙震驚過度的眼睛，直愣愣地看著柴氏婆婆，又迅速看向梅妍。

梅妍招呼道：「快回去把所有的燻肉都帶上，按綠柳居的規格挑選、逐份訂價，再造冊簽押，以後保質保量供貨就行。接下來，就是你們和綠柳居談的事情了，若你們心裡沒底，可以去肉鋪詢個價。」

「哎！」柴火趕緊把阿娘扶上牛車。「走。」

牛車急急趕路離開。

梅妍如釋重負地回到臨時產棚，面對一雙雙眼睛，就知道他們不打算就此放過自己，乾脆自己說了。

「掌櫃剛開始不樂意，但我們堅持說可以免費試做，她說胖大廚不在。胖大廚回來以後用一塊燻肉試了四種做法，發現最簡單的烹製，味道最好，微鹹回甘。」

「胖大廚？」劉蓮對他的印象，還是之前躲在簾子後面縮成一大坨碎碎唸的模樣。「被縣衙差役找去當人證的那個？」

「對，他很厲害，一鼻子就聞出來，柴家燻肉醃漬、選料和燻製與眾不同，也是他嚐出各種做法對肉質的影響。」

劉蓮腦海裡冒出「人不可貌相」五個閃閃發光的大字。

梅妍也相當意外。「之前他說自己一個人頂三個人用，也是真的。他敏銳的嗅覺和味覺，能辨別出集市最新鮮的食材，連採買都是自己去的。採買回來，各種食材的儲存、預製等等事項，也都是他盯著幫廚做的。」

胡郎中聽了不斷嘆氣。「原來綠柳居位居清遠第一酒樓，不是沒原因的。」

柴謹思維縝密。「胖大廚事事自己來，他哪有時間試做肉？」

「是呀，我們都走出半個集市了，胖大廚追出來，他力氣大、站得久，但他追人不行，最後在集市裡大吼，只怕百姓全都在議論柴家燻肉呢。」

梅妍想到胖大廚後來說的，他進門就聞到燻肉香了，但是新鮮食材要第一時間處理好，所以加快腳步去後廚盯著人做完，她倆已經走出半條集市了，害他好一通追。

「然後呢？」柴謹覺得這故事比說書的還精彩。

「掌櫃打算把柴家的肉都買了，用這段時間研發新的菜色，按部位訂價，再畫成冊，作為買賣雙方的標準。所以，柴家要把家裡的肉都送去。」

「沒了。」梅妍一攤雙手，不想做銷售、說書不精彩的不是好穩婆。

胡郎中快俠式拍手哈哈大笑，下彎的壽眉顫顫抖抖。「梅小穩婆，老夫佩服。」

柴珠兒聽得一愣一愣的，好半晌說不出話來。

梅妍說完，仔細檢查了柴氏的全身情況，同時也被中藥的效力驚到了。

她只對胡郎中說了想要的效果，胡郎中就能據此下藥成方，讓柴謹熬成湯藥，看似鬆散的合作方式，效果卻如此驚人，這波團隊配合簡直無敵了。

「柴氏，如果今晚不發燒，明日應該就能回家了。」梅妍說出自己的想法。

胡郎中點頭表示同意，卻又補充了自己的擔憂。「柴家現在非常忙碌，柴氏若回家，老夫的徒兒不能跟去，煎藥的事情誰做？」

劉蓮主動接話。「胡郎中，我會煎藥，也可以煎藥。」

胡郎中搖頭。「老夫為了徒兒能按時出藥，這幾日只看平日三成的病人，即使這樣，徒兒也已經疲憊不堪。

「劉蓮姑娘，妳平日照顧柴氏六餐、三湯藥，時間已經排得很滿，還要觀察她是否發燒，有無其他不舒服。是妳安排得宜才能勝任，換成其他人，這些事情都不見得能做完。所以，老夫覺得還是再等幾日。」

梅妍點頭同意。「柴氏服藥時間長，煎藥的事情總是要帶回家的。」

柴謹不假思索地回答。「我拿到藥方抓藥，阿娘在醫館外取藥回家煎好，再送去柴家。只是夏日湯藥不能久放，只能煎一次的量。」

梅妍立刻明白柴謹的意思，只是一日三頓的湯藥，就需要一個人力，標準的費錢費時費力。

胡郎中繼續捋著鬍鬚，慢悠悠地說：「如果柴氏恢復得夠好，湯藥可以改成丸劑。」

柴珠兒緊緊地握著拳頭。「梅小穩婆說，聽話的病人好得最快！我會很快好起來的！」

梅妍笑了。「時間不早了，我要去縣衙，胡郎中和柴醫徒也要去開館。蓮姊姊，等下午最熱的時候，我們一起給柴氏擦個身更衣，免得皮膚上生瘡。」

劉蓮點頭。「快去快回！」

——未完，待續，請看文創風1202《勞碌命女醫》2

夏言 著

窈窕淑女，君子好逑

她便是他的喜怒哀樂、他的一切，
他的心全然繫在她身上，隨著她而轉。
她若高興，他便高興；
她若不開心，他也不會開心；
倘若她不在這世上了，那他……便也不想活了。

11/7、11/14上市

文創風 1205-1209《繡裡乾坤》全套五冊

上有兄長、下有妹妹，在家排行老二的雲意晚從小就不得母親喜愛，
本以為十指都有長短了，喜愛當然也有多寡之分，不須在意，
然而向來不爭不搶的她，前世卻被母親逼著嫁給定北侯顧敬臣當續弦，
理由只是為了照顧因難產而逝的喬家表姊獨留在侯府的新生幼兒，
她不懂，身為一個母親，到底要多不愛，才會這麼對待自己的親生女兒？
外傳顧敬臣極愛她表姊母子，為了年幼的兒子才會同意她嫁入侯府，
可別說照顧孩子了，他根本連孩子的面都不讓她見，那當初又為何娶她？
結果，她在懷孕四個月時被一碗雞湯毒死，連凶手是誰都毫無頭緒，
死不瞑目的她如今幸運重生，她發誓今生定要查明凶手，不再糊塗度日！
她但求表姊這世能長命百歲，如此她便不用嫁人當繼室，迎來短命人生，
但也不知哪裡出錯，太子要選正妃，喬家表姊竟一心一意要去參選！
不應該啊，前世表姊嫁的明明是定北侯顧敬臣，沒有太子什麼事啊！
莫非……她的重生改變了相關人物的命定軌跡？
還是說，表姊是在太子妃落選後，才退而求其次地當個侯夫人？
若真如此，那顧敬臣肯定是愛極了表姊，不然哪個男人容得下這種事？

私心推薦

文創風 1068-1069《三流貴女拚轉運》全二冊

身為平安侯府嫡女的蘇宜思，爹疼娘寵，更是祖母的心頭寶，
偏偏他們家因聖寵不再，從一等國公府被降為三流侯府，
更慘的是，她初次進宮就闖下大禍，誤闖皇家禁區，
本以為會丟了小命，甚至連累家族，誰知道皇帝寬宥了她，
欸？看來皇上沒有眾人講的那麼討厭他們蘇家呀？
不明就裡的她一心想著有什麼方法，可以化解上一代的恩怨，
心懷鬱悶地一覺醒來，發現竟然回到二十多年前，更巧遇年輕時的父親?!

莫顏 著

趣中藏情，歡喜解憂

她桃曉燕是誰？她可是集團總裁、是商界的女強人！
當初為了成為接班人，她鬥得你死我活，好不容易爬上總裁的位置，
卻沒想到一場意外，讓她一睜眼就來到古代！
這裡啥都沒有，她一個小女子還得想著先保命，
她想念她的房地產、股票和基金，還想念滑手機的日子啊嗚嗚～～

11/21 上市

文創風 1210-1211《國師的愛徒》全套二冊

司徒青染身分高貴，乃大靖的國師，受世人膜拜景仰。
他氣度如仙，威儀冷傲，連皇帝也要敬他三分。
他法力高強，妖魔避他如神，唯獨一個女妖例外。
這女妖很奇怪，沒有半點法力，卻不受他的法術控制，
別的妖吃人吸血，她獨愛吃美食甜點，
別的妖見到他就繞道走，她是遇到麻煩盡往他身後躲，
還死皮賴臉喊他師父，逢人便稱想巴結的找她，要報仇的找她師父。
如此囂張厚顏，此妖不收還真不行。
「妳從哪裡來？」司徒青染問。
桃曉燕笑嘻嘻地回答。「我那兒跟你們這裡完全不一樣，高級多了。」
「何謂高級？」
「有網路，有飛機，還有各種科技產品。」
司徒青染冰冷地警告。「說人話。」
桃曉燕立即諂媚討好。「有千里傳音，有飛天祥雲，還有各種神通法寶。」
「那是仙界，妳身分低賤，不可能去。」
「……」誰低賤了，你個死宅男，這種跨界的代溝最討厭了！

私心推薦

文創風 1115-1116《姑娘深藏不露》全二冊

安芷萱一開始並不叫這個名字，而是叫七妹。
七妹出生在溪田村，爹娘死後被二伯收養，
誰知無良二伯和村長勾結，一心只想把她賣了賺錢。
她才不願讓他們得逞呢，天下之大，何處不能容身？
她乘機逃脫，路上偶然得到法寶幫忙，
原以為靠著法寶，她可以美滋滋過著自己的小日子，衣食無憂，
誰料得到，竟是將她拉進一連串驚心動魄的旅程……

Family Day 2023

有買友好禮 大方送給你

抽獎辦法　活動期間內，只要在官網購書並成功付款，系統會發e-mail給您，並附上抽獎專用之流水編號，買一本就送一組，買十本就能抽十次，不須拆單，買越多中獎機率越大。

得獎公佈　12/13(三)於狗屋官網公佈得獎名單

獎項

3名　文創風 1212-1214《醫妻獨大》全三冊

10名　紅利金 200元

Family Day 購書注意事項：

(1)請於訂購後**三日內**完成付款，最後訂購於**2023/11/24**前完成付款才算有效訂單喔！

(2)購書滿千元(含)以上免郵資。未滿千元部分：
郵資65元(2本以下郵資50元)／超商取貨70元(限7本以內)／宅配100元。

(3)特賣書籍因出書時間較久，雖經擦拭、整理，仍有褪色或整飾痕跡，故難免不如新書亮麗。除缺頁、倒裝外無法換書，因實在無書可換，但一定會優先提供書況較良好的書給大家。若有個人原因需要換書，需自付來回郵資。

(4)各書籍庫存不一，若遇缺書情形可選擇換書或退款。

(5)歡迎海外讀者參與(郵資另計)，請上網訂購或是mail至love小姐信箱(love@doghouse.com.tw)詢問相關訊息。

狗屋有權修改優惠活動的實施權益及辦法。

為流浪貓狗加油 和貓寶貝 狗寶貝 廝守終生(一定要終生喔！)的幸福機會

對人來說，貓寶貝狗寶貝只是生活的一部分，但妳（你）對牠們來說，卻是生活的全部，領養前請一定要考慮清楚——

▲ 遇見百分百男孩——布丁

性　　別：男生
品　　種：米克斯
年　　紀：3～4個月
個　　性：活潑親人
健康狀況：已施打一劑預防針，體內外驅蟲
目前住所：嘉義市西區

本期資料來源：沈麗君小姐、劉怡慧小姐

第348期 推薦寵物情人

『布丁』的故事：

國民布丁甜點人人愛，毛孩布丁正在尋愛中！布丁原本和媽媽、兄弟姊妹們在嘉義西區一個社區路邊覓食討生活，不料某天一家子被路過的流浪狗攻擊咬死，獨留布丁無助害怕地蜷縮在路旁，鄰居見了實在不忍心，才號召眾人幫忙處理善後。

由於外面環境有太多危險，擔心布丁無法獨自在外生存而先行安置。牠飲食不挑剔，非常親人且不怕生，幾乎一見著人就會主動跑來給摸給抱，由於還是幼貓，活力十足，非常愛玩，最愛找人類哥哥姊姊一同樂哈哈。

三次元生活忙碌的您，不妨養隻貓家人陪伴紓壓，布丁將是您納入天使貓名單首選。準備好迎接充滿歡笑又療癒滿滿的人貓生活嗎？歡迎您聯繫美麗又有愛心的里長劉怡慧姊姊0978968311，與親人可愛的布丁，共築染上焦糖色的幸福。

認養資格：

1. 認養人須年滿23歲，有穩定的經濟能力，給予布丁一天一餐濕食。
2. 請了解並願意配合認養手續，限認養人本人簽認養寵物切結書，且提供身分證正、反面影本，請勿代替別人認養。
3. 必須同意施做門窗基本防護，門窗要有防護網（紗門紗窗不是防護）。
4. 請定期施打預防針，滿8個月安排結紮。
5. 須同意送養人日後每月一次追蹤探訪，或是傳生活照，對待布丁不離不棄。

來信請說明：

a. 個人基本資料：姓名、性別、年齡、家庭狀況、職業與經濟來源等。
b. 想認養布丁的理由。
c. 過去養寵物的經驗，及簡介一下您的飼養環境。
d. 若未來有結婚、懷孕、出國或搬家等計劃，將如何安置布丁？

love.doghouse.com.tw 狗屋誠心企劃

江湖在走，手藝要有／染青衣

2023年9月出版

小匠女開業中

小女子初來乍到，一身好手藝請大家多多指教！
人氣商品音樂盒開放預訂，每天限量五件，
奇巧閣開業中，歡迎各位大駕光臨～～

文創風 1194 1

穿越當宮女？這種轉職不適合她這個前機工博士吧?!
荀柳決定偷偷做點家用品賺外快，存夠銀子落跑去。
她悄悄安排出宮的馬車，卻被陌生小太監撞見，遂送了顆小魔方給他，
順道請他保密，別提遇到她的事，想幹大事還是越少人知道越妥當。
孰料出逃當日，車裡忽然冒出不速之客，竟是之前見過的他，
原來他是二皇子軒轅澈，而她要順利出宮的條件是──帶他平安離京?!

文創風 1195 2

歷經九死一生逃出京城，荀柳帶著軒轅澈落腳西關州，
還因為治旱有功，得到靖安王府這座大靠山～～
但定居歸定居，柴米油鹽全要銀子買，不能坐吃山空的。
幸虧軒轅澈的腦子好使得很，提議不如開間專賣工藝品的奇巧閣，
無論古今，高門大戶的口袋就是深，對精巧之物更是毫無招架之力，
喊個價，她做的手工音樂盒便漲十倍的錢，開張當日營業額破千兩啊！

文創風 1196 3

軒轅澈的復仇大計即將展開，荀柳卻在此時發現他的心思──
昔日小哭包長成無雙公子，哪裡將她當成阿姊了？他的一心人正是她！
可她不願成為他復仇的軟肋，亦不喜宮廷生活，注定要讓他失望……
西關州軍情告急，荀柳發現數年前所製的彈簧袖箭被傳到西瓊境內，
西瓊人還以此改造強弩戰車和投石機，打得靖安王的軍隊節節敗退。
蝴蝶效應讓她悔得腸子都青了，這場仗，她定要替大漢百姓贏回來！

文創風 1197 4 完

西關州的戰事結束後，荀柳選擇留書出走，不想再當軒轅澈的掣肘，
她上山隱居，收養三隻小狼犬，但小奶狗的搗蛋本事簡直堪比熊孩子，
狗叫聲引來山中的黑熊，讓她心都涼了，難道要就此登出人世間？
忽然有人衝上前來替她擋下熊掌──竟、是之前偷她小豬的惡徒，
她將他帶回家治傷，結果他醒來就喊她娘子，還想跟她一起當小農?!
他是腦袋被打壞了嗎？但這無賴口氣太像軒轅澈，她懷疑其中有貓膩啊……

文創風
1201

勞祿命女醫 1

國家圖書館出版品預行編目資料

勞祿命女醫 / 南風行著. --
初版. -- 臺北市 : 狗屋出版社有限公司, 2023.10
冊 ; 公分. --（文創風 ; 1201-1204）
ISBN 978-986-509-462-1（第1冊 : 平裝）. --

857.7　　112013832

著作者　南風行
編輯　林俐君
校對　沈毓萍
發行所　狗屋出版社有限公司
地址　台北市104中山區龍江路71巷15號1樓
電話　02-2776-5889～0
發行字號　局版台業字845號
法律顧問　蕭雄淋律師
總經銷　知遠文化事業有限公司
電話　02-2664-8800
初版　2023年10月
國際書碼　ISBN-13　978-986-509-462-1

定價280元
狗屋劃撥帳號：19001626
網址：love.doghouse.com.tw　E-mail：love@doghouse.com.tw